エンド・オブ・アルカディア

END OF ARCADIA

蒼井祐人

Yuto Aoi

【イラスト】——GreeN

2

幼少期、《パティオ》にて
「いっつ……。おい、あんた大丈夫、か――」

恋に落ちる音がした

葉木遼太郎
Ryotaro Hagi
整備班の班長。
グレネードをこよなく愛する、
秋人の親友にしてライバル。
「……ごめん秋人。
迎撃班班長としての判断が欲しい」
「──嶺京を守るか、棄てるか、か」
フィリア・ロードレイン
Philia Loadrain
《致死の蒼》の二つ名を持つ、ストイックな少女。
先の戦いでは秋人と共にテレサ社へ反攻し
仲間たちを導いた。
現在は情報統括本部をまとめている。

システィ・カルトル
Cisty Kaltor
姉御肌な医療班の班長。
「フィリア第一」なところがあり、
何かと秋人を
ライバル視している。
天代玲奈
Rena Amashiro
秋人と遼太郎とは幼馴染の
食料調達班班長。
最近は募る想いを
胸に秘めているようで――。
一之瀬秋人
Akito Ichinose
《血も無き兵》の二つ名を持つ、
仲間想いで正義感の強い少年。
アルカディアを破壊したことに責任を感じ、
以降は迎撃班の班長として常に
最前線に立ち続けている。

「フィリアは心配性だなって
思っただけだよ」

「……面倒な性格だと思う?」

「自分の力を過信したな、テレサの実験動物」
幾島亜礼
Arei Ikushima
腰を下げて、まるで抜刀するかのような体勢を取っている。
――ヘルメットの向こうで、《グランドノート》が嗤った気がした。

エンド・オブ・アルカディア

END OF ARCADIA

蒼井祐人
Yuto Aoi

【イラスト】──GreeN

2

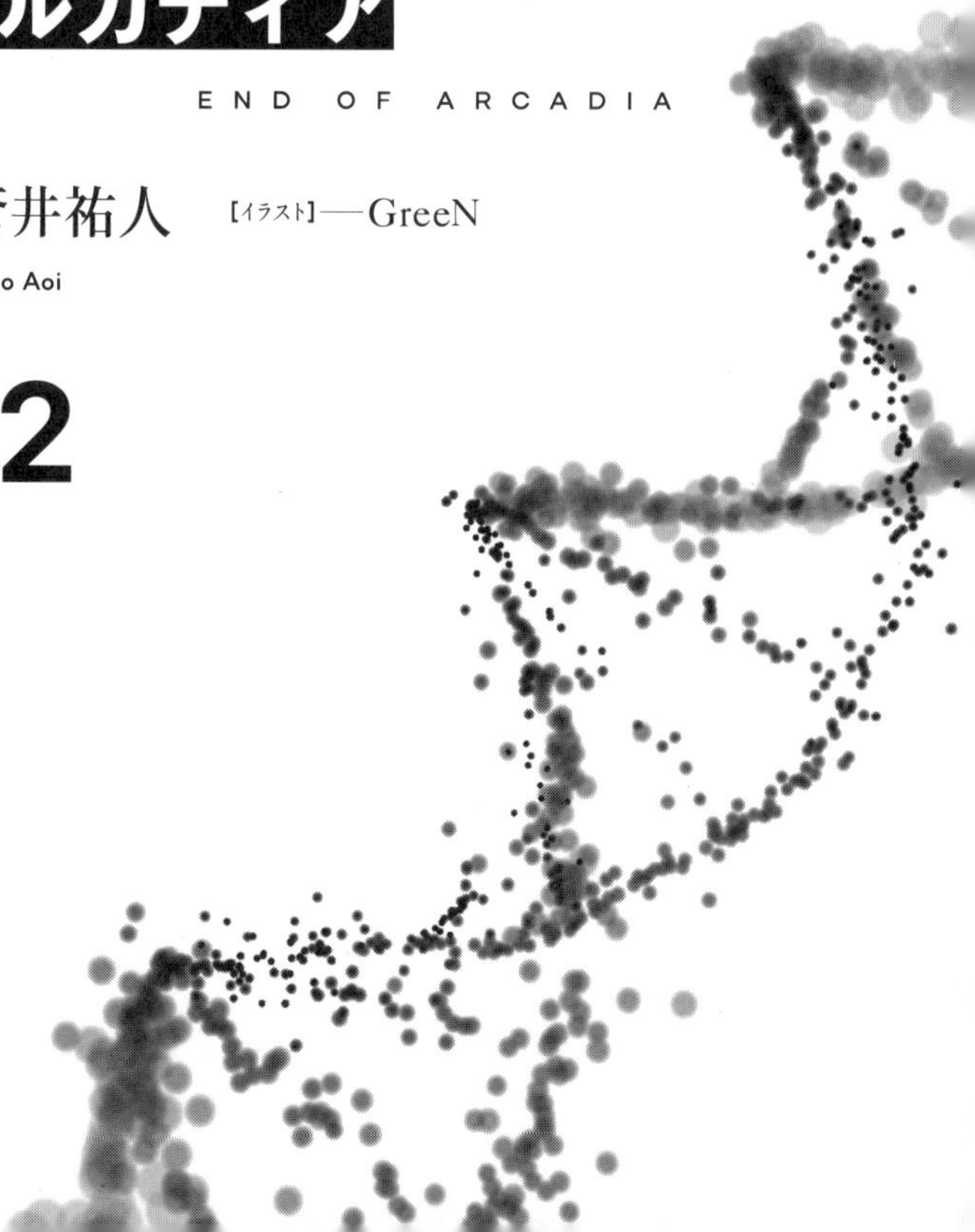

0

恋《こい》に落ちる音がした。

見上げると、揺《ゆ》れる大樹から緑の葉がハラハラと落ちてくる。色とりどりの薔薇《ばら》が咲き乱れる庭園の中で、その緑は白紙に撒《ま》いた絵具《えのぐ》のように鮮《あざ》やかに見えた。

「……いき、てる」

視線の先では、大人の脚《あし》くらいの太さの枝が半ばから折れている。

かくれんぼで背の高いこの大樹に登っていたところ、バリバリと異音を上げてあっさり折れてしまったのだ。

枝葉の隙間《すきま》から漏《も》れ出《で》る作り物の陽光に目を細めた。

「いっつ……。おい、あんた大丈夫《だいじょうぶ》、か――」

すると、すぐ背後から少年の声が響《ひび》く。

そこで、ようやく気が付いた。

自分の身体が、地面に座るような体勢でその声の主に受け止めてもらっていたことに。

「ご、ごめん……っ。私は大丈《だいじょう》、ぶ――」

慌《あわ》てて身体を起こして、動きを止める。

止めなければぶつかっていたからだ。丁度、頭を持ち上げた少年の顔と。

「——」

「——」

少年の黒の瞳《ひとみ》が目の前にある。男にしてはきめ細やかな肌《はだ》の質感から、睫毛《まつげ》の長さまでハッキリと見えた。

咄嗟《とっさ》に呼吸を止めていた。

自分の瞼《まぶた》が見開かれているのが分かる。彼も同様だった。

ドクン、と左胸に収まる心臓が、今までにない鼓動《こどう》の仕方をする。

雷《かみなり》に打たれたようだった。全身の肌《はだ》が粟立《あわだ》ち、血管という血管に熱が回る。

その時、直感した。

これが、そうなのだと。

綺麗《きれい》だとか、恰好良《かっこうい》いだとか、そうした形容の言葉もなく、ただ脳が理解した。

——ああ、落ちた。

それが始まり。

これが、彼と私の最初の物語。

瞼《まぶた》を持ち上げると、青空に向かって大腕《おおうで》を広げる大樹があった。

草木の香りを乗せた風が吹《ふ》きつけてくる。景色はどこまでも夏のそれなのに、黄金の長髪《ちょうはつ》を梳《す》いていく風は少し肌寒《はだざむ》い。ここ嶺京《れいきょう》にも夏の終わりが訪《おとず》れようとしていた。

「……夢」

起き上がり、視線を下ろす。

目の前には嶺京《れいきょう》基地の駐機場《エプロン》があり、ティルトローター式の輸送機やコックピットを排《はい》した戦略外骨格《JOINT》がずらりと並んでいた。ここは基地内に設けられた芝生《しばふ》の広場。そこはよく秋人《あきと》が昼寝《ひるね》をしている場所だった。ふた月前も、よく彼を起こしに来たものだ。以前と異なるのは、かつて敵同士だった白と黒の服の兵士たちが入り混じって往来していること。

天代玲奈《あましろれな》はきゅっと胸元《むなもと》を手で押さえて思い出す。

仄《ほの》かに残るあの日の彼の感触《かんしょく》を。熱を。湧《わ》き上《あ》がる感情に揺《ゆ》れる黒の瞳《ひとみ》の輝《かがや》きを——。

大丈夫《だいじょうぶ》——まだ、覚えている。

繰《く》り返《かえ》される記憶転写《オーバーライト》によりありとあらゆる思い出が色褪《いろあ》せていく中で、この記憶《きおく》だけは唯一《ゆいいつ》はっきり思い返せた。しかし、それもいつ忘却《ぼうきゃく》の彼方《かなた》へと流れてしまうか分からない。

だからこうして毎日毎日、大切に思い返している。

忘れないように。無くしてしまわないように。

「……ああ、やっぱり諦《あきら》めるなんて無理だ、これ」

玲奈《れな》の呟《つぶや》いた言葉は、晩夏の風に巻かれて消えていく。

1

ガラスと間接照明が多用された、近未来的なデザインのオフィス。

あちらこちらに〈ＴＥＬＬＥＳＡ〉の文字を象《かたど》ったロゴが散見される。

そんな事務用品が散乱したまま放置された空間を、駆《か》け抜《ぬ》ける人影《ひとかげ》があった。

一人、二人と続いて、各所から幾十人《いくじゅうにん》もの集団が湧《わ》いて出るようにして合流してくる。

影《かげ》の数は実に二百。

その全員が少年少女であり、タクティカルスーツに身を包んでいる。背中には身長ほどある巨大《きょだい》なバックパックが、腰《こし》にはフレアスカートのように広がるジャンプキットが収まっていた。

そして彼らの手に握《にぎ》られているのは、様々な形状の銃火器《じゅうかき》。

そう――彼らは、兵士だった。

『情報統括《とうかつ》本部より旧テレサビル臨時回収班へ通達。作戦行動時間を二分超過《ちょうか》しています。急いでください。テレサ社の戦術降下艇《ドロップシップ》が当該《とうがい》作戦区域に接近しています』

「やばいやばいやばい、マジでみんな走れ――‼」

先頭を走る黒髪《くろかみ》に黒の瞳《ひとみ》を持つ少年――一之瀬《いちのせ》秋人《あきと》は、脳内に響《ひび》いた通信を聞いて、後続の隊員たちへと叫《さけ》ぶ。

「くそっ、あんなに時間に余裕《よゆう》があったはずなのにどうしてこうなった――！」

するとと、後続の兵士のうち赤髪《せきはつ》を逆立てた少年――遼太郎《りようたろう》が悪態をついた。

「玲奈《れな》が食糧庫《しよくりようこ》で『バラ肉だけじゃ足りないんだけど！』とか言って天然肉の全部位コンプリートしようとしたからだろ！」

それに対して金髪《きんぱつ》の長髪《ちようはつ》を団子状に結《ゆ》った翡翠色《ひすいいろ》の目を持つ少女、玲奈《れな》がすかさず反論する。

「だってバラ肉だけじゃ脂《あぶら》っこくてもたれるじゃん！　みんなだって美味《おい》しいお肉沢山《たくさん》食べたいでしょ⁉　無限に食べてたいでしょ⁉」

「そりゃテメェだけだ！」

うぐぐ、と言葉に詰《つ》まった玲奈《れな》は止まらず言った。

「っていうか、いつまで経《た》っても格納庫《ハンガー》から出てこないリョウこそ時間ロスったじゃん！」

「あんだけパーツがあれば必要なやつを探すだけでも時間かかンだよ！　つーか、格納庫《ハンガー》の回収が遅《おそ》くなったのだって、秋人《あきと》が無限にあるライフルのカスタムパーツに目が眩《くら》んだのが主な原因だ！」

突然《とつぜん》の身内切りに遭《あ》い、秋人《あきと》は振《ふ》り返《かえ》って抗議《こうぎ》の声を上げる。

「ちょっ、遼太郎《りようたろう》お前、俺を売ったな⁉　昔なら一か月評点を溜《た》めないと買えないようなパーツがゴロゴロあるんだぞ⁉　誰《だれ》でも目が眩《くら》むだろ！　超《ちょう》高級パーツだけで組んで〝俺の考えた最強の武器〟を作りたいと思うだろ⁉」

「それもテメェだけだ馬鹿野郎《やろう》！」

ぎゃあぎゃあ叫《さけ》びながら所々照明が落ちたり明滅《めいめつ》を繰《く》り返《かえ》したりしている廊下《ろうか》を走る。

秋人《あきと》たちは今、大規模な物資調達の任務に就《つ》いていた。

目的は食料と整備資材、そして二か月前に秋人《あきと》とフィリアが奪い合ったいわく付きのデータドライブの回収である。これまで幾度《いくど》も回収を試みたのだが、毎度テレサに邪魔《じゃま》されてきたのだ。

二か月前、秋人《あきと》を始めとする二千四百人の兵士は、この廃骸《はいがい》都市・嶺京《れいきょう》を実験場として運用していた世界最大の軍産複合企業《きぎょう》テレサ社の野望を打《う》ち砕《くだ》き、人を殺し続ける悪夢のシステム〈アルカディア〉を破壊《はかい》した。

以来、平和が訪《おとず》れたかと思えたが、しかしすぐに危険は迫《せま》った。

テレサ社が、他の拠点《きょてん》からここ嶺京《れいきょう》に向けて毎日のように自律兵器を大量に送り付けて、秋《あき》人《と》たちを制圧しようとしてくるのだ。

そんな中でも人間、空腹にはなるし、生活を送る上で必要な物資も消費していく。

結果、秋人《あきと》たちは自分たちの物資を調達するために、こうしてテレサ社の放つ自律兵器と戦いながら貯蔵の残るテレサ社の拠点《きょてん》へと遠征《えんせい》していた。

今回の回収任務はその中でも、大規模なものだった。

不意に、秋人《あきと》の横に一人の少女が並ぶ。

プラチナブロンドの長髪《ちょうはつ》に、真夏の空よりも深い蒼《あお》の瞳《ひとみ》。

直視し続けると現実感を失いそうになるほど美しいその少女——フィリア・ロードレインは、しかし、極寒《ごっかん》の鋭《するど》い視線を秋人《あきと》に向けた。

「騒《さわ》いでないで急いで。——これだからエルメア《エルマー》人は統率《とうそつ》が取れてなくて嫌《きら》いなのよ」

そう言って鼻を短く鳴らしたフィリアに、遼太郎《りょうたろう》が噛《か》みつく。

「オイ《致死の蒼《リーサルブルー》》！　テメェだって格納庫《ハンガー》の調整室で航空ドローンのプロトタイプが並んだケースにへばりついていつまでも動かなかっただろうが！」

秋人《あきと》はフィリアの顔を見る。

対してフィリアはふい、と顔を背《そむ》けた。

「……フィリア、格納庫《ハンガー》で姿が見えないと思ったらそんなところにいたのか……。言ってくれれば俺のバックパックにドローンの一台くらい入れてやったのに」

この少女、クールに見えて、その実ドローンへの愛が海溝《かいこう》よりも深いのだ。沼《ぬま》に嵌《はま》っていると言ってもいいかもしれない。

フィリアは顔を真っ赤にして振《ふ》り返《かえ》ると、目を三角にして逆立てた。

「う、うるさいっ！　何よその目は！　別にわたしは今後の作戦のために有用な機体を吟味《ぎんみ》してただけで、決して新しいペットを探していたとかそういうわけじゃ──」

「オイ、秋人《あきと》。コイツ、今ドローンのことをペットって言ったか？」

「遼太郎《りょうたろう》、そこは最早驚《もはやおどろ》くべきポイントじゃないんだ」

「わたしの話を聞きなさいよ‼」

「いってえぇっ！」

器用なことに並走《へいそう》しながらフィリアに足の甲《あしのこう》を踏《ふ》みつけられて、秋人《あきと》は飛び上がり悶絶《もんぜつ》する。

第二撃《だいにげき》を繰《く》り出《だ》そうとするフィリアを見て喉《のど》の奥で叫び、秋人《あきと》は逃《に》げるように速度を上げた。

そんな秋人《あきと》の肩《かた》に、フィリアとは反対側から手が置かれる。

「ちょっとちょっと、そこの《血も無き兵《ブラッドノート》》」

「は、……い？」

振《ふ》り返《かえ》ると、そこにいたのは秋人《あきと》の胸骨くらいまでしか身長のない小柄《こがら》な少女。

少女の名はシスティ・カルトル。

フィリアと長年連《つ》れ添《そ》った手練《てだ》れの狙撃兵《そげきへい》である。

彼女に頭部を撃《う》ち抜《ぬ》かれたエルメア人《エルマー》は数知れず。

しかし、秋人《あきと》はシスティの姿を見て別の意味で震《ふる》えていた。

その身体よりも長いスナイパーライフルを背負った彼女は、ボブカットの髪《かみ》を揺《ゆ》らしてニコリと笑うと、秋人《あきと》だけに聞こえる声量で囁《ささや》く。

「なにフィリアを困らせてんのかな？　っていうかいつになったらフィリアとの関係、公表すんの？　そもそもちゃんと付き合うってことになったの？　――ねえ、私言ったよね。あの子を悲しませたら脳天ブチ抜《ぬ》くって」

「いや、あの、それはその――」

マシンガンのように質問攻《しつもんぜ》めにしてくるシスティに対して、秋人《あきと》はしどろもどろになる。

そして秋人《あきと》は決意を固める。

過去の偉人《いじん》は言った。逃《に》げるが勝ち、と。

秋人《あきと》は加速した。

「あっ！　逃《に》げんな《血も無き兵《ブラッドノート》》!!」

システィの怒声《どせい》を背に受けながらテレサ社のエントランスホールを駆《か》ける。

かつてはテレサの社員で埋《う》め尽《つ》くされたこの場所をフィリアと並んで逆方向に走《はし》り抜《ぬ》けたものだ。当時はエルメアとローレリアの人間が肩《かた》を並べて戦うことなど到底《とうてい》信じられなかった。

しかし、それも今では過去の思い出。

今ではこうしてともに戦線を張っているのだから、世の中何が起こるか分からない。

テレサビルの正面エントランスに迫《せま》る。

視界が白ばむ中、ビルの外へと踏《ふ》み出《だ》した。

「――」

後から続いてきた二百人の足音が重なり、止まる。

そこは二か月前の激闘《げきとう》の爪痕《つめあと》が残る、ビル前広場だった。

未《いま》だ当時のテレサ社製自律兵器の残骸《ざんがい》が堆《うずたか》く積まれ、砲塔《ほうとう》や履帯《りたい》の外れたイージス戦車《ABT》の亡《なき》骸《がら》が山脈のように連なっている。

秋人《あきと》は爪先《つまさき》に当たった空薬莢《からやっきょう》が転がる音を聞きながら、辺りを見回した。

思い返すのは、神崎徹《かんざきとおる》と相対したあの日のこと。

この場所で全てが変わった。

この場所で全てが動き出した。

アルカディアを壊《こわ》した、その日から。

——本当に壊《こわ》して、良かったのか？

「……っ」

不意に声を聞いた気がした。

秋人《あきと》は首を横に振《ふ》る。

それは幻聴《げんちょう》。脳の作り出した偽《いつわ》りの神経信号。

そのはずなのに。

しかしそれはまるで、心の内に巣食うもう一人の自分の声のようで——

『情報統括《とうかつ》本部より臨時回収班！　戦術降下艇《ドロップシップ》より射出光を確認《かくにん》——戦略外骨格《JOINT》三機です！』

そこで秋人《あきと》ははっと顔を上げる。

感傷的になっていたのは秋人《あきと》だけではなかったようで、遠い目をしていた他の二百人の隊員たちもまた焦点《しょうてん》を戻《もど》すと、喉《のど》を晒《さら》した。

秋人《あきと》はスマートコンタクトレンズの倍率を引き上げる。

視界に捉《とら》えたのは三つの黒点。

円形のそれは橙色《だいだいいろ》の光を曳《ひ》いた対空砲火《ほうか》を受け、次々に形状を溶《と》かしていく。

しかし、それは本体ではない。外殻《がいかく》だ。

「総員、光学ジャミング装置起動！」

秋人《あきと》の声に呼応して、部隊全員が駆《か》け出《だ》すと同時、背負っていたバックパックをその場に投げ捨てる。

そうして彼らが指を伸《の》ばしたのは、それぞれの首に巻かれている金属製のチョーカーだった。

かつて同じ場所に巻かれていた変数体同期装置《MSシンカー》とは似て非なるもの。

それはその名の通り光学センサーに対するジャミング装置。

可視光線を消して欺《あざむ》くのではなく、余分な波長の電磁波を発することでセンサーにノイズを発生させる仕組みらしい。以前にテレサの兵器開発の研究室から拝借してきた代物《しろもの》だった。これを使用することで被弾率《ひだんりつ》を大幅《おおはば》に下げることができるのだ。

もっとも、ジャミングの影響《えいきょう》はドローンのみならずニューラルゲートを埋《う》め込《こ》んだ人間に対しても有効なため、秋人《あきと》たちは事前にジャミングのパターンコードを共有することで中和していた。

すると、百メートル先に三つの大質量が着弾《ちゃくだん》した。

積み上げられた瓦礫《がれき》ごとアスファルトが捲《めく》れ上《あ》がり、粉々になって四散する。

もうもうと立ち込める粉塵《ふんじん》の奥に現れたのは、頭部と胸部が一体となった機械仕掛《じか》けの巨人《きょじん》。

歩兵用の強化外骨格として開発されたはずなのに、自律兵器開発競争の波に呑《の》まれ、いつしか人を乗せることすらやめた無人の二足歩行兵器――。

戦略外骨格《JOINT》である。

それらはまるで生まれ落ちた雛鳥《ひなどり》のように、半分溶解《ようかい》している対爆《たいばく》仕様の外殻《がいかく》を内側から破ると、その剛健《ごうけん》な両脚《りょうあし》で旧テレサビル前広場に立ち上がった。

塵《ちり》の中で、戦略外骨格《JOINT》の青白いセンサーが無数に照射される。

しかし、その時既《すで》に二百名の兵士による球状の包囲網《ほういもう》が形成されていた。

超《ちょう》高層ビルの合間を飛び回る兵士が構えるのは、多種多様な最新兵器。

「――撃《う》て！」

秋人《あきと》が叫《さけ》ぶと同時、全方位から斉射《せいしゃ》が行われた。

遼太郎《りょうたろう》が最近使い始めた曳火射撃《エアバースト》方式のグレネードランチャーを連射し、システィは先ほど調達したばかりの特殊徹甲弾《SAP弾》を撃《う》ち込《こ》む。

戦略外骨格《JOINT》は全身に装備したありとあらゆる火砲《かほう》を駆使《くし》して、装甲《そうこう》を破り得る致命弾《ちめいだん》だけ正確に撃《う》ち落《お》としていた。

しかし、それにも演算能力の限界がある。

敵三機の右後方――その位置が戦略外骨格《JOINT》にとって迎撃《げいげき》がしにくい甘い角度だと見切った秋人《あきと》は、ジェットキットを吹《ふ》かして移動した。

狙《ねら》うのは秋人《あきと》に背を向けている戦略外骨格《JOINT》の右の腰部《ようぶ》。そこにある主電源装置だった。ひとたび弾丸《だんがん》が達すれば、爆《は》ぜた火焔《かえん》が弾薬《だんやく》保管区画まで回り、他二機を巻き込んで爆発《ばくはつ》する計算である。

秋人《あきと》は瓦礫《がれき》だらけの幹線道路に降り立つなり、ぐっと腰《こし》を落として、低い角度から狙《ねら》いを定め――

「……っ!?」

トリガーにかけた人差し指が、曲がることなくそのまま硬直《こうちょく》した。

頭が真っ白になる。

想定していた未来とやってきた現実とが乖離《かいり》していることに脳が混乱する。

固まっているのは指だけではなかった。

五指が、手首が、腕《うで》が、肩《かた》が――右腕《みぎうで》全体が秋人《あきと》の命令に抗《あらが》うかのようにギリギリと細かく震《ふる》えるまま、全く動かなかった。

――なんっ、だ⁉　右腕《みぎうで》が動かない⁉

驚《おどろ》くままに立《た》ち尽《つ》くしてしまった秋人《あきと》の眼前から、金属製のシリンダーの稼働音《かどうおん》が聞こえる。

見れば、戦略外骨格《JOINT》の一機が、秋人《あきと》をじっと見下ろしていた。

否、ただ見下ろしているだけではない。

その両腕《りょううで》に抱《かか》えられた主力兵装・三十五ミリデュアルキャノンの銃口《じゅうこう》が向けられていた。

今から全力で回避《かいひ》機動をとったとしても、膝《ひざ》が伸《の》びてしまっている分、動き出すのに時間がかかる。三百パーセント間に合わない。避《さ》けられない。

ぞ、と背筋が冷え、全身が竦《すく》み上《あ》がる。

「お――」

――わった。

そう言葉が口をついて出ようとした時だった。

「秋人《あきと》っ‼」

少女の鋭《するど》い声とともに、無数の自爆ドローン《SUAV》が秋人《あきと》の身体を追《お》い越《こ》して戦略外骨格《JOINT》へと肉薄《にくはく》したのは。

爆炎《ばくえん》が爆炎《ばくえん》を呼び、灼熱《しゃくねつ》の突風《とっぷう》がスーツを焦《こ》がす。

そんな中、秋人《あきと》の隣《となり》にプラチナブロンドの少女が並ぶ。

フィリアである。

彼女は険しい表情で戦略外骨格《JOINT》に向けてライトマシンガンを連発した。

フィリアは視線を前に向けたまま声を張る。

「何ぼうっとしてるの!! 死ぬわよ!?」

「悪い……っ! 助かった!!」

この爆発《ばくはつ》は目標への着弾《ちゃくだん》によるものではなく、戦略外骨格《JOINT》に搭載《とうさい》されたアクティブ防護システムが行った迎撃《げいげき》によるもの。

敵機は三機とも未《いま》だ健在だ。

体勢を立て直した秋人《あきと》は右手に力を籠《こ》める。

指、手首、肘《ひじ》、肩《かた》――今度は全て動く。さっきの硬直《こうちょく》が嘘《うそ》のようだった。

すると、フィリアの放った追尾弾《スマートブレット》が戦略外骨格《JOINT》のセンサーの一つを破壊《はかい》する。

同時、戦略外骨格《JOINT》の放つ弾丸《だんがん》の雨に歪《ひず》みが生じた。

「今よ、行って!」

「りょーかいッ!」

秋人《あきと》に向かって放たれる三十五ミリデュアルキャノン。

しかし、既《すで》にその弾道《だんどう》を予測していた秋人《あきと》は身体を捩《ね》じるようにして砲撃《ほうげき》を回避《かいひ》。

そのまま地面ギリギリを飛ぶようにして駆《か》けた秋人《あきと》は、スライディングして戦略外骨格《JOINT》の股《また》をかいくぐる。

そしてその巨体《きょたい》が振《ふ》り返《かえ》るよりも早く、丸見えとなった主電源装置にホロサイトの照準を重ね合わせた。

「──ごめんな」

反動でストックが右肩《みぎかた》に沈《しず》み、薬室《チャンバー》から真鍮製《しんちゅうせい》の空薬莢《からやっきょう》が一斉《いっせい》に吐《は》き出《だ》される。

果たして、そこには開いた穴から紫電《しでん》を撒《ま》き散《ち》らす複合装甲《そうこう》があった。

秋人《あきと》はすぐさま飛《と》び退《すさ》り退避《たいひ》する。

地面を蹴《け》りあげてからものの一秒半で弾薬《だんやく》保管区画に引火。

直後、旧テレサビル前広場に三つの巨大《きょだい》な火球が生まれた。

「ヒューーッ！　ザマぁねえなテレサ！　三千六百万ラリスが一瞬《いっしゅん》で消し炭とは泣けるぜ！」

ペットボトル一本の価格がおよそ一ラリス。戦略外骨格《JOINT》一機あたり三千六百万ラリスというのは途方もない数字である。

遠くから遼太郎《りょうたろう》の喚声《かんせい》が聞こえてくるなり、回収班の面々が次々に鬨《とき》の声《こえ》を上げる。

頭上から金属片《きんぞくへん》が降り注ぐ中、秋人《あきと》はライフルを持ったまま左手を腰《こし》に置いて深く溜息《ためいき》をついた。

今のは本当に危なかった。

死神の鎌《かま》の切っ先が、喉元《のどもと》に食い込んだ気分だ。

「……なんだったんだ、今のは」

秋人《あきと》はライフルを左手に持ち替えて、右手を開いて閉じる。なんともない。多少二《に》の腕《うで》の辺りに違和感《いわかん》があるような気がするが、変わらず右手は意のままに動いてくれた。

秋人《あきと》はこの症状に一つだけ心あたりがあった。

内心で冷汗《ひやあせ》を流していると、慌《あわ》ててジェットキットを焚《た》いて倒壊《とうかい》したビルを飛《と》び越《こ》えてくる人影《ひとかげ》があった。

風に金髪《きんぱつ》を流す翡翠色《ひすいいろ》の目の少女――玲奈《れな》である。

「ちょっとアキ、大丈夫《だいじょうぶ》!?　火傷《やけど》してない!?」

秋人《あきと》に駆《か》け寄《よ》りながらのその声は切羽詰《せっぱつ》まっていた。

本気で心配してくれている彼女の優《やさ》しさに自然と頬《ほお》が緩《ゆる》むのを感じる。

「問題ない！　顔の辺りが生焼《レア》けになったくらいだ！」

「え、レア？」

「おい、俺を見て喉《のど》を鳴らすなよ……」

圧倒的《あっとうてき》肉食獣の異名を持つ玲奈《れな》は、一転して食欲に支配されただらしない顔になる。

そんな玲奈《れな》を見て秋人《あきと》が苦笑《くしょう》を浮《う》かべていると、彼女とは逆方向からまた別の声が飛んできた。

「なに温《ぬる》い動きしてるのよ秋人《あきと》。そんなだから《根性無し《ガッツノート》》なんて呼ばれるんじゃない」

誰何《すいか》するまでもない。それはフィリアの声だった。

「ちょっ、誰《だれ》だ、そんな不名誉《ふめいよ》な渾名《あだな》を付けたのはっ」

抗議《こうぎ》の声を上げながら振《ふ》り返《かえ》った先で、腰《こし》に手を当てたフィリアは肩《かた》を竦《すく》めて短く答えた。

「システィが言ってた」

「あのリトルピアサー……！　いっつも好き放題言ってくれる……！」

眉《まゆ》を立てて咆《ほ》えたその傍《かたわ》ら。

「む……」

「……」

二人の足がざっと砂利《じゃり》を蹴《け》って止まる。

秋人《あきと》を挟《はさ》む形で、玲奈《れな》とフィリアは相対した。

短く声を漏《も》らしたのは玲奈《れな》。対して沈黙《ちんもく》したのはフィリア。

「あ、あの……お二人さん……？」

おかしい。

ついさっきまでここで繰《く》り広《ひろ》げられていた戦火より、よっぽど激しい炎《ほのお》の幻影《げんえい》が二人の背後に見える気がする。

というより、二人ともいつの間にか互《たが》いの得物のトリガーに指がかかっていた。

玲奈《れな》の高速機動用にカスタマイズされたジェットキットのスリットがゆっくりと呼吸するように脈動し、フィリアの愛機である航空ドローンの〈イヴ〉が彼女の背後で不気味なチャージ音を鳴らし始める。

思わず喉《のど》が上下した。

「ねえ、アキ。さっき、一瞬《いっしゅん》だけ身体の挙動がおかしかったけど、どこか調子悪いの？」

玲奈《れな》は一瞬《いっしゅん》たりとも秋人《あきと》に目を向けないまま、硬《かた》い声で訊《たず》ねてくる。

その翡翠色《ひすいいろ》の双眼《そうがん》が見据《みす》えるのは、眼前の少女——《致死の蒼《リーサルブルー》》。

その視線の先にいるフィリアも同様に、まっすぐ玲奈《れな》の目を見据《みす》えていた。

秋人《あきと》は先ほどの死の淵《ふち》に感じたものとは別の緊張《きんちょう》にかられて、冷汗《ひやあせ》を流す。

「い、いや……何も、全然、余裕《よゆう》で、大丈夫《だいじょうぶ》だ。し、強《し》いて言えば、光学ジャミング装置の電磁波が、〈ニューラルゲート〉に干渉《かんしょう》していたのかも、しれない。いずれにせよ、大した問題じゃない」

嘘《うそ》だった。光学ジャミング装置に不具合など九割九分発生していない。

しかし、ここで右腕《みぎうで》の不調など訴《うった》えたら戦線から外されるのは必至。

アルカディアを破壊《はかい》して今の状況《じょうきょう》を作ったのは秋人《あきと》だ。その張本人が、仲間を戦場に置いたまま前線から退《しりぞ》くなど、この身が朽《く》ちてもできない。

すると、秋人《あきと》の言葉に玲奈《れな》がようやくフィリアから視線を剝《は》がして秋人《あきと》を見た。

その目は暗く据《す》わっている。

そして玲奈《れな》は、秋人《あきと》の首元に手を伸《の》ばしながら不意に笑って、

「それはよくないね。そしたら私が内部システムを診《み》て――」

「――面倒《めんどう》だけど、わたしが診《み》てあげる。システムのエラー程度なら、すぐに直せるわ」

反対側から近づいてきたフィリアに言葉を遮《さえぎ》られた。

「――」

「――」

二人の手が秋人《あきと》の首に巻かれたチョーカー型の光学ジャミング装置に触《ふ》れて、止まる。

玲奈《れな》の手は燃えるように熱く、一方でフィリアの指先は氷のように冷え切っていた。

なぜか秋人《あきと》の脳裏《のうり》に、急激な温度差に四散するガラスの様子が浮《う》かぶ。

再び訪《おとず》れる沈黙《ちんもく》。

その間に、なんだなんだと異変を察知した隊員たちが遠巻きに集まってきた。

しかし、玲奈《れな》もフィリアもそんな周りのことなど全く視界に入っていないようだ。

「アキに何の用、《致死の蒼《リーサルブルー》》」

「あなたこそ秋人《あきと》に何の用かしら《九ミリの令嬢《ミズ・ナイン》》」

双方《そうほう》ただ直視するのは、互《たが》いの虹彩《こうさい》のみ。

二人とも食らいついた狼《おおかみ》のように、秋人《あきと》のチョーカーを摑《つか》んで離《はな》さない。

ここで問題がひとつ生じる。

チョーカーには、そもそも装着者の首に対して遊びの空間がないのだ。

つまり、その狭《せま》い空間に二人分の指がねじ込まれているとなると、必然的に首が圧迫《あっぱく》されるわけで――。

「アキの光学ジャミング装置の調子が悪いみたいだから、診《み》てあげようかと思って」

「奇遇《きぐう》ね。わたしも彼の不調が気になるからこれから診断《しんだん》するところなの」

「ちょ、二人とも、落ち着け……っ。っていうか、く、首が……っ」

もがく秋人《あきと》。

血が上った頭で両者の手をタップする。

しかし、とっくの昔に二人だけの世界《せんじょう》に入り込んでいる玲奈《れな》とフィリアに掠《かす》れた声が届くはずもなく。

「多忙極《たぼうきわ》まる情報統括《とうかつ》本部長様の手を煩《わずら》わせるわけにはいかないから、ここは私に任せてくれて大丈夫《だいじょうぶ》だよ。私、アキとは幼馴染だし同じエルメア出身だから〈ニューラルゲート〉の自己進化ファームウェアの形式も似てるんだよね。だから、直すのも早いはず」

「いえいえ、それこそ食料調達班班長の足をここで止めるわけにはいかないわ。みんな、基地でお腹《なか》を空かして待っているし。何より、わたし、こう見えて並列《へいれつ》演算は得意なの。前にこの人とはNLI接続したこともあるし、彼の〈ニューラルゲート〉のクセはよく分かっているのよ」

「へ、へぇ……NLI接続、ね」

「そうよ。その時に秋人《あきと》の感情とも同期したから、この人のことはよく分かっているの」

「だ、だれか……。た、……たす、……け……」

念意通信で二人に声を飛ばせばよかったと今更《いまさら》気付くが、全ては時遅《おそ》し。

脳波の強弱を繊細《せんさい》に読むことで実現する念意通信に対して、強すぎる思念は大きなノイズとなるため大敵なのだ。

「ッたく、なンの騒《さわ》ぎだこりゃ」

「あーあーまったく、相変わらず《血も無き兵《ブラッドノート》》は懲《こ》りないねぇ」

そこに、遼太郎《りょうたろう》とシスティらしき声が響《ひび》く。

睨《にら》み合《あ》いに発展していた二人＋一人を見つけて駆《か》けつけてきたのだろう。

そして事態を目の当《ま》たりにした遼太郎《りょうたろう》とシスティは同時に息を呑《の》んだ。

「お、おい……玲奈《れな》」

「ちょっとフィリアー」

「「なに!?」」

声をかける遼太郎《りょうたろう》とシスティに対して、声を合わせて鋭《するど》く睨《にら》む玲奈《れな》とフィリア。

遼太郎《りょうたろう》は気圧《けお》されてたじろぎ、システィは心底面倒《めんどう》くさそうに溜息《ためいき》をつく。

「私としてはそのまま握《にぎ》り潰《つぶ》して欲しいところなんだけど――」

それからシスティは、つい、と秋人《あきと》の顔を指さした。

「《血《ソ》も無き兵《レ》》、息してないよ」

彼女の言葉に、ゆっくりと互《たが》いの手元に視線を移動させる黄金と白銀の少女。

「「あ……っ!!」」

二人揃《そろ》って声を上げた先には、泡《あわ》を吹《ふ》いた秋人《あきと》の姿があった。

2

その空間は、天頂まで二十メートルもある巨大《きょだい》なドームだった。

完全防音仕様の半球型のその場所は、しかしコンサートホールでもなければ舞台《ぶたい》でもない。

壁《かべ》という壁《かべ》、天井《てんじょう》という天井《てんじょう》にびっしり敷《し》き詰《つ》めるようにして浮《う》かんでいるのは多種多様の情報を絶え間なく映し出すホロウィンドウ。

あるウィンドウの中では激しい銃撃戦《じゅうげきせん》の様子が映り、別のウィンドウには今まさに歩兵に向かって加速する自律兵器の視点が描画《びょうが》されていた。

それら情報を、百名を超《こ》す人型がデスクに座って管理している。

人型の半分は、感情ユニットを排《はい》したニューラルネットワーク式のアンドロイド。そしてもう半分は、性別も年齢《ねんれい》も人種も様々な大人たち。

ここは世界最大の軍産複合企業《きぎょう》・テレサ社本社にあるコマンドルームだった。

「クソッ、また全滅《ぜんめつ》かッ！」

その中心で男が一人、機材の載ったデスクを蹴《け》り飛《と》ばす。

それは初老の男性。刈《か》り込《こ》んだ毛髪《もうはつ》のほとんどは白に変わっており、その日に焼けた浅黒い肌《はだ》によく映《は》える。ガタイが良く、窮屈《きゅうくつ》そうに着込《きこ》んだ仕立ての良いグレーのスーツは今にもはちきれそうだ。服越《ふくご》しにも鎧《よろい》のように纏《まと》った筋肉の存在が分かる。凶悪《きょうあく》な双眸《そうぼう》の収まる顔には、額から右頰《みぎほお》にかけて一本の切り傷があった。

一目で、彼がキャリア街道《かいどう》とは別の道を上ってこの場所にいることが分かった。

男の名は、ランド・ローガン。

テレサ社・安全保障局局長。

つまり、実質的なテレサ陸軍のトップだった。

コマンドルームにいる半分の人型は、ランドの立てた爆音《ばくおん》にびくりと肩《かた》を震《ふる》わせる。ある者は恐《おそ》る恐《おそ》る振《ふ》り返《かえ》って様子を伺《うかが》い、ある者は触《さわ》らぬ神に祟《たた》りなしとばかりに自分の仕事に集中する。

ランドはそんな彼らの様子もまた気に喰《く》わないのか、二度三度と近場のデスクを続けて蹴《け》った。

「追加の戦略外骨格《JOINT》を投入しろ！　航空ドローンも大小構わず突《つ》っ込《こ》ませるんだ！　どうせ有り余っているんだ、他の無人基地からかき集めろ！」

怒号《どごう》が鳴《な》り響《ひび》く。

しかし、そこに返ってくる言葉はない。誰《だれ》も、何も彼に言えなかった。

できるのはランドの言葉に従うことのみ。

この場所は、彼にとっての王国だ。

「ッチ、まったくふざけている。この自律兵器寡占《かせん》の時代に、どうして歩兵連隊の一つや二つ潰《つぶ》せない！　相手はただの人間だぞ⁉」

苛立《いらだ》ったランドは憤怒《ふんぬ》に震《ふる》えた手でジャケットの内側をまさぐり、一本の茶色いスティックを取り出した。それは不思議な質感をしていた。ペンにしては太すぎるし、その表面はざらざらしていて非機械的だ。

振《ふ》り返《かえ》った新人職員の一人がそれを目にしてぎょっとした。

なんとランドの手にあったのは、剝《む》き出《だ》しの葉巻だったのだ。

加熱式煙草《たばこ》ですら廃《すた》れて、今では〈マインドステート〉による電気信号で疑似的《ぎじてき》に喫煙《きつえん》を体験する仮想煙草《バーチャルシガー》アプリケーションが当たり前の時代。

なんという時代錯誤《さくご》。なんという懐古《かいこ》主義。その上、超《ちょう》精密機器の集まるこの場所で塵《ちり》の塊《かたまり》を吹《ふ》き出《だ》そうとするなど言語道断――！

しかし、そんな若人《わこうど》の戸惑《とまど》いもまったく気にする様子もなく、ランドは葉巻の端《はし》を切り落とし、いそいそと咥《くわ》えて着火した。

吐《は》き出《だ》される煙《けむり》に、続く至福の溜息《ためいき》。

その蜂《はち》の巣《す》に齧《かじ》りついた熊のようなランドに、しかし背後から呼びかける声があった。

「……ランド局長、ちょっと」

「なんだ」

ぶわ、と煙《けむり》を吐《は》き出《だ》し、しかめ面《つら》をして振《ふ》り返《かえ》った──その先。

そこには細身のスーツに身をまとった神経質そうな若い男が立っていた。

その男は、ランドの口元で火種が赤く灯《とも》る葉巻とはまた別の意味で時代錯誤《さくご》な道具──細身の銀フレームが特徴的《とくちょうてき》な眼鏡をかけている。

ランドはその姿を見るなり、胸の内を嫌《いや》な予感がよぎるのを感じた。

その細身の男はリム・ディアス。

所属は防諜局《ぼうちょうきょく》。いわゆる諜報《ちょうほう》機関の背広組である。

「見ていただきたいものがありまして」

「今は忙《いそが》しい。後にしてくれ。あのクソ神崎《かんざき》の尻拭《しりぬぐ》いをさせられている最中なんでな」

「五分でも時間をいただけませんか」

「くどい、お前はこの状況《じょうきょう》を見て俺が暇《ひま》だと思うのか！」

極《きわ》めて丁寧《ていねい》に言葉を並べるリムに対して、語気を荒《あら》げて言い放つランド。

しかし、リムは引き下がるどころか、ランドの耳元に顔を寄せて、

『……ランド局長からウチで預かっていた例のモノ、それが外部に流出した可能性があります』

極秘《ごくひ》回線の超短距離《ちょうたんきより》通信で短く言った。

さっ、とランドの顔色が変わる。

辺りを見回し、立ち上がる。

さっきまでの激情はどこへやら。

目の色が変わったランドは、ひどく冷静に答えた。

「話せ」

「現場に来ていただくのが早いかと。最初に異変を察知したエンジニアがそこにいます」

ランドは短く頷《うなず》くと、手近にあった誰《だれ》かの空のマグカップに葉巻を立て、テーブルに放ってあった一丁のハンドガンを腰《こし》に差した。

そして、周りには何も告げずコマンドルームを後にする。

その異様な光景に、残された職員たちは騒然《そうぜん》とした。しかし、そんな職員たちの様子もランドの記憶《きおく》には些《いささ》かも残らない。

ランドはリムに連れられるままに、さながら迷宮《めいきゅう》のごとく入り組んでいる本社ビルを立体的に縫《ぬ》うように進んでいく。

ある時は非常階段の途中《とちゅう》にある道を進み、ある時は清掃《せいそう》用具入れに隠《かく》された扉《とびら》をくぐる。

そうして最後に十分ほど壁《かべ》のない廊下《ろうか》を歩いた先に、目的の場所はあった。

両開きの扉《とびら》を開ける。

眼前に広がったのは、先ほどのコマンドルームよりもはるかに広い直方体の空間。

テレサ社の極秘《ごくひ》のサーバールームである。

「状況《じょうきょう》に変化はありましたか」

勝手知ったる様子でサーバールームへ踏《ふ》み込《こ》んだリムは、その中央付近で作業にあたってい
たエンジニアに声をかける。

リムよりも更《さら》に年若い青年のエンジニアは声に振《ふ》り返《かえ》ると、力なく首を横に振《ふ》った。

「ダメです。コピーガードが完全に破られています。巧妙《こうみょう》に隠蔽《いんぺい》されていましたが、ここに保
管されていたデータ全てが転送された形跡《けいせき》が残っていました」

「侵入《しんにゅう》されたのか」

不意に訊《たず》ねたランドに、エンジニアは驚《おどろ》いた表情を見せながらも、努めて冷静に言葉を返す。

「いえ、侵入《しんにゅう》ではありません。賊《ぞく》が入ってデータを抜いたのではなく、データの方から外部へ
流れ出た形です」

「そんな馬鹿な話があるか。ここに収められていたシステムデータは、完全なスタンドアロン
の環境《かんきょう》で開発されたんだぞ」

「だから、その開発が終わった後、ここへ転送した際に中継侵入《インターセプト》されてバックドアを仕掛《しか》けら

れたんです。流出自体は二十分前のことですが、バックドア自体はもっと前——二か月前に仕《し》掛《か》けられたものでした」

「……ッチ。そういうことか」

ランドは吐《は》き捨《す》てるように言った。

「賊《ぞく》の特定はできましたか」

リムの問いかけに、青年は再び伏目《ふしめ》がちにかぶりを振《ふ》る。

「まだできていません。先ほども言ったように痕跡《こんせき》はないわけではないんです。いや、むしろあり過ぎるくらいなんです。でも、それらは全て意図的に仕《し》掛《か》けられたダミーで、本物に辿《たど》り着《つ》くまでにそれなりの時間を要します」

ランドはがしがしと乱暴に頭を掻《か》いた。

「これだから脳の詰《つ》まっていない役員の連中は嫌《きら》いなんだ。あのクソ神崎《かんざき》でさえ、オンラインでの転送は最後の最後まで拒《こば》んだ。奴《やつ》らはこの世に絶対に安全な回線など存在しないということを理解していないんだ」

「どういたしましょう……」

不安げに呟《つぶや》く青年に、ランドは視線を向けた。

それからニッコリと柔和《にゅうわ》な笑《え》みを見せる。

それは、先ほどまでの傍若無人《ぼうじゃくぶじん》な彼をよく知る者からすれば、背筋の凍《こお》るような豹変《ひょうへん》ぶりだった。

「いや、君はよく気付いてくれた。まさに我が社の命運を左右する事態だ。テレサの経済網《けいざいもう》の存亡すらかかっていると言っても過言ではない。君は英雄《えいゆう》だ」

「そ、そんな、英雄《えいゆう》だなんて」

謙虚《けんきょ》なその言葉とは裏腹に、青年の顔はぱっと光《ひか》り輝《かがや》いた。

期待と希望と愉悦《ゆえつ》。それらが入り混じった混じりけの無い瞳《ひとみ》がランドを見上げる。

その両肩《りょうかた》にランドは手を置いて、ずい、と顔を近づけた。

「……それで、君はこのことを防諜部《ぼうちょうぶ》の上司にちゃんと報告したかね？」

「い、いえ……。も、申し訳ございません。それは、まだ……。最低限の事実確認《かくにん》を終えてから、報告を上げようと思っていましたので……まだ、リム室長にしかご報告は――」

さっと顔に影《かげ》が差した青年は、不安げに声を上げる。

「――そうか。いや、そうか。分かったよ」

しかし、すぐにランドが再び笑《え》みを浮《う》かべてバシバシと青年の肩《かた》を叩《たた》いたことで、その表情は再び晴れやかなものへと戻《もど》っていった。

まるで、突如《とつじょ》として目の前に現れた出世への花道を幻視《げんし》しているように。

その時だった。

消音装置に押《お》し殺《ころ》された銃声《じゅうせい》が、消え入るように響《ひび》いたのは。

「え……？」

青年は浮《う》かべた笑《え》みを凍《こお》らせ、目を見開く。

そしてゆっくりと視線を下ろし、みるみるうちに赤色が広がっていく自分の腹を見た。

「局長――」

思わずといった様子でリムが一歩前に出る。

ランドはそれを目線だけで止めた。

いつの間にかランドの右手には、小型のサプレッサーが付いたハンドガンが握《にぎ》られている。

ランドの頰《ほお》に飛散した青年の返り血が、零《こぼ》れる涙《なみだ》のようにゆったりと伝った。

「――」

ランドは青年に向き直る。

彼はゆっくりと膝《ひざ》から崩《くず》れ落《お》ちると、悲壮《ひそう》と希望とが入り混じった顔でランドを見上げた。

「きょ、きょく、長……？　どう、して……？」

「喜べ。これで君も英雄《えいゆう》の一人だ」

もう一発、掠《かす》れた銃声《じゅうせい》が鳴った。

後頭部から花を咲《さ》かせた青年は、やがてよろめき仰向《あおむ》けに倒《たお》れた。

ランドはそれを黒く濁《にご》った瞳《ひとみ》で見下ろす。

そこに、リムが詰《つ》め寄《よ》った。

「あなた、どういうつもりで私の部下を……ッ！」

「おい、リム」

その喉《のど》を、ランドは節くれだった左手で捕《と》らえると、リムの細身ごと持ち上げた。

「かッ──アっ」

ワックスの利《き》いた革靴《かわぐつ》が宙に浮《う》き、線の細い両手でランドの手を引っ張る。しかし、ランドの巨躯《きょく》はびくともしなかった。

「お前も、まだこのことを誰《だれ》にも言っていないだろうな」

「離《はな》、せ……っ」

「答えろ」

ランドの左腕《ひだりうで》の血管がぐっと浮《う》き上《あ》がり、リムの喉《のど》から悲鳴が搾《しぼ》り出《だ》される。

「言っ、ていない……だれにも、あなたに、しか」

「……ふん」

不機嫌《ふきげん》そうに鼻を鳴らしたランドはリムを解放した。

リノリウムの床《ゆか》に崩《くず》れ落《お》ちたリムは、涙《なみだ》と鼻水を垂れ流しながら自分の喉《のど》を押さえて嘔吐《えず》く。

その頭部に、ランドは銃口《じゅうこう》を向けた。

リムは絶望に暮れた瞳《ひとみ》でランドを見上げる。

「……あなたは、揉《も》み消《け》すつもりですか。この一大事を」

「揉《も》み消《け》すんじゃない。内々で対処するだけだ」

「……ものは言いようだ。その二つは同義でしょう。そもそも、例のシステムの基幹データは強奪《ごうだつ》されているんですよ。この件は既《すで》にあなたたち安全保障局の手に負える状況《じょうきょう》じゃない。事態を収拾《しゅうしゅう》するためにも、ここは理事会に報告を──」

「必要ない」

「なぜ……！」

「リム。お前も分かっているだろう。アレのシステムは破損している。盗《ぬす》んだ賊《ぞく》はアレ、を起動することすらできないだろう」

「──」

「だから──だからこそだ。あのシステムを唯一《ゆいいつ》修復することができる彼の連中を回収しなければならない。賊《ぞく》も必ず気付く。いや、最初から気付いているかもしれない。システムの修復には、彼らが必要だということを」

リムは苦虫を噛《か》み潰《つぶ》したような顔をした。

「──〝死を超越した子供たち《アクセプテイ》〟」

ランドは頷《うなず》いた。

「何としても、我々が賊《ぞく》より先に〝死を超越した子供たち《アクセプテイ》〟を回収する。安全保障局と防諜《ぼうちょう》局《きょく》の仕事は、二か月前から何も変わらない。回収さえできれば、全ては元通りだ」

「しかし――」

苦悶《くもん》するリムに、ランドは視線を鋭《するど》くする。

「首が飛んでもいいのか。いや、首が飛ぶだけならマシだ。君の子孫が永代に渡《わた》って、奴隷《どれい》よりもひどい扱《あつか》いを受けることになるが。テレサ経済網《けいざいもう》は今や世界を覆《おお》いつくしている。逃《に》げ場《ば》などどこにも無いぞ」

「……っ」

テレサ社に逆らうとはそういうこと。魂《たましい》を売り、肉体を差し出す代わりに、この世界で生きることを許されている。日常に溶《と》け込《こ》んで忘れそうになるが、それが今の世界の在り方なのだ。

リムはやがて全身を脱力《だつりょく》させると、大きく息を吐《は》いた。それから据《す》わった昏《くら》い目でランドを見る。それは、ランドと同じ瞳《ひとみ》の色だった。

「……知りませんよ。回収に失敗して世界がどうなっても」

「この俺が失敗などするものか。理解したなら今すぐ賊《ぞく》を特定してこい。敵は必ずクオン暫定《ざんてい》大陸に乗り込んでくる」

リムは短く頷《うなず》き、よろめきながら立ち上がる。

ランドはハンドガンを腰《こし》に収めると、頬《ほお》に付いた青年の血を拭《ぬぐ》った。

「――どこの誰《だれ》だか知らないが、俺に喧嘩《けんか》を売ったバカは、必ず潰《つぶ》す」

秋人《あきと》は寒さに身震《みぶる》いして覚醒《かくせい》した。

鈍《にぶ》い空調の音が響《ひび》く。それ以外には布をハサミで切ったり解《ほど》いたりする音が聞こえてきた。

どこかの室内で横たわっているようだ。しかし、床にしては頭の部分が異様に柔《やわ》らかい気がするし、ベッドにしては頭部以外があまりに硬《かた》すぎる。

「やっと起きた、アキ」

「れ、な……?」

ゆっくりと瞼《まぶた》を持ち上げると、玲奈《れな》の顔が白色照明を背に秋人《あきと》の顔を覗《のぞ》き込《こ》んできた。

どうやら枕《まくら》だと思っていた頭部の柔《やわ》らかいそれは、玲奈《れな》の太腿《ふともも》だったらしい。

すると、彼女の端正《たんせい》な顔が迫《せま》ってきて、秋人《あきと》は思わず目を閉じ、顔を背《そむ》ける。

「……ちょ、玲奈《れな》、近いって」

玲奈《れな》はそっぽを向いた秋人《あきと》の顔をぐい、と正面に戻《もど》し、秋人《あきと》の前髪《まえがみ》を持ち上げて顔をぺたぺたと触《さわ》ってくる。

「ほら、動かないで。顔色は……結構よくなったね」

秋人《あきと》は気恥《きは》ずかしくなり彼女の手を振《ふ》り解《ほど》き、再び瞼《まぶた》を持ち上げて視線を巡《めぐ》らせた。

「ここは……?」

「基地のブリーフィングルームだよ。あの後、気絶したアキをここまで運ぶの大変だったんだ

から」

「わ、悪い……」

思考がまだ上手《うま》く回らず、適当な返事をする。

そんなバテた秋人《あきと》の様子が面白《おもしろ》かったようで、玲奈《れな》はくすりと笑った。

痺《しび》れてきたのか玲奈《れな》が足の位置を僅《わず》かに変える。その弾《はず》みで彼女の太腿《ふともも》が秋人《あきと》の頬《ほお》に押《お》し付《つ》けられた。ひやりとした柔《やわ》らかな感触《かんしょく》に沈《しず》み込《こ》む。

遅《おく》れて気付くが、玲奈《れな》は既《すで》にタクティカルスーツ姿ではなく、普段着《ふだんぎ》であるオーバーサイズのシャツにホットパンツといういたく涼《すず》しげな恰好《かっこう》をしていた。つまり何が言いたいかというと、彼女のそれは生足だった。

秋人《あきと》は恥《は》ずかしさのあまり起き上がろうと頭を持ち上げ、

「いつっ……」

鋭《するど》い痛みが頬《ほお》に走り、その動きを止めた。

慌《あわ》てて玲奈《れな》が秋人《あきと》の頭を押さえる。

「ちょっとアキ、まだ起きちゃダメだって！　手当まだ終わってないんだから」

秋人《あきと》の火傷《やけど》した頬《ほお》に、ナノマシンの染《し》み込《こ》んだパッチが貼《は》られた。

「はい、これで終わり」

「ありがとう、玲奈《れな》」

視線を上げて礼を言うと、丁度前かがみになって医療《いりょう》キットを片付けていた玲奈《れな》の緩《ゆる》やかな谷間が視界に飛び込んでくる。

慌《あわ》てて顔を逸《そ》らそうとするが、先にその視線をいち早く察知した玲奈《れな》はにやりと笑い、

「どう？　この服新作なんだけど、似合う？」

と言って、ぐいっと身体を寄せてきた。

色々と隙間《すきま》から覗《のぞ》いて見えるが、明らかに玲奈《れな》は故意にやっている。

「～～～～～！　お前は何をやってるんだ！　見えてるって！」

再び目を瞑《つぶ》るが、網膜《もうまく》にはハッキリ黒のレースが焼き付いていた。

最近、玲奈《れな》は自身で服をデザインしては戦術立体プリンター《ATAP》で出力するのを趣味《しゅみ》にしているようで、ことあるごとに新作を秋人《あきと》に見せてくるのだ。それは肌着《はだぎ》も例外ではなく隙《すき》あらば秋《あき》人《と》の視界に入れてこようとする。しかも、それらデザインが日増しに過激になっているような気がして、心臓に非常に悪い。

「アキのヘンタイ～。別に私は服のデザインについて感想を求めただけなんだけど～？」

「前かがみになって聞いてきた時点で悪意あるだろ！」

「えへ、アキのそういう純真《ピュア》なところ好きだよ」

「…………」

真正面から言われ、秋人《あきと》は恥《は》ずかしさに顔を背《そむ》ける。

好き、という言葉を正面から受け取るには、経験値があまりにも不足していた。

そこで秋人《あきと》は一つの事実に気が付く。

「……ちょっと、待ってくれ。そういえばブリーフィングルームって言ったか？」

「言った言った。この後、委員会でミーティングだから丁度いいかなーって」

それを聞いた秋人《あきと》はサアッと、血の気が引く音を聞いた。

同時、ガチャリと開く部屋の扉《とびら》。

「……っ」

ビクリ、と身体を震《ふる》わせて視線を向けると、赤髪《せきはつ》の男を先頭にぞろぞろ見慣れたメンバーが入室してきた。

「んだよ、二人とも早ぇえな。……っていうか秋人《あきと》、いい御身分《ごみぶん》じゃねえか」

「……見ての通り、手当してもらってたんだ」

フィリアやシスティ、その他のローレリア勢が入室。

「――――」

フィリアとシスティと目が合う。

秋人《あきと》の身体が固まる。

遼太郎《りょうたろう》が面白《おもしろ》くなさそうに溜息《ためいき》をつく。

「……いい度胸してるじゃん、《血も無き兵《ブラッドノート》》」

システィがその童顔にはあまりに不似合いな、鋭《するど》すぎる眼光を向けてくる。

その中で唯一《ゆいいつ》、玲奈《れな》が至極《しごく》楽しそうに笑っていた。

ツウ、と一筋、冷汗《ひやあせ》が秋人《あきと》の頰《ほお》を伝った。

「待て、これは誤解だフィリア――」

「だからアキ、動いちゃダメだって」

それに合わせてフィリアの蒼《あお》の目が細くなる。

まずい。

あれは昔のフィリアの目だ。

いや、むしろ、かつてのソレに比べ億倍も凶悪《きょうあく》――

「一之瀬少尉が目を醒《さ》ましたようだから、ブリーフィングを始めるわ」

ああ、やばい。相当に怒《おこ》ってらっしゃる。

秋人《あきと》は一人頭を抱《かか》えた。


アルカディアを破壊《はかい》し、偽《いつわ》りの戦争に終止符《しゅうしふ》を打ってから早二か月。

生活を着実なものにするために様々なことをやってきた。

食料の確保やテレサへの迎撃《げいげき》などがそうだ。

それぞれの役割に応じて組織を作った。代表的なものは整備班、食料調達班、医療班《いりょうはん》、迎撃班《げいげきはん》、そして情報統括《とうかつ》本部である。

整備班はテレサ社の残していった兵装を適切に使用できるように調整する組織だ。かつては湯水のように武器や弾薬《だんやく》を使い捨てられたが、物資の限られている今はそうもいかない。なるべく再利用する必要があるし、そのための手入れが重要となった。

食料調達班は旧ローレリア基地やテレサビルから食料の回収を行ったり、ジオシティ・イオタから魚を釣《つ》る仕事を請《う》け負《お》ったりしている。他にも食材の調理、配給、管理も行うのもこの部隊のため、嶺京《れいきょう》基地における大事な生命線の一つだ。

医療班《いりょうはん》は文字通り戦闘《せんとう》で負傷した兵士の治療《ちりょう》にあたった。一番、ノウハウの獲得《かくとく》に苦労したのはこの組織と言えるだろう。アルカディアの存在を前提としていたこれまでは、医学的な情報のほとんどはどうすれば敵が死ぬかを理解するためのものであり、基本的に治療《ちりょう》するための知識ではなかった。

そして迎撃班《げいげきはん》は、文字通りテレサ社による攻撃《こうげき》を迎《むか》え撃《う》つ部隊だ。平時は基地周辺の哨戒《しょうかい》に当たり、テレサ社が打って出てきた際は真っ先に前線へ出撃《しゅつげき》する。他にも、今日のように物資調達の任務があった場合は、その補助を行うことも多かった。

そうした組織の中でも特に、情報収集部は一番重要かつ巨大《きょだい》な組織となった。担《にな》った役割は主に、嶺京《れいきょう》内外の情報の収集や分析《ぶんせき》をはじめ、断続的に襲撃《しゅうげき》を繰《く》り返《かえ》し行ってくるテレサ軍に対応するための防衛システムの管理や運用、はては迎撃《げいげき》の際の指揮管制まで及《およ》んだ。

そのどれもが他の班と同等のマンパワーを必要としたため、いつしか情報収集部は名前を変えて、情報統括《とうかつ》本部という一回り大きな組織になっていた。

そして、これら各班から選出した長を集めて組織されたのが〝委員会〟だ。

その役割は、組織間の情報共有と有事の際の意思決定である。

遼太郎《りようたろう》は整備班の長として、玲奈《れな》は食料調達班の長として、システィは医療《いりよう》班《はん》の長として、秋人《あきと》は迎撃班《げいげきはん》の長として、そしてフィリアは情報統括《とうかつ》本部の長としてこの委員会に参加している。特にフィリアは情報処理に長《た》けているということもあり、委員会の取《と》り纏《まと》め役を担《にな》っていた。

「――というわけで、今のところ大きな損害は施設《しせつ》、人的資源含《ふく》めてないけど、着実に摩耗《まもう》している状況《じようきよう》よ」

フィリアの言葉をシスティが継《つ》ぐ。

「テレサは基地が遠いから連続しては出撃《しゆつげき》してこない。攻勢《こうせい》が大きければ大きいほど次までの準備のスパンも空く。……でも、その波が、緊張《きんちよう》と解放の連続で私たちの心を蝕《むしば》んでいく」

「……ジリ貧《ひん》だな。迎撃班《げいげきはん》も負傷者は必ず一定数出る。そのための医療品《いりようひん》にも限りがあるし」

秋人《あきと》は呟《つぶや》いた。

そこに玲奈《れな》と遼太郎《りょうたろう》が続く。

「食料調達班も、ものによっては在庫の底が見え始めてるかな。明日明後日《あさって》で尽《つ》きるものでもないけど……今のままの消費ペースだと、あと二か月ってところ。切《き》り詰《つ》めても半年が限界だと思う」

「整備班も足りねぇモンばっかりだ。戦術立体プリンター《ATAP》の金属系《メタルけい》フィラメントなんか特に足りねぇ。なんにでもなる半面、使う量もハンパねぇからな。……ウチの不備で迎撃班《げいげきはん》の人間が死んだなんてことには絶対にしたくねぇ。在庫の確保は正直急ぎだ」

フィリアは頷《うなず》きを作って、フィリアの補佐役を務める少女にアイコンタクトを取る。

応じたのはキリという元ローレリア軍出身の兵士だった。最終階級は軍曹《ぐんそう》で、第四小隊の隊長を務めていた。青みがかった髪《かみ》を、巨大《きょだい》なリボンで留めているのが特徴的《とくちょうてき》な少女だ。

どうやらキリは、嶺京《れいきょう》で戦っていた頃《ころ》からフィリアの熱烈《ねつれつ》なファンだったらしい。ロードレイン愛好会なる怪《あや》しい集団にこそ所属はしていなかったそうだが、度々《たびたび》食べ物でフィリアを釣《つ》ってはランチやディナーに誘《さそ》っていたという。

お陰《かげ》でシスティとはフィリアを巡《めぐ》って火花を散らす仲である。

「懸念《けねん》はそれだけじゃないわ」

フィリアの言葉とともに現れたのは、複数のグラフと写真。

写真にうつっているのは仲間たちの手足や顔などの皮膚《ひふ》。

それら全てに共通しているのは、どれも灰色がかっていることだ。ひび割れて、血が滲《にじ》んでいるものもある。

それを見たこの場の全員が表情を更《さら》に険しくした。

秋人《あきと》は右腕《みぎうで》をちらりと見てから低く唸《うな》った。

「――エラー517か」

こくん、とフィリアが頷《うなず》く。

フィリアは一歩前に出た。

「症状《しょうじょう》は脂肪《しぼう》、筋肉などの硬化《こうか》や組織の劣化《れっか》。細胞《さいぼう》がゆっくりと崩壊《ほうかい》しているのが確認《かくにん》されているわ。……共通点《きょうつうてん》も、きっかけも分からない。唯一《ゆいいつ》はっきりしているのは、この基地にいる誰《だれ》もが発症《はっしょう》しうるということ」

それは、ある日突然《とつぜん》身体の一部が硬《かた》くなりはじめ、やがて動かなくなり機能を失うに至る症《しょう》状《じょう》だった。それも筋肉や内臓だけではなく、骨や眼球にまで影響《えいきょう》があることが分かっている。

アルカディアを破壊《はかい》してから約二週間が経《た》った頃《ころ》、元エルメア兵の一人が右足の不調を訴《うった》えて医療班《いりょうはん》に診《み》てもらったのが最初の発見だった。発症《はっしょう》するとログに〝エラー517〟と表示されるため、この呼び名が付いた。

秋人《あきと》たちは便宜《べんぎ》上《じょう》〈エラー517〉と呼んではいるが、実際のところ正式名称《めいしょう》も何も分かっておらず、治療《ちりょう》の糸口さえまだ見つかっていない。

「んで《致死の蒼《リーサルブルー》》さんよ、原因はなんなんだコレ？」

腕《うで》を組んで壁《かべ》に背を預けていた遼太郎《りようたろう》がフィリアに言葉を向ける。

フィリアは遼太郎《りようたろう》を見た。

「印刷されたクローン体固有の症状《しようじよう》なのではないかというのが今の情報統括《とうかつ》本部の見解よ。情報統括《とうかつ》本部内の分析班《ぶんせきはん》に頼《たの》んで旧テレサビル内のラボでいくつか実験をしてもらったんだけど……昨日、硬化《こうか》した肌《はだ》の状態が経年劣化《れつか》した生体出力素材《バイオフィラメント》と酷似《こくじ》しているっていう報告が上がってきた」

「……ま、んなところだよな」

遼太郎《りようたろう》は自分の手を開いて閉じるを繰《く》り返《かえ》した。

システィが呟《つぶや》く。

「──大量消費を前提に作られたこの身体が、そりゃあマトモなわけないよね」

秋人《あきと》は静かに訊《たず》ねる。

「エラー517は、どこまで進行しうるんだ？」

フィリアは目を伏《ふ》せてからゆっくりと首を横に振《ふ》った。

「……多分、止まらない。死んでこの身が腐《くさ》るまで」

「…………」

重苦しい溜息《ためいき》が辺りに満ちた。

秋人《あきと》はギリ、と奥歯《おくば》を噛《か》んだ。

――アルカディアを壊《こわ》したから。

「秋人《あきと》」

はっとして顔を上げると、フィリアの蒼《あお》の双眸《そうぼう》がまっすぐこちらを見ていた。

「あなたのせいじゃない。気に病《や》まないで」

「……あ、ああ」

すると、ふにふにと頬《ほお》を触《さわ》ってくる手があった。

「……なにしてるんだ玲奈《れな》」

「発症《はっしょう》してないか触診《しょくしん》して確かめてあげようかと」

最早《もはや》抵抗《ていこう》は無駄《むだ》だと分かって、早く終わってくれと願いながらされるがままになる。

フィリアはどこにもない虚空《こくう》を見続けている。

しかし、その額がひくついているのは見間違《みまちが》いじゃない気がする。

直後、ぷるぷると震《ふる》えていたフィリアが限界を迎《むか》えて爆発《ばくはつ》した。

「あー、もういい加減にして！」

「こんなのエルメアはふつーなんでーす。カルチャーギャップでーす。連邦《ロッツ》が奥手《おくて》すぎるんじゃなーい？」

「だからと言って人前でくっつきすぎよ！　それに秋人《あきと》はわたしと、わたしとっ――」

「わたしとなに？　なにかな？　それを言ったら、アキは私とそれこそ兄妹《きょうだい》みたいなもんだからね。ほら、何してもOK的な？」

兄妹《きょうだい》だから何してもOK的な、とはこれいかに。

フィリアはまだ秋人《あきと》との関係をはっきり口にできないようだ。

しかし、それは秋人《あきと》も同じだった。

別に二人の関係を周囲に隠《かく》しているわけではない。

大混戦を極《きわ》めていたとはいえ、秋人《あきと》がスカイブリッジ戦《オペレーション・ブルーアウト》で放った若気の至り的な一世一代の大告白を耳にした者も多い。しかも、その情報をいち早く聞きつけたフィリアのファン、もとい信者《しんしゃ》たちに毎日命を狙《ねら》われているほどである。

ただ、〝付き合っている〟というその一言が簡単なようでいて容易には口にできないのだ。

それはなぜか？　三日三晩、遼太郎《りょうたろう》との相部屋のベッドで悩《なや》み続《つづ》けて出した答えはシンプルだった。要するに、何をもって付き合っていると言えるのか、秋人《あきと》もフィリアも分からないのだ。

フィリアが咳払《せきばら》いをした。

「――っと、とにかくエラー517が発症《はっしょう》した者は直ちに連絡《れんらく》すること！　特に委員会の人間が発症《はっしょう》した時は命令系統にかなりの支障が出る。迅速《じんそく》な報告を徹底《てってい》して。統括《とうかつ》本部の方ではやっと回収できたデータドライブを解析しておくわ」

了解《りょうかい》、とブリーフィングルームの中で声が重なった。

終始騒《さわ》がしかったブリーフィングが終わり、ぞろぞろ委員会の面々が出ていく。すぐ前では玲奈《れな》は遼太郎《りょうたろう》と話していた。そこに秋人《あきと》が会話に入ろうとすると、後ろから誰《だれ》かに引っ張られる。

振《ふ》り返《かえ》れば、それは最後尾《さいこうび》にいたフィリアだった。

「フィリ――」

――ア？

と言いかけた時だった。

ぐい、と廊下《ろうか》を折れて人気のない広場まで連れ出される。

玲奈《れな》が一瞬《いっしゅん》振《ふ》り向《む》いた気がしたが、彼女が振《ふ》り返《かえ》りきる前に既《すで》に、玲奈《れな》の視界から秋人《あきと》とフィリアは消えていた。

「お、おいフィリア、落ち着けって」

「…………」

「うっ……」

プラチナブロンドの前髪《まえがみ》の合間から覗《のぞ》いたのは、目尻《めじり》に涙《なみだ》をためた蒼《あお》の瞳《ひとみ》。

「フィ、リ、ア……?」

「なに」

返ってきたのは絶対零度《れいど》に冷え切ったそれ。

「ごめん、その……滅茶苦茶《めちゃくちゃ》怒《おこ》ってるよな」

「怒《おこ》ってないわ。とても冷静よ。ええ、今のわたしの心は凪《な》いだ水面《みなも》のように静かだわ」

「……それは俗《ぞく》に言う嵐《あらし》の前の静けさというやつでは」

もしくは台風の目だろうか。怒《いか》りを向けられている真っ最中という意味ではこちらの方が適切かもしれない。

フィリアの両目がキッと吊《つ》り上《あ》がる。

次の瞬間《しゅんかん》、秋人《あきと》の足の指の上に彼女のブーツの踵《かかと》があった。

「いっ――」

「…………」

気が付けば無言でフィリアに足を踏《ふ》み抜《ぬ》かれていた。作戦外につきスーツのアシストを切っていたため、衝撃《しょうげき》がダイレクトに伝わってきた。つまり、最高に痛い。

「――ってぇえー!」

秋人《あきと》がぴょんぴょんと片足で跳《は》ねて痛みに悶《もだ》えていると、フィリアはニコリと微笑《ほほえ》んだ。

「秋人《あきと》はどうしてわたしが怒《おこ》っていると思ったの?」

「ぐ……っ」

その言葉で秋人《あきと》の心理的な退路が一気に塞《ふさ》がれる。

フィリアは、ずいと身を乗り出した。

彼女の吐《と》息《いき》が首筋にかかる。まるでサバンナの中心で肉食獣に首を狙《ねら》われる草食動物になった気分だ。背筋がゾクリと震《ふる》える。

「ねえ、教えて？　わたし、全然怒《おこ》っていないんだけど、あなたにとっては怒《おこ》っているように見えるみたいだから、参考までに教えてほしいの。何が、どう、わたしが秋人《あきと》に怒《おこ》っているように見えるのかを」

囁《ささや》かれる言葉は、その柔《やわ》らかな声音《こわね》に相反してどこまでも鋭利《えいり》だ。

それはもう、わたしは怒《おこ》っていますと声高《こわだか》に宣言しているようなものである。

弁解の言葉を作るのは簡単だが、しかし今の秋人《あきと》にはそれがどうしても最善の策とは思えなかった。何というか、火に油を注いでから水を投入する行為《こうい》に等しい気がしたのだ。

「いやー。は、ははは……」

結局、口から出るのは乾《かわ》いた笑いのみ。

秋人《あきと》は今、エルメア兵として彼女に相対していた頃《ころ》には感じなかった底の見えない恐怖《きょうふ》を抱《いだ》いている。

「はあ……」

彼女は心底呆《あき》れたというふうに息を吐《は》いた。

それからしばらくして、フィリアはあからさまに不機嫌《ふきげん》そうな顔のまま周りをきょろきょろ見渡《みわた》す。一体何の動きだろうか。まさかここで秋人《あきと》を処刑《しょけい》しようとしている？　しかしまあ、フィリアに殺されて一生を終えるのは最早本望《もはやほんもう》とも言える——

しかし、次の瞬間《しゅんかん》、彼女は予想外の行動に出た。

とん、と秋人《あきと》の胸を押したのだ。

「おっ、とっと……？」

流石《さすが》というべきか、秋人《あきと》の油断故《ゆえ》か、簡単に重心をずらされた秋人《あきと》はそのまま背後へと倒《たお》れ込《こ》み——そこに偶然《ぐうぜん》あったベンチに腰掛《こしか》ける形で着地した。

どうやら最初からこれを狙《ねら》っていたらしい。

すると、フィリアは、とすっ、と秋人《あきと》のすぐ隣《となり》に腰《こし》を下ろす。背筋をまっすぐに伸《の》ばし、顎《あご》はツンと上を向いている。

「あの……フィリアさん？」

それから数秒して、更《さら》に近くに移動してくる。二度三度、四度と。そして気が付けば、秋人《あきと》とフィリアはぴったりと身体を寄せ合うようにして密着していた。

がっとフィリアに両頬《りょうほお》を手で挟《はさ》まれ、顔をフィリアに対してまっすぐにさせられる。

そして正面から見据《みす》えられる。

フィリアの頬《ほお》は、今までに見たことないくらい膨《ふく》れていた。

それから深呼吸をして、フィリアは言った。

「あ、あの人とどういう関係？　本当にただの元同僚《もとどうりょう》？」

あの人というのは、言うまでもなく玲奈《れな》のことだろう。

「本当に元同僚《もとどうりょう》だ。……ただの、っていうのは少し語弊《ごへい》があるかもしれないけど。さっきも言ったけど玲奈《れな》はその、妹みたいなもんというか、幼馴染《おさななじみ》というか……上手《うま》く言葉では言い表せないけど、ただの仲間とは言い切れない仲なんだよ。それに玲奈《れな》だけじゃない。遼太郎《りょうたろう》も同じだ」

「……それにしては距離《きょり》が近すぎると思う。少なくとも秋人《あきと》とあの人は兄妹《きょうだい》の距離《きょり》じゃない」

「…………」

はっきり言われ、秋人《あきと》はすぐに否定することができなかった。事実、最近の玲奈《れな》の距離感《きょりかん》はかなり近い。近いというか常に至近距離《きょり》である。元々、プライベート空間が狭《せま》い彼女ではあるが、それにしても異常値を叩《たた》きだしている。

それもこれも、アルカディアを破壊《はかい》してからこの二か月の間のことだった。

「ほら、やっぱりそう。秋人《あきと》もそう思ってるのね」

「わ、悪かったって。でも、俺と玲奈《れな》とはなんもないからな？」

「どーだか」

「な、なんだよ。疑ってるのか？」

「秋人《あきと》はそう思っていても、あっちがそうとは限らないじゃない」

「…………」

うちの彼女は時々――否、割と頻繁《ひんぱん》に手厳しい。

「……もしかしてフィリアって、玲奈《れな》のこと嫌《きら》いなのか？」

「…………別に、そんなこと」

「かなり間があったな……」

それからぎゅうと服の裾《すそ》を抓《つま》まれる。

「……わたしを独りにしないでよ。せっかく……せっかく一緒《いっしょ》になれたのに」

「フィリア……」

罪悪感が心の内にじわりと広がっていく。

「……悪かった、悪かったよフィリア」

「……本気で悪いと思ってる？」

「本気で悪いと思ってる」

うるんだ瞳《ひとみ》で見上げられる。

その仕草が、この白銀の人をどこまでもいとおしくさせる。

たまらず秋人《あきと》は隣《となり》に身を寄せるフィリアの頭を撫《な》でた。

「むー……誤魔化《ごまか》されている気がするわ」

「に、睨《にら》むなよ」

「睨《にら》んでない」

フィリアの頭から手を離《はな》すと、パシッ、と秋人《あきと》の腕《うで》が摑《つか》まれる。

何事かとびっくりしていると、そのままフィリアは秋人《あきと》の手のひらを自分の頭の上に持っていった。どうやらもっと撫《な》でろということらしい。

うちの姫《ひめ》はどこまでも可愛《かわい》い。

ご所望《しょもう》のとおり撫《な》でていると、コテンとフィリアの頭が秋人《あきと》の肩《かた》に乗せられた。

「……秋人《あきと》の馬鹿」

「不意に罵倒《ばとう》してくれるなよ……」

「おでこで息しないだけマシだと思って」

「はは……そりゃどーも……」

もしアルカディアが現役《げんえき》でフィリアと喧嘩《けんか》したらと想像すると乾《かわ》いた笑いしか出てこない。

そこに、ぞろぞろと純白を基調にしたジャージに揃《そろ》って身を包んだ男たちがやってくる。

秋人《あきと》はその顔を見て、瞬時《しゅんじ》にどういった連中なのかを理解した。

ロードレイン愛好会の面々である。

「ロードレイン中佐、中佐はいらっしゃいませんか！」

「俺たちとお茶会をしませんかー！」

「まさかまたあのいけ好かない《血も無き兵《ブラッドノート》》と一緒《いっしょ》にいるのでは……」

「言うな……ッ！　想像してしまうだろうが！」

「やば――」

フィリアががばりと顔を上げる。

「おい、ばか！」

必死に押さえつけようとするが時すでに遅《おそ》し。

上体を起こしたフィリアの姿が、中庭で露《あらわ》になる。

「あ……」

「なっ――――」

沈黙《ちんもく》。

丁度フィリアが秋人《あきと》にもたれかかっているところだった。

直後、男たちは目を虚《うつ》ろにして一気に駆《か》け寄《よ》ってくる。

「ふ、あはははは、成敗してくれる！」「システィ姐《ねえ》さんに連絡《れんらく》しろォ！　《血も無き兵《ブラッドノート》》の料理ならあの方の右に出る人間は居ない！」

「ちょ、ちょっと待てお前ら！　特に二つ目のやつはやめろ！　本気で殺されかねない！」

「に、逃《に》げて秋人《あきと》！」

弾《はじ》かれたように起き上がった秋人《あきと》の背中を、フィリアが林の向こう側へと押す。

秋人《あきと》はその勢いのまま全力で駆《か》け出《だ》した。

「待たんかコラ！」

元エルメア兵と、元ローレリア兵。

共同生活が始まって早二か月だが、お互《たが》いが落ち着いて身を置けるのはまだまだ先のことのようだった。


鈍色《にびいろ》の曇天《どんてん》からバケツをひっくりかえしたような大雨が降りだした。

青々とした芝生《しばふ》に雨が弾《はじ》かれ、辺りが真っ白に煙《けむ》る。空には星を象《かたど》るエルメアの国旗が雨風に揺《ゆ》れている。

そんな中、軍服姿の一人の青年——幾島亜礼《いくしまあれい》が立《た》ち尽《つ》くしていた。

煌《きら》びやかなバッヂが並ぶ式典用のジャケットがみるみるうちに水を吸って重くなっていくが、亜《あ》礼《れい》は意にも介《かい》さずその場に直立したまま姿勢を変える様子はない。

彼の視線の先にあるのは一つの墓石。

横たわった桃色《ももいろ》の花が雨粒《あまつぶ》に濡《ぬ》れる。

そこには《ＫＡＲＥＮ》の文字が刻まれていた。

その下に埋《う》まる棺桶《かんおけ》の中身は空だった。

部下であり、同期であり、幼馴染《おさななじみ》であり、友人であり——そして心を通わせた人。

花蓮《かれん》は、つい三日前の作戦中に命を落とした。

亜礼《あれい》の命令で部隊が動き、亜礼《あれい》の命令で彼女もまた動いた。

その結果として、亜礼《あれい》はここに立ち、彼女の死体は今もなお敵地の中心に置き去りにされたままだ。

すると、おもむろに誰《だれ》かに肩《かた》を叩《たた》かれる。

はっとして振《ふ》り返《かえ》ると、そこには熊のような巨漢《きよかん》が立っていた。

花蓮《かれん》と同じく、部下かつ同僚《どうりよう》かつ幼馴染《おさななじみ》のケインだった。

亜礼《あれい》と同様に式典用の軍服に身を包んだケインを見て、細く息を吐《は》く。どうやら足音を聞《き》き逃《のが》すほど呆《ほう》けていたらしい。

「……お前も来たのか」

「そりゃあ勿論《もちろん》、な。しっかし、あいつは死んでも雨女なんだな。これじゃあ今後墓参りに来る度《たび》、クリーニング代がかかって仕方がない」

「……違《ちが》いない」

ふ、と口元に笑《え》みが浮《う》かんで、それから改めて彼女がもういないのだと感じて表情が消えた。

そこへ、雨音しか聞こえなかった静寂《せいじやく》の中で、場違《ばちが》いな電子音が脳内に響《ひび》く。

視界にポップアップした仮想ウィンドウを見て、亜礼《あれい》は顔をしかめた。

亜礼《あれい》の様子に気が付いたケインが片方の眉《まゆ》を上げてくるので、亜礼《あれい》はくっつけた人差し指と中指でこめかみを叩《たた》いて、通信が入ったとジェスチャーで伝える。

『遅《おそ》い。私からの通信はワンコールで取れと言っているだろう』

回線を繋《つな》いだ途端《とたん》、しゃがれた男の太い声が脳を揺《ゆ》らした。

大声を出しているわけでもないのに、得も言われぬ威圧感《いあつかん》が両肩《りょうかた》にのしかかる。

『申し訳ありません』

『何をしていた』

『――花蓮《かれん》の、葬式《そうしき》に』

『そんなことで私を待たせるな。どうせ死体もそこにはないだろうに』

「――――っ」

目の前が真っ赤になった。

怒《いか》りに拳《こぶし》が震《ふる》え、唇《くちびる》がわなないた。

『今すぐ本部に来い。そこにいるケイン少尉《しょうい》も連れてな』

『……――了解《りょうかい》』

感情を押《お》し殺《ころ》し、平静を装《よそお》って返答する。

サンプリングされた念意音声が最後まで言い終わる前に、通信は切断された。

亜礼《あれい》は息を吐《は》くと、墓石を見たまま言う。

「ケイン、准将《じゅんしょう》から招集がかかった。本部に行くぞ」

「りょーかい。ったく、人遣《ひとづか》いの荒《あら》いじいさんだ」

「……口は謹《つつし》んでおけよケイン。多分、どっからか見ている」

わざわざ亜礼《あれい》の口から墓地に来ていることを言わせるあたり、相変わらずの性格の悪さだ。

亜礼《あれい》は息を吐《は》くと、墓石から目を引《ひ》き剝《は》がして踵《きびす》を返す。

先の作戦で負った傷が痛む。

痛んだのは右の眼窩《がんか》だった。

亜礼《あれい》はそっと手のひらで顔半分を覆《おお》う。

指先に返ってくるのは、つるりとした感触《かんしょく》。

そこにはあるべき眼球の代わりに、蜘蛛《くも》の目を思わせるセンサー群を備えた視覚デバイスが埋《う》め込《こ》まれていた。

亜礼《あれい》とケインは待機していた黒塗《くろぬ》りの車に乗って、郊外《こうがい》にある陸軍参謀《さんぼう》本部へ向かった。

幾何学的《きかがくてき》なデザインが特徴的《とくちょうてき》な一面コンクリートに固められた無骨な造りの建造物で、見る者を圧倒《あっとう》する。

亜礼《あれい》たちは慣れた足取りで内部へ入ると、最上階に位置するバルドレット准将《じゅんしょう》の執務《しつむ》室《しつ》の扉《とびら》を叩《たた》いた。

「オペレーション・アイアンヘイルが発動した」

入室するなり第一声、准将《じゅんしょう》はそう言った。

木目調の本棚《ほんだな》に、品の良いアンティークのランプ。

それだけ見ればその持ち主はさぞ几帳面《きちょうめん》で紳士《しんし》な大人なのだろうと思いがちだが、その実、この部屋の主は齢《よわい》七十を手前にして幾度《いくど》も死地を超《こ》えて国家を勝利へと導いてきた選《え》りすぐりの軍人である。

部屋の最奥《さいおう》に鎮座《ちんざ》する黒い革張《かわば》りの椅子《いす》。

そこにどっしりと座った男は、視線だけで人を殺せそうなほどの鋭《するど》い眼光を亜礼《あれい》とケインへ向けた。

亜礼《あれい》とケインは背筋をピンと伸《の》ばしながら、開口一番にこの男が口にした言葉が夢の中で聞いたものでないか脳内で反芻《はんすう》していた。

「准将《じゅんしょう》。今、なんと仰《おつしや》ったのでしょうか」

意を決し、亜礼《あれい》は訊《たず》ねる。

バルドレットは顎《あご》にたっぷり蓄《たくわ》えた白髭《しらひげ》を撫《な》でた。

「オペレーション・アイアンヘイルが発動した。何度も言わせるな、幾島中尉《いくしまちゆうい》」

「それはつまり、合衆国はその、テレサ社と交戦状態に――」

「我が国は彼《か》の企業《きぎょう》と交戦状態にならない。なぜなら、我々が動くからだ」

亜礼《あれい》の言葉を遮《さえぎ》るようにバルドレットは言った。

それでも分からないと、亜礼《あれい》は首を横に振《ふ》る。

「……なぜ、ここにきてオペレーション・アイアンヘイルが発動したのですか。今の政府は、テレサ社に対して融和《ゆうわ》路線を取っていたはず。テレサ社は最早《もはや》国家、いやそれ以上の組織です。それを相手取った軍事行動は、すなわち開戦するのと同義——」

「言っただろう。我々が動く範囲《はんい》では戦争とはなり得ない」

「しかし、そんな急に」

「……二か月前、テレサ社から陸軍にとあるシステムが納品される予定だった。莫大《ばくだい》な予算をかけてな。実に向こう五年の予算をつぎ込んだ計算だった。だが、それが納品されなかった」

「……たったそれだけのことで？」

バルドレットは鼻で笑った。

「まさか。ただ納期が遅延《ちえん》するだけなら金でいくらでも解決ができる。金で解決ができなくなったから、我々が動くことになった」

バルドレットは一息ついて、そして言葉を繋《つな》いだ。

「そのシステムは元々、全く同時期にローレリア連邦《れんぽう》の陸軍にも納入することが決まっていた」

「それは——」

亜礼《あれい》とケインはその場で息を呑《の》んだ。

そんな馬鹿な話があるのだろうか。

いや、今の時代ならあるのだろう。

正確に言えば、テレサ社のやることなら、それはアリなのだろう。

なぜなら彼《か》の企業《きぎょう》は中立を謳《うた》っている。誰《だれ》にでも兵器を売るし、誰《だれ》にでも平等に客として取引を持《も》ち掛《か》ける。たとえその顧客《こきゃく》が敵同士だったとしても、金さえ積めば全く同じ兵器を売るような連中である。

「しかし、納品できなくなった。それも我々合衆国にも連邦《れんぽう》にもだ。このシステムというのがいわくつきでな、持っている国とそうでない国とで向こう半世紀のパワーバランスが変わると言われていた」

亜礼《あれい》は背筋を伸《の》ばして言った。

「我々に政治の話は分かりません。国は、何を望むのか。それを教えてください」

「そのシステムを、テレサ社から奪取《だっしゅ》する」

「え――?」

バルドレットの話は実に奇妙《きみょう》だった。

「十五分前、このシステムの本体をコピーすることに成功した。これまで嶺京《れいきょう》の実験場で完全にグローバルネットから切断された状態で保管されていたんだが、二か月前にそれが解除されてな。それどころか転送されたんだ。そこを狙《ねら》って、バックドア用の傷跡《きずあと》を付けた」

「なら、既《すで》に任務は完了《かんりょう》しているのでは」

「それが、そのシステムが破損しているようなのだ」

「破損──？」

「転送が強制的に終了したんで、システムファイルが壊《こわ》れたようだ。国防省の話じゃ、嶺京《れいきょう》内《ない》の実験動物たちが謀反《むほん》を起こしたらしい。テレサは未《いま》だ、その反乱分子の制圧に追われている」

嶺京《れいきょう》というのはテレサ社の持つ独立自治権の都市だ。

軍務関係者の間ではまことしやかに囁《ささや》かれる噂《うわさ》があった。曰《いわ》く、嶺京《れいきょう》では連日連夜、テレサ社が自社製品開発のために大量虐殺《ぎゃくさつ》を繰《く》り返《かえ》していると──。

「……それで、結局任務の内容は何なのでしょうか」

「その反乱分子たちを回収してこい。二千四百人分、きっちりと頭数を揃《そろ》えてな」

「──二千、四百人⁉」

「そいつらの脳神経マトリクスが必要なんだそうだ。どうにも理解しがたい話だが、そのシステムというのがそいつら反乱分子たちの脳をベースに開発したものだから、そいつらの脳があれば大抵《たいてい》の破損は修復できるらしい。元を辿《たど》ればそこに行き着くとかなんとか」

「ＡＩの学習用に揃《そろ》えたビッグデータのようなものなのでしょうか」

「さあね。とにかく、我々にはその人間たちが必要であるという事実が理解できていればそれでいい」

「あまりにも数が多すぎます」

「他のコマンド群も我々の指揮下に入る」

「……戦争を始める気ですか」

「逆だ。──この作戦をもって、この世の全ての戦争を終わらせる」

「────」

そこまで言わせるシステムとは、いったいどれほどのものなのだろう。しかし、聞かない。言われないことは聞かない。

亜礼《あれい》は歯嚙《はが》みした。

「……しかし。バッツ、ハルク、サキ、ランドローズ……他にも数多くの仲間が、このたった二年の間に死にました」

「死が怖《こわ》いか」

「まさか」

顎《あご》を引く。しかし、その顔にすぐに影《かげ》が差した。

「しかし、これ以上仲間を喪《うしな》いたくはありません」

「なら戦うことだな」

准将《じゅんしょう》はつまらなそうに言う。

「――と、普段《ふだん》であれば鼻で笑い飛ばしているところだが。そんな感傷的な君に朗報だ。もしそのシステムが、人に死を回避《かいひ》する力を与《あた》えてくれるとしたら？」

「……今、なんと？」

「言った通りだ。もう二度と、仲間が死ななくてすむとしたら？」

「――――」

耳を疑った。

「そのシステムは、なんと言うのですか」

バルドレットは右の拳《こぶし》に頬《ほお》を置いて、呻《うめ》くように言った。

「ARCADIA《アルカディア》」


翌日。

秋人《あきと》は食料調達班とともに、飲料水の入ったポリタンクを基地に隣接した浄水場《じょうすいじょう》から食堂まで移動させる作業にあたっていた。

昨日のテレサによる攻撃《こうげき》で水道管の一部が破裂《はれつ》したらしく、その修理が終わるまでは手作業による水の輸送が必要になったのだ。

二十リットルの水が入るポリタンクを二十四個積んだパレット——それを三十枚。決して少なくない物量を運び終えた秋人《あきと》は、仲間と肩《かた》を叩《たた》きながらお互《たが》いを労《いたわ》っていた。

すると、誰《だれ》かに背中をつつかれる。

振《ふ》り返《かえ》れば、そこには暑そうにシャツの胸元《むなもと》をぱたぱたと扇《あお》ぐ玲奈《れな》の姿があった。

「や、アキ。搬入《はんにゅう》お疲《つか》れ様《さま》。迎撃班《げいげきはん》のみんなが手伝ってくれて助かったよ」

秋人《あきと》は食堂前の広場にずらりと並べられたパレットを見回す。

「流石《さすが》にこの物量を食料調達班だけで運ぶのはキツいだろ。なんたって二千四百人分の飲み水なんだから。……これで二日か三日分だって言うんだから驚《おどろ》きだ」

「ほんとだよ。あーあ、早く水道設備、直ってくれないかなぁ」

「そればっかりは遼太郎《りょうたろう》と整備班のメンバー次第《しだい》だな。……もっとも、水道の整備なんてやったことないだろうから苦労してるだろうけど」

それから秋人《あきと》は玲奈《れな》を見て訊《たず》ねる。

「それで、何かあったのか？」

「……なに。用がなきゃ会いに来ちゃだめ？」

「そういうわけじゃなくてだな……」

「用ならちゃんとありますよーだ。ちょっと一緒《いっしょ》に食料備蓄庫《びちくこ》まで付き合ってよ。固形レーションの数がヤバくてさ」

「まじ……？　結構深刻だな……」

「でしょ。もしかしたら次の回収作戦を前倒《まえだお》しにする必要があるかも」

そう言って歩いていると、周りから主に玲奈《れな》に対して声をかけられる。

ローレリアもエルメアも関係なく。

嶺京《れいきょう》基地の中では珍《めずら》しい光景である。

「玲奈《れな》って、ローレリアの連中とも絡《から》みが多いのか？」

「んー？　そりゃ班の中にもいるし、歩いていれば会うし。自然と顔見知りも増えるじゃん」

「そう、か……。普通《ふつう》、そんなにすぐに仲良くなれるもんじゃないと思うけどな」

「そう？」

「玲奈《れな》はその辺すごいな」

「別にふつーだって。凄《すご》いっていう言葉を向けるべきなのは《致死の蒼《リーサルブルー》》みたいな桁違《けたちが》いの戦《せん》闘《とう》能力を持っているような――」

そこで玲奈《れな》は口を噤《つぐ》む。

「玲奈《れな》？」

「なんでもない」

それからしばらくの沈黙《ちんもく》。

話題を変えるように、口調を明るくする玲奈《れな》。

「そういえば最近、ビーアサルトやってないよね。そろそろまた開催《かいさい》しようよ」

「……また変な賭《か》け始めるつもりだろう。やだよ」

「えー、やろーよー。私の生《い》き甲斐《がい》がなくてしんどいんだけどー」

「別の趣味《しゅみ》を是非《ぜひ》見つけてください」

「基地に配属されたばっかの時、リョウが試合中いつもドローン爆散《ばくさん》させてたのは笑ったなー。毎回それで引き分けになるんだもん」

「はは、あったなそんなこと」

今では当時の遼太郎《りょうたろう》のせいで自爆行為は負けとみなされている。

「《パティオ》にいた時はリョウってもっと荒《あら》ぶってたよね。アキと殴《なぐ》り合《あ》いの喧嘩《けんか》して、頰《ほお》骨《ほね》骨折したりしてさ」

「喧嘩《けんか》？　そんなことあったっけ？」

「あったじゃん。監督官《かんとくかん》に滅茶苦茶《めちゃくちゃ》怒《おこ》られてさ。一週間、謹慎《きんしん》させられたやつ」

「まじ？　全然記憶《きおく》にないわ……」

玲奈《れな》が目を見開く。

「あんなに大事になったのに覚えてないの？　じゃあ、あれは？　アキが対戦車ブレードを初めて起動した時、反動でふっとばされて複体再生《リスポーン》したこと」

秋人《あきと》は首を横に振《ふ》った。

「全然。……というか、《パティオ》時代のこと、あんまり覚えてないんだよな」

玲奈《れな》が青くなっていく。

「じゃ、じゃあ――」

玲奈《れな》が言う。

「あの日のことは、覚えてる？」

「あの日のことって？」

「薔薇園《ばらえん》で、二人で……話した時のこと」

思い出そうと首を捻《ひね》るが、どうにも記憶《きおく》の海が霞《かす》みがかっている感じがする。

「……悪い。思い出せない」

「うそ――」

玲奈《れな》が固まる。

その目尻《めじり》に涙《なみだ》が溜《た》まる。秋人《あきと》は理由が分からず焦《あせ》った。

そこにフィリアからの通信が入った。

『秋人《あきと》、今すぐ統括《とうかつ》本部に来て！　エラー517の糸口を見つけた！』

秋人《あきと》は鋭《するど》く息を吸う。

「……どうしたのアキ？」

秋人《あきと》は玲奈《れな》の顔を見て、念話で返答した。

『分かった、すぐに行く。委員会のみんなに招集をかけてくれ』

『了解《りょうかい》』

「フィリアがエラー５１７解決の糸口を見つけたらしい」

「……っ。そ、そうなんだ」

「委員会に招集をかけてもらった。在庫の確認は後にして俺たちも行こう」

「う、うん……」

その時、玲奈《れな》の顔は色あせて見えた。


情報統括《とうかつ》本部は旧エルメア合衆国軍嶺京前哨《れいきょうぜんしょう》基地の管制塔《かんせいとう》を拠点《きょてん》にしていた。というのも、この場所から嶺京《れいきょう》全域にわたって防衛システムを始めとする自律兵器の管制システムに直接アクセスすることができるのだ。

本来であれば、旧テレサビル内にあった戦略統合システム《UTAS》を介《かい》することにより、そうした数ある兵装管理システムを一元管理することができるのだが、生憎《あいにく》その便利システムは二か月前に秋人《あきと》がアルカディア諸共《もろとも》真っ二つにしてしまった。

そのため、こうして彼ら統括《とうかつ》本部のメンバーが汗水《あせみず》たらして、この管制塔《かんせいとう》から自律兵器や対《たい》空砲群《くうほうぐん》をシステムを操作していた。

管制塔《かんせいとう》内部には五十人にも上る兵士が行き来している。彼らは無数の有線ケーブルを用いて元から設置されていた筐体《きょうたい》に端末《たんまつ》を接続して、外部から操作を行っていた。フィリアから聞いた話だと、筐体《きょうたい》のセキュリティを突破《とっぱ》してシステムを使うためにはこうするのが現状では一番早くて確実なのだそうだ。

そんな管制塔《かんせいとう》の中心に置かれたホロ投影用《とうえいよう》の巨大《きょだい》なテーブルの前に、フィリアを始めとする他の委員会のメンバーがいた。

フィリアは秋人《あきと》の隣《となり》に立つ玲奈《れな》を一瞥《いちべつ》して一瞬《いっしゅん》目を尖《とが》らせるも、すぐに宙へと視線を移して説明を始めた。

「昨日、何とか回収できたデータドライブについて一日かけて分析《ぶんせき》してみたの」

空中にホロウィンドウが投影《とうえい》される。

「試《ため》しにこれをグローバルネットに接続してみたら、こんな音声データと一緒《いっしょ》に座標が出てきたのよ。キーは、私たちの記憶変数体《マインドステート》だった」

「これは……」

秋人《あきと》は呟《つぶや》いて目を凝《こ》らした。音の波形が揺《ゆ》れる。

『こんにちは、私の可愛《かわい》い子供たち。もしまだ生きているようであれば、ここに行きなさい。生体出力素材劣化現象《BF》──通称《つうしょう》・エラー517の進行を止めて回復させるための調整装置があるわ。この問題は今のアルカディアが軍事用途《ようと》に調整されているからこそ起こる症状《しょうじょう》。

複体再生《リスポーン》してから十週で生命活動の全てが停止するわ』

「オイオイオイ……最後の複体再生《リスポーン》から十週って……」

秋人《あきと》たちが最後に複体再生《リスポーン》したのは、多少の差はあれ、スカイブリッジ攻略作戦《オペレーション・ブルーアウト》の時だ。

あれから、既《すで》に八週が経《た》っている。

「残り、二週間弱」

フィリアが呟《つぶや》く。

「手を打たないと、私たち、死ぬ……？」

玲奈《れな》が泣きそうな声で言った。それから彼女は、ホロウィンドウを見る。

送り人の名は《ＪＵＮＯ》。読み方が分からず、首を傾《かし》げる。

「ジュ、ノ……？」

「このデータドライブを残した人だよ。アルカディアの開発者であり、軍事転用しようとした神崎《かんざき》を止めるために計画を凍結《とうけつ》させた人だ」

「そんな人が、なんでこんなメモを……。敵の罠《わな》だったりしない？」

「罪悪感、なんじゃないか。少なくとも、俺たちのことを想《おも》ってデータを残してくれた人だ」

「ケッ……。テメェで作ってテメェで勝手に罪悪感に潰《つぶ》されそうになって、それでデータを残したって？　ソイツの薄《うす》っぺらな中身が透《す》けて見えるぜ」

「ちょっとリョウ、口悪すぎ」

「ったく、ムカつくぜ、この《ＪＵＮＯ》って奴《やつ》はよぉ」

空気が重くなる。

秋人《あきと》は息を吐《は》いた。

「とにかく、俺たちには現状、最初にして最後になるかもしれない手がかりなんだ」

フィリアが頷《うなず》く。

「テレサビルの装置も残されたデータをかなり掘《ほ》り返《かえ》してきたけど、ここまでの情報は今のところ見つかっていない」

「……馬鹿野郎《やろう》。リスクがありすぎる。嶺京《れいきょう》の外なんて、何があるかわかったもんじゃねえ」

「でも、このまま留まっていてもジリ貧《ひん》だよね。テレサにだって捕捉《ほそく》されっぱなしだし。食料と兵装の限界は見えているし」

システィが刺《さ》すように言う。

「……ッチ、分かり切っていることをしたり顔で言ってんじゃねえよ《リトルピアサー》」

「──あ？　よく聞こえなかったからもう一回言ってくれるかな、この赤キャベツ野郎《やろう》」

ハンドガンのスライドを引くシスティ。

それを羽交《はが》い絞《じ》めにして止めるローレリアの面々。

フィリアは慣れているのか、顔に手をあてて大きく溜息《ためいき》をついた。

どうしてこうもエルメアとローレリアの出身とでいがみ合うのか。

秋人《あきと》もまた頭を押さえた。

「それで、その座標の場所には何があんだよ」

遼太郎《りょうたろう》の問いかけにフィリアが答える。

「テレサ第七プラント――どうやら医療用《いりょうよう》クローンの全自動工場らしいわ」

「医療用《いりょうよう》、クローン……？」

聞き慣れない言葉に玲奈《れな》が首を捻《ひね》る。

そんな玲奈《れな》にシスティが言った。

「アルカディアのない外の世界では、最先端《さいせんたん》の医療《いりょう》技術みたいだよ。怪我《けが》とか病気でダメになった臓器とか骨とか血管とかを交換《こうかん》できるように、脳のないクローンを生成しておくみたい。いわば肉体のバックアップって感じ？」

「デジタルツインと似たような概念《がいねん》ね」

フィリアの分かりそうで分かりにくいコメントがされる中で、ホログラムのマップが縮小しながら範囲を拡げていく。

情報統括《とうかつ》本部がドローンと通信素子《エーテル》とで調査した範囲《はんい》を超《こ》えたのか、地形の精度が粗《あら》くなる。山脈が現れ、湖の連なりが姿を現す。大小様々な街らしきものが出現し、やがて海やそれに面する半島が像を結んだ。

秋人《あきと》たちの眼前にあったのは、嶺京《れいきょう》を中心とした世界地図だった。

七つの大陸に、点在する無数の島々。

東西には二つの巨大《きょだい》な大陸が存在している。エルメア大陸とローレリア大陸である。

その中心。

両大陸に挟《はさ》まれるようにして浮《う》かぶ小ぶりな大陸をフィリアは指さした。

「わたしたちがいるのはここ。通称《つうしょう》はクオン暫定《ざんてい》大陸。でも、正式名称《めいしょう》はまだない」

皆《みな》、渋面《じゅうめん》を作って頷《うなず》く。

正式名称《めいしょう》がない理由を秋人《あきと》たちは嫌《いや》というほど知っていた。なぜなら、その正式名称《めいしょう》を〝ローレリア大陸の一部〟とするか〝エルメア大陸の一部〟とするかを巡《めぐ》って、互《たが》いに血を流し戦っていたからだ。

結果としては、その戦争は全て神崎徹《かんざきとおる》の指揮の元で行われた、アルカディアの軍事利用を目的とする大規模な運用試験だったのだが――

「ここにいる全員がよく知っているように、昔はこの通称《つうしょう》・クオン暫定《ざんてい》大陸もローレリア大陸とエルメア大陸それぞれと地続きだった。でも、両国はそれぞれの所有権を主張して、互《たが》いに相手方の地続きになっている部分を吹き飛ばした」

フィリアはクオン暫定《ざんてい》大陸の東西の端《はし》に仮想の線を描《えが》く。

そこはどちらも不自然なほど綺麗《きれい》な円形に大地が削《けず》り取《と》られていた。

「それが、二国間大戦の始まり」

故《ゆえ》に、クオン暫定《ざんてい》大陸という名はあくまで仮。

すると、隣《となり》の玲奈《れな》が声を上げる。

「……テレサの持ち物ってどういうこと？　第一次二国間大戦はこの暫定《ざんてい》大陸をエルメア合衆国とローレリア連邦《れんぽう》が分割《ぶんかつ》統治するっていうことで合意して終戦したんじゃん。それをまた奪《うば》い合《あ》って第二次二国間大戦が始まったけどさ……」

「そこよ。そこから、わたしたちの知っている歴史と、実際の歴史との間に齟齬《そご》があるの」

「え……？」

「第二次二国間大戦なんて、初めからなかったのよ。二国間大戦は、過去に一度しか起こっていない。それがわたしたちの知っている過去の大戦。自律兵器の開発競争が激化して、ジオシティ・イオタも戦場になった戦争」

「――――」

一同は言葉を失った。

それは、委員会のメンバーたちでさえ聞いていなかった情報である。知っていたのは情報統《とう》括《かつ》本部のメンバーだけだったのか、彼らの表情に変化はなかった。

フィリアは続ける。

「二国間大戦の終結後、クオン暫定《ざんてい》大陸は分割《ぶんかつ》統治なんてされなかった。元々、エルメアにもローレリアにも歴史上ゆかりのあった土地。真《しん》に中立の代理政府なんて立てられなかった。でも、誰《だれ》かが統治する必要があった」

「──まさか」

「そう。だから、中立の企業《きぎょう》たるテレサ社が統治した。この血に塗《まみ》れた大陸全体を」

静寂《せいじゃく》が辺りを支配する。

しばらくして、秋人《あきと》は呻《うめ》くように言った。

「……テレサ社は、来るべき次の大戦に備えて実験していたってことなのか」

「そういうことよ」

フィリアは地図を拡大し、嶺京《れいきょう》の周辺地図へと切《き》り替《か》える。

「話を戻《もど》すわ。目的の第七プラントはここから八百キロ南下した位置にある。全員でここに辿《たど》り着《つ》くには、相応の装備が必要よ」

秋人《あきと》はホログラムを見ながらフィリアに問う。

「──フィリア、脱出《だっしゅつ》に必要な兵装はどれくらいになる？」

「待って、さっきシスティと一緒《いっしょ》に出した試算がある」

そう言ってウィンドウに映し出されたのは大量の兵装。秋人《あきと》は呻《うめ》いた。

「イージス戦車二十輛《りょう》、自走対空砲《たいくうほう》十六輛《りょう》、装甲車《そうこうしゃ》百四十輛《りょう》、野戦発電車十輛《りょう》……」

「空からは移動できないの？」

玲奈《れな》が訊《たず》ねると、フィリアはちらりと彼女の目を見てから首を横に振《ふ》った。

「計算したけど圧倒的《あっとうてき》に燃料が足りなかったわ。陸路でも野戦発電車を全数投入してやっとくらい」

空気が張りつめる。

秋人《あきと》が言う。

「戦略外骨格《JOINT》が入っていないのがキツいな……」

「移動速度に耐《た》えられない。戦略外骨格《JOINT》も持っていくとなると、二倍から三倍の時間がかかる。そうなるとエラー517に対する処置が手遅《ておく》れになる可能性が高い」

秋人《あきと》は息を吐《は》いた。

「遼太郎《りょうたろう》、これだけの装備を揃《そろ》えるのにどれだけ時間がかかりそうだ？」

「ざっと見積もって丸三日ってところだな」

「仮に基地の九割の人間を動員したらどうだ？」

遼太郎《りょうたろう》は数秒思案して、口を開く。

「一日――いや、半日あればいける」

「半日か――」

秋人《あきと》は宙を仰《あお》いで高速で思考を巡《めぐ》らせる。

その時だった。

管制塔《かんせいとう》内部に〝警告〟の文字を映した無数のホロウィンドウが展開し、辺りを深紅《しんく》に染め上げる。

「一体なに⁉」

全員が弾《はじ》かれたように顔を上げ、フィリアが叫《さけ》ぶ。

それに応えて副部長のキリが声を張った。

「ロードレイン部長！　嶺京《れいきょう》北西に大規模な敵影《てきえい》を確認《かくにん》しました！」

「迎撃班《げいげきはん》を第一から第十七小隊まで出撃《しゅつげき》用意させてそのまま待機！　対空防衛システム起動して！」

フィリアが一次対応の指示を飛ばす。

『了解《りょうかい》……っ！　戦域A《ゾーン・アルファ》、B《ブラボー》、F《フォックス》、G《ゴルフ》の対空防衛システム起動しました。……対空砲《アンチエアー》七十六番から百十一番用意《レディ》。——いつでも行けます！』

「迎撃《げいげき》開始！」

「対空砲《アンチエアー》七十六番から百十一番、迎撃《げいげき》開始！」

ホロウィンドウに映し出された映像の中で、無数のミサイルが真っ白な煙《けむり》をぶちまけながら北西の空目掛《めが》けて射出される。また別のウィンドウでは、円筒状《えんとうじょう》の砲台《ほうだい》に備え付けられた二十ミリガトリング砲《ほう》から超《ちょう》ハイレートで撃《う》ちだされる曳光弾《えいこうだん》が空へと光線を描《えが》く。

「——ッチ、タイミング最悪だなクソ！」

「……何、この数」

遼太郎《りょうたろう》が悪態をつき、玲奈《れな》が震《ふる》える声で呻《うめ》く。

「……ゴミテレサの奴《やつ》ら、絶対キメに来てるよ、コレ」

そこにシスティが中央に浮《う》かぶ一際《ひときわ》大きなウィンドウを睨《にら》みながら冷汗《ひやあせ》を流した。

そのウィンドウは嶺京《れいきょう》全域を示す平面マップ。

北西方向に五千にも及《およ》ぶ真っ赤な光点が点滅《てんめつ》しながら基地目指して移動していた。

フィリアは鋭《するど》い目をして振《ふ》り返《かえ》る。

「秋人《あきと》」

名前を呼ばれる。

「この数を全数撃破《げきは》するには、さっき話した脱出用《だっしゅつよう》の兵装、全部必要になるな」

秋人《あきと》は唇《くちびる》を噛《か》んだ。

「——嶺京《れいきょう》を守るか、棄《す》てるか、か」

「……ごめん秋人《あきと》。迎撃班班長としての判断が欲しい」

「第一次防衛線、突破《とっぱ》されました！　戦術降下艇《ドロップシップ》からドローンポッドの射出光を確認《かくにん》！　ポッドの数は六十、格納されている小型ドローンの総数は推定八千機です！」

キリの報告を聞いたフィリアは管制塔《かんせいとう》の一角を振《ふ》り返《かえ》って指示を飛ばす。

「旧アルカディア開発本部に待機させていた戦略外骨格《JOINT》を全機起動！　第三次防衛ラインに即《そく》時《じ》展開して！」

「了解《りょうかい》!!」

どちらかを選んだら、もう一つは選べない。

後戻《あともど》りのできない選択《せんたく》。

留まるべきか。はたして外に行くべきか――。

自分に彼らの命を背負う覚悟《かくご》はあるのか。

葛藤《かっとう》する。

自分の判断で二千四百人の命が失われる可能性もある。

アルカディアのあったこれまでの戦闘《せんとう》とはわけが違《ちが》う。ここで判断を誤れば、文字通り全員に死が訪《おとず》れる。

――直視しろ。

選択《せんたく》しないという選択《せんたく》はない。

起こした行動の責任は最後まで自分で取れ。

――それが、アルカディアを壊《こわ》した自分の責務なのだから。

フィリアの手が秋人《あきと》の背に触《ふ》れる。

「――秋人《あきと》」

「フィリア」

「――大丈夫《だいじょうぶ》、何があっても支えるから」

秋人《あきと》は鋭《するど》く息を吸った。

「遼太郎《りようたろう》、さっきの、半日じゃなくて六時間で終わらせられるか」

向けた視線の先で、遼太郎《りようたろう》が冷汗《ひやあせ》を流しながらニヤリと笑う。

「——三時間で終わらせてやる。嶺京《ここ》を廃棄《はいき》するってんなら、もう後先考えなくていい。ドローン、フル稼働《かどう》でいけんだろ」

秋人《あきと》と遼太郎《りようたろう》は同時に頷《うなず》く。

そして秋人《あきと》はフィリアを振《ふ》り返《かえ》った。

「——フィリア、嶺京《れいきよう》を出るぞ」

管制塔《かんせいとう》に響《ひび》き渡《わた》っていた数々の声がその一瞬《いつしゆん》だけ静まり返る。

辺りに響《ひび》くのはウィンドウから漏《も》れてくる通信の音声のみ。

「マジか……」

「……ま、やるしかないよね」

システィが呻《うめ》き、玲奈《れな》が不敵に笑う。

フィリアは頷《うなず》くと、情報統括《とうかつ》本部の面々に一斉《いつせい》に指示を飛ばし始めた。

彼女の声を皮切りに、管制塔内《かんせいとうない》が一気に慌《あわ》ただしくなる。

秋人《あきと》はその様子を尻目《しりめ》に、自分は自分の仕事をしようと踵《きびす》を返した。

管制塔《かんせいとう》を後にしようとするこちらの動きに気が付いたフィリアが、慌《あわ》てて駆《か》け寄《よ》ってくる。

「どうしたフィリア」

「わたしも行く」

秋人《あきと》はぶんぶんと首を横に振《ふ》った。

「いやいや、フィリアはここで指揮を執《と》ってくれ！　っていうかフィリアに執《と》ってもらわないと俺たち脱出《だつしゅつ》どころかここで全滅《ぜんめつ》するって！」

「でも、それだと秋人《あきと》のバディがいないじゃない！　アルカディアが使えない今、一人は危険すぎる！」

アルカディアが無い現在、生存率が一番高いのが二人一組《ツーマンセル》だと分かっていた。元々、援護《カバー》の原理原則はバディ制であり、高速化した戦場ではその性質が顕著《けんちょ》に出るのだ。しかし、互《たが》いの技量に開きがあればあるほど、逆に負傷率が高くなるという結果も同時に出ていた。そのため、嶺京軍《れいきょうぐん》の中でその戦闘《せんとう》能力が突出《とつしゅつ》している秋人《あきと》やフィリアはそのバディがお互《たが》いしかいないのが現状だった。

そこに、一つの言葉が響《ひび》く。

「――しが」

二人の視線が玲奈《れな》に向く。

「私が、アキのバディをやる」

秋人《あきと》は振《ふ》り向《む》く。

「あなたが？」

フィリアは驚《おどろ》いた顔で玲奈《れな》を見た。

そのフィリアを、玲奈《れな》は睨《にら》むように鋭《するど》い眼光で見返した。

「ナメないでよ。嶺京《れいきょう》に配備されてからずっと、アキと同じ部隊にいたんだよ？」

フィリアは不安げな顔で秋人《あきと》を見る。

玲奈《れな》もまた秋人《あきと》を見る。

正直、ここ最近はずっとフィリアに慣れていたし不安がないと言えば嘘《うそ》になる。玲奈《れな》の言葉は本当だが、彼女との二人一組《ツーマンセル》はほとんど経験がない。小隊単位ではこれまでずっと一緒《いっしょ》に戦ってきたとは言え、自分の中の感覚に自信がなかった。

しかしまた、ここでじっくり考えている暇《ひま》もない。

秋人《あきと》は決心すると、玲奈《れな》を見て頷《うなず》いた。

「——分かった。玲奈《れな》、一緒《いっしょ》に戦おう」

ぱあっ、と顔を輝《かがや》かせた玲奈《れな》は秋人《あきと》の隣《となり》に立ち、ふふんと得意げにフィリアを見た。

フィリアは苦虫を噛《か》み潰《つぶ》したような顔をして、玲奈《れな》と秋人《あきと》を交互《こうご》に見たが、やがて諦《あきら》めて溜息《ためいき》をついた。

「分かった、分かりました。それじゃあ現場は任せたわ。——でも、《九ミリの令嬢《ミズ・ナイン》》」

フィリアは真正面から玲奈《れな》を見た。

「──秋人《あきと》を怪我《けが》させたら、承知しないから」

ふん、と玲奈《れな》は鼻を鳴らす。

「ずいぶん上からのセリフだね。一体、何様のつもりなんだか」

「……そういうあなたこそ、秋人《あきと》の何なのかしら」

「わ、私は──」

そこで玲奈《れな》の言葉が途切《とぎ》れる。

いつも自信に満ち足りていた玲奈《れな》の顔に、戸惑《とまど》いの影《かげ》が差す。

それから、震《ふる》える声で言葉を繋《つな》いだ。

「……幼馴染《おさななじみ》。そう、幼馴染《おさななじみ》だよ」

「…………」

玲奈《れな》の横顔は、真実を言っているだけなのにどこまでも暗い。

フィリアはそんな玲奈《れな》のことを無言で見つめていた。

玲奈《れな》はそれを敵意と認識《にんしき》したのか、さらに食ってかかる。

「何にせよ、私の大切な幼馴染《おさななじみ》をさんざん殺してきた人に言われたくないんだけど」

「そのわたしに簡単に殺されていたあなたが秋人《あきと》のバディをこなせるとは思えないだけ」

「殺すのと守るのは全然別のことだし。──ああ、ぼっちの《致死の蒼《リーサルブルー》》さんには馴染《なじみ》のないことだったか」

「ぼっちはあなたの方こそでしょう《九ミリの令嬢《ミズ・ナイン》》。薄《うす》っぺらな人間関係だけで、深い関係にあるのはせいぜい秋人《あきと》とそこの赤髪爆弾魔《せきはつばくだんま》くらいじゃない」

「は、はあっ⁉　べ、べべべ、べつに薄《うす》っぺらじゃないし！　交友関係激狭《げきせま》なの、あんたの方じゃん！」

「…………わ、わたしには、あれよ、あれ。ファンクラブがあるから」

「あれを〝深い交友関係〟にカウントするな！　あれは交友関係じゃなくて教祖と信者の関係でしょ！」

秋人《あきと》は無言で首肯《しゆこう》を繰《く》り返《かえ》した。あれは決して〝交友〟に分類してはならない関係だ。

「む〜〜〜〜〜〜！」

「むむむ〜〜〜〜！」

お互《たが》いにガンのくれあいをする玲奈《れな》とフィリア。

秋人《あきと》はいい加減仲裁《ちゆうさい》に入ろうと声をかける。

「お、おい二人とも、この滅茶苦茶忙《めちやくちやいそが》しい時に何やってんだよ、早く動こうぜ」

「「アキ／秋人《あきと》は黙《だま》ってて‼」」

「はい…………」

それから、ふんっ、とお互《たが》いにそっぽを向いて区切りとなる。

ケタケタと笑うシスティを尻目《しりめ》に玲奈《れな》をフィリアから引《ひ》き剝《は》がす。

秋人《あきと》は溜息《ためいき》をついて遼太郎《りょうたろう》に言う。

「遼太郎《りょうたろう》、そっちは任せたぞ」

「テメェもな。死ぬんじゃねえぞ」

そう言って、互《たが》いの拳《こぶし》をゴツンと合わせた。


超《ちょう》高層ビルの合間。

無数の航空ドローンと高機動ミサイルが入り乱れる中、タクティカルスーツに身を包んだ兵士たちが空を飛翔《ひしょう》する。

二十四名から構成された小隊の先頭にいるのは、秋人《あきと》と玲奈《れな》のバディだった。

二人が捕捉《ほそく》したのは、眼下の幹線道路に起立する機械仕掛《じか》けの巨人《きょじん》。

秋人《あきと》はアサルトライフルでその巨人《きょじん》――テレサ社の戦略外骨格《JOINT》を撃《う》ち下《お》ろす。

その大きな図体《ずうたい》の割に機敏《きびん》な動作で避《よ》けられるが――その時既《すで》に、目標の戦略外骨格《JOINT》の背後に黄金色《こがねいろ》の髪《かみ》の少女が回り込んでいた。

「――これで三機目っ！」

玲奈《れな》の声と同時に、装甲《そうこう》と関節の隙間《すきま》からパワーユニットを穿《うが》たれた戦略外骨格《JOINT》が内側から爆散《ばくさん》する。

秋人《あきと》は相変わらずの玲奈《れな》の射撃《しやげき》の正確さに舌を巻いた。装甲《そうこう》と関節の隙間《すきま》など、あってもせいぜい十センチ程度だ。しかもジェットキットを用いた高速機動中に、その更《さら》に奥にあるパワーユニットまで貫通《かんつう》させるのだから、正直言って神業《かみわざ》だ。

そんな玲奈《れな》は、立ち上る爆煙《ばくえん》の向こうから頭上を睨《にら》みつけた。

「次来るよ！」

視線を追うと、今まさに秋人《あきと》たちの進行方向に一際巨大《ひときわきよだい》な戦略外骨格《JOINT》が降下してくるところだった。

全長は二十メートルを超《こ》えている、通常の戦略外骨格《JOINT》が八メールであることを考えると、異様な大きさだ。

しかも、その装甲《そうこう》は油を水たまりに落としたような不気味な色味をしている。

秋人《あきと》はそれを見て奥歯《おくば》を噛《か》んだ。

あの装甲《そうこう》は、テレサ社の戦略外骨格《JOINT》の中でも最新の上位機体に積まれている厄介《やつかい》な代物《しろもの》――。

同じくソレに気が付いた玲奈《れな》が叫《さけ》ぶ。

「こいつも新型――！　多重自律反応装甲《そうこう》！」

多重自律反応装甲《そうこう》――通称《つうしよう》ＭＡＲ装甲《そうこう》。

それは六・八ミリ特殊徹甲弾《SAP》を始めとする高貫徹力《こうかんてつりよく》の弾丸《だんがん》を止めることを目的とした、形状可変合金による多重装甲《そうこう》である。センサーを兼《か》ねている一次装甲《そうこう》に弾頭《だんとう》が接触《せつしよく》した瞬間《しゆんかん》、二次から通常八次までである液状の装甲《そうこう》が接触点《せっしょくてん》下部で密度を変え、硬度《こうど》を瞬間的《しゅんかんてき》に上げることで貫通《かんつう》を防ぐ機構を備えている。分間レート千や二千発程度の銃撃《じゅうげき》であれば、三次装甲《そうこう》ですらまともに抜《ぬ》けない防御力《ぼうぎょりょく》を誇《ほこ》る、歩兵にとっては非常に厄介《やっかい》な代物《しろもの》だ。

しかし、そんな多重自律反応《MAR》装甲《そうこう》にも弱点はある。

一つは、装甲《そうこう》密度の平坦化《へいたんか》を狙《ねら》った全方位からの集中砲火《ほうか》。

そしてもう一つは——大規模火力による一点突破《とっぱ》である。

これを叶《かな》える携行型《けいこうがた》兵装が、一つだけあった。

携行式《けいこうしき》対戦車ブレード——〈ゼロクロ〉である。

しかし、今はとてもではないが使うことができなかった。

ゼロクロは刀身を最大に伸《の》ばしてもせいぜい二十メートル。それも、多重自律反応《MAR》装甲《そうこう》を貫通《かんつう》するための出力に設定すれば、刀身の長さも短くなる。十メートルもないだろう。

そこまで接近しなければならないのだ。

それはいわば、片道切符《きっぷ》の必殺技《ひっさつわざ》。

アルカディアがあったからこそ使えた兵装である。

アルカディアがない今、秋人《あきと》はゼロクロを使えなかった。

そこに報告が入る。

『第三小隊、壊滅《かいめつ》！　後方部隊と入《い》れ替《か》わる！』

『第七小隊、負傷者三名！　戦死はゼロだけど、重傷者多数！　撤退《てったい》のための航空支援《しえん》を要請《ようせい》する！』

　さらに報告が重なる。

『第六小隊より情報統括《とうかつ》本部、隊員のうち四名がエラー５１７を発症《はっしょう》した！　後方支援《しえん》部隊への組み込みを要請《ようせい》する！』

『第十二小隊より情報統括《とうかつ》本部、こちらもエラー５１７を発症《はっしょう》したメンバーがいる！　増員を要請《ようせい》する！』

　秋人《あきと》の身体も、ぐんっと重くなる。

　右肩《みぎかた》を見ると、感覚がないのに小刻みに痙攣《けいれん》していた。

　咄嗟《とっさ》に秋人《あきと》は左手で肩《かた》を押さえつける。

　――やばいやばいやばい！

「アキ……？」

　振《ふ》り返《かえ》る玲奈《れな》。

　それに対して笑いかける秋人《あきと》。

　代わりに訊《たず》ねる。

「玲奈《れな》はエラー５１７、大丈夫《だいじょうぶ》か!?」

「全然大丈夫《だいじょうぶ》、でも、一気に発症者《はっしょうしゃ》が増えてきてるみたい……！　戦線も一気に押され始めている！」

「——やっぱり《JUNO》の情報は正しかったか」

再生してから十週後に全機能が停止。個体差はあれど、六週を超《こ》えた辺りから症状《しょうじょう》が現れ始める。

「今回、ヤバくねえか……!?」「死ぬ、流石《さすが》に、今日は死ぬ……！」

各所から恐怖《きょうふ》に色づいた声が上がってくる。

秋人《あきと》は喉《のど》を張った。

「これを耐《た》えれば敵の後続はいない！　踏《ふ》ん張《ば》り時《どき》だぞ！」

オウッ！　とリアルで声が辺りから上がって重なる。

その隣《となり》で、玲奈《れな》が二十メートル級の戦略外骨格《JOINT》相手に歯噛《はが》みする。

「なに、アレ——」

秋人《あきと》がちょっかいを出してみるが、びくともしない。

「……やばいな。装甲《そうこう》が堅《かた》すぎる。くそ、フィリアのドローン群《スウォーム》でもなければ突破《とっぱ》できないぞアレ」

「……っ」

玲奈《れな》はぎゅっと胸の前で拳《こぶし》を握《にぎ》った。

「──私がやる」

「玲奈《れな》？」

玲奈《れな》は弾倉《マガジン》を抜《ぬ》いて、チャンバークリアをしてから弾薬《だんやく》を換装《かんそう》する。一番貫通力《かんつうりょく》の高い弾《たま》の入った弾倉《マガジン》を挿《さ》し、ボルトを引いて初弾《しょだん》を装填《そうてん》する。

「図体《ずうたい》がデカイ代わりにパーツごとの切れ目も大きい。多重自律反応《MAR》装甲《そうこう》だって万能《ばんのう》じゃない。流体装甲《そうこう》が循環《じゅんかん》しない継《つ》ぎ目《め》を、高レートで九ミリをぶつけて無理やり突破《とっぱ》する」

「危険すぎる！　だったら俺のゼロクロで──」

「そっちの方が危ないじゃん！　──任せてよ、アキ。私だって、やれるんだから」

玲奈《れな》が前に出る。

第二小隊のシスティから通信が飛んできた。

『ちょっと《血も無き兵《ブラッドノート》》！　一体これ、フォーメーションどうなってんの⁉』

秋人《あきと》は顔を歪《ゆが》めて叫《さけ》ぶ。

「玲奈《れな》が前に出る、フォローを頼《たの》む！」

『……正気？』

システィが呟《つぶや》いた気がしたが、巨大《きょだい》戦略外骨格《JOINT》の砲声《ほうせい》によって掻《か》き消《け》される。

押し寄せてきた弾雨《だんう》に対して、システィの正確無比な射撃《しゃげき》のフォローが入る。

秋人《あきと》も玲奈《れな》に迫《せま》りくる弾頭《だんとう》を迎撃《げいげき》して撃《う》ち落《お》としていく。

玲奈《れな》は元来、こうした正面突破《とっぱ》は不得手だ。力業《ちからわざ》で敵前線を喰《く》い破《やぶ》るのは主に秋人《あきと》と遼太郎《りょうたろう》の役回りで、玲奈《れな》は混乱に乗じて敵の横や背後をついた不意打ちで一網打尽《いちもうだじん》にするのが得意とする戦法。

流石《さすが》のエルメア一俊敏《しゅんびん》な兵士の玲奈《れな》だが、やはりフォーカスされながらの前進に慣れておらず、時々危ないシーンがある。

「玲奈《れな》、無理するな！」

「全ッ然、無理してないし！　超《ちょう》よゆーだから‼」

「玲奈《れな》‼」

「――フィリア・ロードレインには、絶対に負けない」

「――――」

秋人《あきと》は言葉を飲み込んでしまった。

普段《ふだん》から周りに笑顔《えがお》を振《ふ》りまく玲奈《れな》が、明確に対抗意識を露《あらわ》にしたからだ。

その声と同時に、玲奈《れな》は巨大戦略外骨格《きょだいJOINT》に向けてEMPグレネードを投げつけて、地上へと降り立つ。

そして玲奈《れな》が得物を構えたその時、秋人《あきと》は気が付く。

巨大戦略外骨格《きょだいJOINT》のセンサーがEMP対策済みの光学式特有の赤色を灯していることに。

潰《つぶ》す潰《つぶ》す潰《つぶ》す、私が潰《つぶ》す――！

玲奈《れな》の全身をアドレナリンが巡《めぐ》り、鋭敏化《えいびんか》した神経が世界をあるがままに伝えてくる。

視野が広く感じる。光が強く感じる。色彩《しきさい》が濃く感じる。音がハッキリ聞こえる。タクティカルスーツ越《ご》しに感じる風の強弱さえ手に取るように分かる。

――今の私ならなんだってやれる。

風を切り瓦礫《がれき》に覆《おお》われた幹線道路へと降り立つ。

そこには、銀粉の撒《ま》き散《ち》る中で直立する戦略外骨格《JOINT》の背中があった。

染《し》み込《こ》んだ動作で構えるのは愛銃《あいじゅう》のサブマシンガン〈ヴァイタリア〉。

レーザーサイトは付いていなかった。優秀《ゆうしゅう》な自律兵器はその光線を察知して避《よ》けるからだ。

そのため、代わりに玲奈《れな》の視界には銃《じゅう》本体から送られてくる情報を元に生成された仮想の弾道《だんどう》が合成表示されている。仮にこれが無線接続だとEMPをばら撒《ま》いた瞬間《しゅんかん》、正しく表示されなくなる。こうした理由からも面倒《めんどう》くさらずに銃《じゅう》本体と〈ニューラルゲート〉は有線で接続するべきなのだ。――というのも、全て昔聞いた秋人《あきと》の言葉なのだが。

緩《ゆる》やかな放物線を描《えが》く仮想弾道《だんどう》が巨大《きょだい》戦略外骨格《JOINT》の左脇下《わきした》に合わさる。

その位置が多重自律反応《MAR》装甲《そうこう》の継《つ》ぎ目《め》にあたる。

そうして引き金を引こうとしたその時。

白銀の粉の向こうで黒い影《かげ》が身じろいだ。

「――え?」

玲奈《れな》は眼前で起きている事実を認識《にんしき》するところで思考が鈍化《どんか》するのを感じた。

何が起きている? あの黒い影《かげ》はなに? ああ、あれだ、見覚えがある。主力兵装の一つである五十ミリデュアルキャノンだ。でも、EMPでこちらの位置はまだ捕捉《ほそく》できていないはず。大丈夫《だいじょうぶ》、あれは光学センサーに切《き》り替《か》えて索敵《さくてき》を始めた動作にすぎない――。

しかし、そんな玲奈《れな》の希望的観測を裏切るようにして煙《けむり》の中から現れたのは巨大《きょだい》な二つの銃口《じゅうこう》だった。

果たしてそれは玲奈《れな》の頭を捉《とら》えてピタリと停止する。

ひゅっ、と自分の喉《のど》から音がした。

全身の毛穴が開く。

ああ、間に合わない――。

どうして、と浮《う》かぶ疑問に対する仮説も浮《う》かんでこない。否、最早諦《もはやあきら》めていた。この状況《じょうきょう》はいわば〝詰《つ》み〟だ。起きたことを考えても仕方がない。そう思えた。

それにしても納得《なつとく》がいかない。嘘《うそ》だ、嘘《うそ》だ嘘《うそ》だ。ここで終わり? こんなので終わり?

まだ、秋人《あきと》にこの想《おも》いを伝えてすらいないのに。

まだ、何にも成《な》し遂《と》げていないのに――。

玲奈《れな》のふくらはぎくらいある戦略外骨格《JOINT》の太い指先が五十ミリデュアルキャノンのトリガーにかかる。

玲奈《れな》は肩《かた》から力が抜《ぬ》けるのを感じた。

浮《う》かんでくるのは後悔《こうかい》。

——ああ、フィリア・ロードレインと張り合うんじゃなかった。

玲奈《れな》の肩《かた》から力が抜《ぬ》けるのが見えた。

「——ッ」

秋人《あきと》の脳裏《のうり》にひとつの景色がフラッシュバックする。

思い出されたのは、二か月前にジオシティ・イオタで球体型ドローンに遭遇《そうぐう》した時のこと。

その時に見せたフィリアの表情。

彼女の蒼《あお》の瞳《ひとみ》から、光が——生への執着《しゅうちゃく》の念が失われた時のこと。

秋人《あきと》の脳内に言葉になる前の概念《がいねん》が表出する。

それは死のクオリア。

その瞬間《しゅんかん》、秋人《あきと》は思考するよりも前に飛び出していた。

「玲奈《れな》ぁ——ッ!!」

スーツの限界強度も計算に入れず、ジェットキットの出力を最大にする。

急激に上昇《じょうしょう》したGにより全身の血液が背中側に回った。

意識が白ばむ。

骨が軋《きし》み、肉が剝離《はくり》する。

それでも玲奈《れな》のもとへ疾駆《しっく》した。

その最中、戦略外骨格《JOINT》の構えた五十ミリデュアルキャノンの銃口《じゅうこう》から二発の弾頭《だんとう》が射出される。それは弾丸《だんがん》というにはあまりにも巨大《きょだい》な、砲弾《ほうだん》と表現すべき金属塊《きんぞくかい》だった。

「ぐぅっ……！」

その手前。

玲奈《れな》の正面に身を投げ出す。

着地という形を取る間もなく、身体が横たわった体勢のまま強引《ごういん》に両足をアスファルトに突《つ》き刺《さ》して急制動をかけた。剝《は》がれていく黒の人工石が宙を舞《ま》い、破片《はへん》が頬《ほお》を掠《かす》めていく。

まるで殺しきれていない慣性の中で、玲奈《れな》を射線の外へと押《お》し出《だ》した。

「――――」

玲奈《れな》が声なき声を上げる。

目端《めはし》に大きなシルエットで映り込んでくるのは迫《せま》りくる弾頭《だんとう》。

秋人《あきと》は間に合うかどうかすらも考えずに、ただ最速を求めて無心でゼロクロを起動した。

遅延《ちえん》した世界で紅色の刀身がもどかしいほど遅《おそ》い速度で伸《の》びていく。

粒子《りゅうし》となって吐《は》き出《だ》された形状可変合金がみるみるうちに結合し、柄《つか》内部のバッテリーから莫大《ばくだい》な電力を貪《むさぼ》って刀身を超《ちょう》高速で振動《しんどう》させる。

彼我《ひが》の距離《きょり》など分からない。〝回避《かいひ》〟と〝警告〟の文字ばかりを映す大量の深紅《しんく》の仮想ウィンドウの中には、一つくらい弾頭《だんとう》の加速度から推定エネルギー量が書いてあるかもしれない。

しかし、数字など最早《もはや》不要。

最後に頼《たよ》るのはこの身一つのみ。

刃《やいば》を振《ふ》るうのも、歯を食いしばるのも、踏《ふ》みとどまる勇気を出すのも、最後はこの小さな脳みそなのだ。

だから目を開く。

呼気を止める。

心音を聞き、その一瞬《いっしゅん》を見切り、

「――――ッ」

振《ふ》り下《お》ろした。

パッと火花が弾《はじ》ける。

紅色の刃《は》が右斜《みぎなな》め下《した》へと軌跡《きせき》を描《えが》き、その残像が網膜《もうまく》に焼き付いて二重に重なる。

その乱れた視界の中で、戦略外骨格《JOINT》の身もろとも真っ二つに割れた五百グラムの弾頭《だんとう》を目にした。

金属片《きんぞくへん》が宙を舞《ま》い、爆縮《ばくしゅく》する火焔《かえん》がその表面をオレンジ色に照らした。

割れた弾頭《だんとう》の片方が頭上を通《とお》り越《こ》すルートで飛んでいく。

しかし、もう片方は秋人《あきと》の身体目掛《めが》けて飛翔《ひしょう》してくる。

「……ッ！」

身を捩《よじ》る。

身体がジェットキットの全開加速と着地、そしてゼロクロ最大出力の反動によりボロボロになっている。

もはや痛みはほとんど感じない。麻痺《まひ》しているのか、痛みがない代わりに全く身体が言う通りに動いてくれない。亀《かめ》のような遅《おそ》さで右半身が逸《そ》れていく。

それがエラー517の影響《えいきょう》だと遅《おく》れて気が付く。

しかし、真っ二つに割れた弾頭《だんとう》の破片《はへん》は無慈悲《むじひ》にも秋人《あきと》の右肩《みぎかた》を捉《とら》えた。

直後、秋人《あきと》の視界は白く飛んだ。


目を開けると、天井《てんじょう》が下から上へと高速に流れていた。

「どいて！　通して！　医療班《いりょうはん》、お願い早く来て！　アキが、アキが――!!」

意識が途《と》切《ぎ》れ途《と》切《ぎ》れになる。

声が遠くなり、また近くなる。

「持ち上げるよ！　せーのっ」

まるで水の中にいるようだ。

そういえば、ジオシティ・イオタで初めて水の中に潜《もぐ》った時もこんな感覚だった。

「五百ミリ口径の砲弾《ほうだん》の破片《はへん》が肩《かた》にあたったみたい。止血剤《しけつざい》は二本打ったけど、かなり血は出た後」

「天代《あましろ》さん、落ち着いて。ここは私たちに任せて。大丈夫《だいじょうぶ》だから」

「メディカルナノ投与《とうよ》、三十ミリ。一之瀬《いちのせ》さんの〈ニューラルゲート〉のセーフティ区画との同期を確認《かくにん》」

体内に何かが入ってくる感覚。

薄《うす》く目を開ける。

そこにはずらりと八人も九人もの大勢の人間が秋人《あきと》を囲んでいた。

すると、一人が秋人《あきと》に気が付く。

玲奈《れな》だった。

「アキ!!」

「大丈夫《だいじょうぶ》……大丈夫《だいじょうぶ》だ。傷自体はそんなに深くない」

「深くないわけないじゃん！」

玲奈《れな》は泣きながら秋人《あきと》に縋《すが》り付《つ》いてくる。

「ごめん、ごめんアキ……！　私のせいで……！」

音がくぐもっている。玲奈《れな》の言葉も半分も聞こえていない。

それでも断片的《だんぺんてき》に脳に届く彼女の言葉とその表情から、彼女が何を言っているのかは理解できた。

秋人《あきと》は右腕《みぎうで》を動かそうとして、感覚がなく、代わりにマグマのような熱が半身を焦《こ》がした。

「ぐっ、うぅ……ッ！」

「一之瀬《いちのせ》少尉《しょうい》、じっとしていてください！　右肩《みぎかた》が抉《えぐ》れているんです！」

秋人《あきと》はその言葉が理解できず、ゆっくりと視線を下ろした。

はたしてそこには嘘《うそ》みたいに鮮《あざ》やかな赤に染められた包帯とメスが右往左往している光景があった。その先には、穿《うが》たれた肉の穴。

「――――」

心拍数《しんぱくすう》が上がる。

――大丈夫《だいじょうぶ》、大丈夫《だいじょうぶ》。こんなのは何度も見てきた。何度も経験してきた。だから大丈夫《だいじょうぶ》。

秋人《あきと》は代わりに左腕《ひだりうで》を持ち上げて、玲奈《れな》の方へと向ける。

玲奈《れな》はその手を両手で取った。

秋人《あきと》はしゃがれた声で言う。

「……れ、なは……怪我《けが》は？」

玲奈《れな》は一瞬《いっしゅん》驚《おどろ》いたように目を見開いてから、ぶんぶんと首を横に振《ふ》った。

「大丈夫《だいじょうぶ》、大丈夫《だいじょうぶ》だよ。アキが守ってくれたから大丈夫《だいじょうぶ》。でも、そうじゃなくてっ」

玲奈《れな》がさらに泣きそうな顔になる。

「ごめん、玲奈《れな》。ごめん。この怪我《けが》、玲奈《れな》のせいなんかじゃないから。俺が右肩《みぎかた》の——」

——エラー517を隠《かく》していたせいなんだ。

そう言おうとして、しかしそこに更《さら》に大勢の人間が駆《か》け寄《よ》ってきた。

「ちょっ、困ります！　こんなに来られては！　他の負傷者もいるんですから！」

「うるさい、どいて‼」

そして現れたのはプラチナブロンドの光。

「秋人《あきと》……っ‼」

視線を脚側《あしがわ》へと向けると、フィリアが駆《か》け寄《よ》ってきた。

「……よ、よお……フィリ、ア」

「大丈夫《だいじょうぶ》、大丈夫《だいじょうぶ》だから。今、システィが最高品質の医療用《いりょうよう》ナノを持ってきてくれているから。絶対に助けるから……ッ！」

「……そいつは、心、強い。ありが、とう——」

そこでフィリアは玲奈《れな》をキッと睨《にら》みつけた。

「話は聞いてるわ。どうしてあなたがいながら秋人《あきと》が——!!」

フィリアが玲奈《れな》に摑《つか》みかかる。

玲奈《れな》は涙《なみだ》を流しながら目を逸《そ》らした。

「ごめんなさい——ごめんなさい——」

「ロードレイン中佐、こんなところでやめてください！」

「ごめんなさい、ごめんなさいごめんなさい」

玲奈《れな》とフィリアが何かを言い争っている。

「フィリア……ちがう、んだ……俺が、悪いんだ……」

フィリアに玲奈《れな》を責めないでくれと言いたい。

玲奈《れな》に俺は大丈夫《だいじょうぶ》だからと言いたい。

何よりも、みんなに言わなければならないことがある。

それでも秋人《あきと》の声は蚊《か》の鳴き声のように小さく彼女たちの耳に届かない。

そこで秋人《あきと》は意識を飛ばしたその時。

野太い男の声が取んできた。

「道を開けやがれ！」

ほどなくして赤髪《せきはつ》の男の顔が視界に現れる。

今、一番話す必要のある男である。

「りょう、たろう……」

「ハッ、真っ赤っかじゃねえか、秋人《あきと》」

「……これを機に、やっぱり、《血も無き兵《ブラッドノート》》のTAC《タクテイカル》ネームを、変えたいんだが」

「バカ野郎《やろう》。却下《きやつか》だ、却下《きやつか》」

笑い飛ばすが、その視線は鋭《するど》い。

負傷者の多いこの状況《じようきよう》が状況《じようきよう》ということもあるだろうが、何よりもその視線は秋人《あきと》の身体に向けられている。彼の言葉を聞かずとも分かる。それだけ今の自分は、ひどい状態《じようたい》なのだろう。

秋人《あきと》はぐっと首を起こす。

「ちょっとアキ……！」

「秋人《あきと》、動いちゃダメ！」

「一之瀬《いちのせ》さん、じっとしていてください！」

秋人《あきと》はその血に濡《ぬ》れた手で遼太郎《りようたろう》の襟《えり》をつかんだ。

「──遼太郎《りようたろう》、進捗《しんちよく》は」

「──へっ。いつでも行けるぜ」

「流石《さすが》、だ」

血が肌《はだ》を伝うのが分かる。

秋人《あきと》はそれを見ないように顔を上げたままフィリアに言った。

「フィリア、負傷者の、状況《じょうきょう》は」

フィリアは何を言っているのか分からないという顔をしながら視線を虚空《こくう》に向ける。

仮想ウィンドウを新たに一枚、展開して確認《かくにん》してくれるのだろう。

「今日、新たに負傷したのは五十四人。うち重傷者は六人。……でも、その中でも秋人《あきと》が一番ひどいわ」

「……なら、大丈夫《だいじょうぶ》だな」

「ちょっと、何言ってるの！」

「フィリア、……出発するぞ」

「こんな身体で移動に耐《た》えきれるわけないでしょ！　日を改めよう⁉」

「……ダメだ、今を逃《のが》したら二度とプラントを目指せない。それに、他のみんなに比べて身体を治すのには慣れている。〈ニューラルゲート〉のメディカルナノの学習が結構進んでいるから、治癒《ちゆ》も早いはずだ」

フィリアは隣《となり》の医療班《いりょうはん》の少女を見る。

少女はコクリと頷《うなず》いた。

「……事実です。こちらの想定の二百六十四パーセント、治癒《ちゆ》が速く進んでいます。メディカルナノは当人の意識の持ちようで挙動が大きく変わるナノマシンの一つです。……きっと、誰《だれ》よりも生への執念《しゅうねん》が強い影響《えいきょう》でしょう」

少女はデータの並ぶホロウィンドウを見た。

「出血自体は既《すで》に止まっていますし、骨折箇所《かしょ》についても修復が始まっています。これだけ治っていれば戦術立体プリンター《ATAP》を使った欠損部分の補完が行えるため、外傷だけで見れば移動しても問題はありません。……もちろん、移動中に発生する振動《しんどう》による痛みは激しくなりますが」

「でも……」

フィリアは秋人《あきと》を見る。

秋人《あきと》は言った。

「……痛みなんて慣れっこだ。治るんならそれでいい。何よりも優先すべきなのは、プラント目指して出発することだろう。脱出《だっしゅつ》を前提の防衛計画だったんだ。防衛機能も大半が死んだ。基地のインフラも被害甚大《じんだい》だろう。次のテレサの攻撃《こうげき》は耐《た》えきれない。……もう後戻《あともど》りができないのはフィリアも分かっているだろ」

「そうだけど、そうだけど……！」

ううーっ、とフィリアは泣きそうな目をして秋人《あきと》を見る。

それからフィリアは息を吐《は》いて言った。

「……しょうがないわね。分かったわよ」

それからの嶺京《れいきょう》基地はかつてないほど慌《あわ》ただしかった。

秋人《あきと》たちが退《しりぞ》けたのは、あくまでテレサの大攻勢《だいこうせい》のうちの第一波に過ぎない。もたもたしていれば第一波を超《こ》える規模の第二波がやってきて、跡形《あとかた》もなくすり潰《つぶ》されてしまうからだ。

最低限の迎撃班《げいげきはん》を残して、仲間のほとんどが物資の積み込み作業に回った。装備も食糧《しょくりょう》も医薬品も——ありったけの物資を輸送車輛《しゃりょう》に押し込んでいく。

その騒《さわ》ぎの中で、驚《おどろ》くことに秋人《あきと》は自力で起き上がれるほどには回復していた。肩《かた》の傷もまだ生々しい状態に変わりはないが、肉や皮の再生が始まっている。どうやら投与《とうよ》してもらったメディカルナノは元ローレリア基地の中でも指折りの高級医薬品らしく、アルカディアが使えない環境でも瀕死《ひんし》の状態から回復させるために設計された代物《しろもの》らしい。

それから秋人《あきと》は遼太郎《りょうたろう》の肩《かた》を借りて、他の軽傷者とともに基地の外に出た。

基地前の幹線道路——そこには急ピッチに用意された大規模な車列の姿があった。

戦車隊は全て履帯《りたい》からコンバットタイヤに換装《かんそう》されている。その他の車輛《しゃりょう》も同様にタイヤを履《は》いていた。ここからテレサ第七プラントまでは綺麗《きれい》に舗装《ほそう》された州間高速道路《インターステート》が走っている。エラー517の進行速度を考えた結果、履帯《りたい》による反動抑制《よくせい》能力よりも速度を優先したのだろう。

「オラ秋人《あきと》、気を付けろよ」

「……悪い、な、遼太郎《りょうたろう》」

「気にすンな」

遼太郎《りょうたろう》に身体を半分担《かつ》がれながら、装甲《そうこう》輸送車に足をかける。

「秋人《あきと》」

そこに、上から声が飛んでくる。

見上げれば、フィリアが手を伸《の》ばしてくれていた。

秋人《あきと》はその手を取ると、遼太郎《りょうたろう》から離《はな》れ、ぐっと力を込めて車輛《しゃりょう》上部に乗り込む。

「ロードレイン部長！　テレサ軍の第二波が戦域Ａ《ゾーン・アルファ》に差《さ》し掛《か》かりました！」

装甲車《そうこうしゃ》の中から顔を出したキリが鋭《するど》い声でフィリアへと報告を上げる。

言葉の通り、東の方角から地響《じひび》きに似た低音が押し寄せてくるのが聞こえてきていた。

フィリアは東の空を一瞥《いちべつ》するなり、勢いよく振《ふ》り返《かえ》って声を飛ばす。

「キリ、野戦発電車の無線給電量を限界まで引き上げて！　多少、受電装置側が焼き付いても構わない！　一気に駆《か》け抜《ぬ》ける！」

「りょ、了解《りょうかい》……っ‼」

「――秋人《あきと》、いいよね」

フィリアは進行方向を睨《にら》みつけたまま言葉を作る。

周囲の仲間の視線が一斉《いっせい》に集まる。皆《みな》、各々《おのおの》の手を止めてフィリアと秋人《あきと》の一挙手一投足に注目していた。

彼女が訊《たず》ねたのは、つまるところ秋人《あきと》たちにとって故郷ともいえるこの地を棄《す》てることに対して。

しかし、その答えはとうの昔に秋人《あきと》の中で固まっている。

秋人《あきと》は躊躇《ちゅうちょ》なく首を縦に振《ふ》った。

「勿論《もちろん》だ」

それを聞いたフィリアの胸部がすう、と膨《ふく》らむ。

そして――

「情報統括《とうかつ》本部より各位。目標、テレサ第七プラント。――全体、出発!!」

号令と同時、仲間たちの鬨《とき》の声《こえ》が上がるとともに、全車輛《しゃりょう》のモーターが快音を上げた。


どこまでも広がる荒野《こうや》。

どこまでも広がる青空に真っ白な入道雲。

起伏《きふく》が激しく、色とりどりの地層がくっきりと見える。

砂塵《さじん》が多く、足元を見れば透《す》き通《とお》った石が多い。

緑が多いが、木々は少なかった。

川の跡《あと》があるが水はどこにも見当たらない。

この不思議な粗削《あらけず》りの荒野《こうや》の地形も、どうやらすべて川が削《けず》ってできたものらしかった。

春になると積もった雪が溶《と》けて川になるのだろう。

しかし、夏の終わりが近づく今では、川はどこにも見当たらない。

遠くには水牛や鹿が闊歩《かっぽ》している。

風はかなり強い。

地層の合間を百台にも及《およ》ぶ車列が砂塵《さじん》を巻き上げながら走っていく。赤や茶、黄など様々な色の地層が重なってできたその形式は、ミルフィーユのようにも見える。

秋人《あきと》は息を吐くと、ハッチを下ろして大量の機材が詰《つ》まれた装甲車《そうこうしゃ》の中に潜《もぐ》り込《こ》んだ。

定員が二十名の空間では十余人が所狭《ところせま》しに展開されたホロウィンドウを凝視《ぎょうし》しながらせわしなく流れていく文字列を追いかけている。

彼らは情報統括《とうかつ》本部のメンバーで、索敵《さくてき》の真っ最中だった。

なぜ秋人《あきと》が違《ちが》う班である情報統括《とうかつ》本部の車輌《しゃりょう》に乗っているのかというと、理由は単純。右肩《みぎかた》に怪我《けが》を負った秋人《あきと》は治りかけではあるものの大事を取って、迎撃班《げいげきはん》の哨戒《しょうかい》任務から外れることになったのだ。怪我《けが》自体はシスティが医療班《いりょうはん》に融通《ゆうずう》を利かせて調達してくれた高性能のナノマシンによって塞《ふさ》がっている。そのため、リハビリを兼《か》ねて早速出撃《さっそくしゅつげき》しようとしたのだが、遼太郎《りょうたろう》や迎撃班《げいげきはん》のメンバーに全力で止められてしまったため、しぶしぶ、情報統括《とうかつ》本部に混じる形で迎撃班《げいげきはん》の統制を行っているのである。それに、いち早く戦線に復帰したい理由は他にもあって――

「ゲホッ、ゲホッ！　ひってえ砂埃《すなぼこり》！　先頭車輛《しゃりょう》以外、地獄《じごく》じゃねえか！　口ん中がジャリジャリするぜ」

「嶺京《れいきょう》の外ってこんな何にもない場所だったんだなー。てっきり、もっと街が広がっているもんだと思っていたわ」

「五百キロ西にあるテレサの都市は嶺京《れいきょう》よりもデカイらしいぜ。何にもないわけじゃないだろ」

「いくら軍用とはいえ、これじゃあ計器にも支障が出かねませんね」

「こんなに長時間、狭《せま》い所に押し込められるのは初めてだ。腰《こし》がマジで痛ぇ。あと腹減った」

四輪駆動《くどう》の装甲車内《そうこうしゃない》で、兵士らが口々に不満を零《こぼ》した。しかし、彼らの口から出てくる様々な悪態とは裏腹に、彼らの表情は輝《かがや》いていた。大人に黙《だま》ってパティオの中庭へ忍《しの》び込《こ》んだ時のような、冒険心《ぼうけんしん》に火が付いた顔をしている。

秋人《あきと》はそんな彼らの気持ちがよく分かった。

二か月前、フィリアとともに滑落《かつらく》した先でジオシティ・イオタを目にした時も同じような気持ちになったからだ。

秋人《あきと》は迎撃班《げいげきはん》の哨戒《しょうかい》シフトスケジュールを組んでいたウィンドウから視線を上げて振《ふ》り返《かえ》る。

「フィリア、次の中継《ちゅうけい》ポイントまでどのくらいだ？」

声をかけた先にいたのは、何もない虚空《こくう》を睨《にら》みつけていた白銀の髪《かみ》の少女。

いつものように大量に展開した仮想ウィンドウが伝えてくる膨大《ぼうだい》な情報を処理していたのだろう。同じく振《ふ》り返《かえ》った彼女の顔には疲労《ひろう》の色が見えた。

「……あと三十キロくらいよ。ただ、その手前に浅い渓谷《けいこく》がいくつかあるみたいで、ドローンを先行させて索敵《さくてき》する必要があるから、予定より二十分くらい遅《おそ》くなるかも」

フィリアの言葉を聞いた一同が、予想より近かったのか、溜息《ためいき》とも唸《うな》り声《ごえ》ともつかない気の抜《ぬ》けた声を上げる。

中継《ちゅうけい》ポイントでは車列全体を停止させ、燃料車からそれぞれの車輛《しゃりょう》にガソリンの分配を行う。同時に、食事やその他メンテナンス作業を予定していた。つまるところ、この行軍における休憩《きゅうけい》時間である。

すると、フィリアがじっと秋人《あきと》の肩《かた》を見ていることに気が付いた。

フィリアの蒼《あお》の瞳《ひとみ》を見返すと、少しして彼女が口を開く。

「……肩《かた》の調子、どう？」

「かなり治ってきているよ。六・八ミリとかゼロクロとかは流石《さすが》に反動が大きすぎてキツいけど、無反動砲《むはんどうほう》くらいなら余裕《よゆう》で使えそうだ」

「……そう。哨戒《しょうかい》シフトに入ることになったら一報入れて」

「りょーかい」

なんだかいつもに比べて声が硬《かた》い。

また俺、何かやらかしたかな……？　と秋人《あきと》が自身の行いを顧《かえり》みていると、隣《となり》で作業をしていたキリが秋人《あきと》に耳打ちしてくる。

「部長ってば、本部の中で一之瀬《いちのせ》さんの話になると普段《ふだん》の五割増しで超絶《ちょうぜつ》ぶっきらぼうになるんですよー。私たちの前だと恥《は》ずかしいみたいで」

「キリ！」

「やばやば」

フィリアの地獄耳《じごくみみ》に捉《とら》えられたキリはちろりと舌を出し、いそいそと作業に戻《もど》る。

秋人《あきと》がフィリアを見て眉《まゆ》を上げると、彼女はいっそう不機嫌顔《ふきげんがお》になった。しかし、その頬《ほお》が若干《じゃっかん》赤くなっているあたり、相も変わらず可愛《かわい》いところだ。

「たまにトゲトゲなフィリアも懐《なつ》かしくていいな」

「……怒《おこ》るわよ」

やばやば、とキリに続いて秋人《あきと》も作業に戻《もど》ることにする。

すると、なにやら装甲車《そうこうしゃ》の外から低音が近づいてきた。

後方から段々近づいてくる轟音《ごうおん》は広範囲《こうはんい》で、音源が複数点在していることが分かる。

「な、何の音!?」

敵自律兵器の接近を許したのかと慌《あわ》ててホロウィンドウに齧《かじ》りつく情報統括《とうかつ》本部の面々。しかし、彼らの進行ルートとスケジュールを作った張本人たる秋人《あきと》は、彼らに大丈夫《だいじょうぶ》だと手を振《ふ》ってから、装甲車《そうこうしゃ》の上部ハッチを開けた。

そして身を乗り出すと同時、頭上を無数の人影《ひとかげ》が車列を追《お》い越《こ》して飛翔《ひしょう》していく。

ジェットキットの光の軌跡《きせき》を残していくのは、黒と白のタクティカルスーツを身に着けた兵士たち。

それは食料調達班を迎《むか》えて規模を大きくした迎撃班《げいげきはん》だった。

その数、実に七百人。

組織した当初は迎撃班《げいげきはん》だけでも八百人いたのだが、全体の四割がエラー517を発症《はっしょう》している中、その数はかなり多いと言えた。

すると、次々に車列前方へ向かう班員の中から、一人の兵士が秋人《あきと》のいる装甲車《そうこうしゃ》へと飛んできた。

光学ジャミング装置をオンにしたままのその兵士は、視線を車列の進行方向に向けながら通信に言葉を乗せる。

『……テレサの追撃部隊《ついげきぶたい》は全滅《ぜんめつ》させたよ。こっちの損害は二パーセントもないくらい。スケジュール通り、このまま半分は整備班の車輛《しゃりょう》で兵装の補充《ほじゅう》をさせてくる』

その声は玲奈《れな》だった。

現在、迎撃班《げいげきはん》の指揮は元食料調達班班長の玲奈《れな》が執《と》っているのだ。

『ありがとう。損害は五パーセントを見込んでいたから朗報だ。……悪いな。殿《しんがり》なんて大任、任せちゃって』

全身黒ずくめの少女は無言で首を横に振《ふ》った。

玲奈《れな》は秋人《あきと》へのARアバターの共有を切っているのか、彼女の表情がまったく見えない。サンプリングされた念話音声からでもわかるほど言葉には覇気《はき》がなく、どこか虚《うつ》ろだ。

秋人《あきと》は所在なく視線を泳がせる。

「……？」

すると、たまたま秋人《あきと》の視界に玲奈《れな》の腰《こし》のポーチが飛び込んでくる。グレネードや応急処置キットなど様々な装備を入れておくためのものだ。その中でも一番容積を多く占《し》めているのは武器の弾倉《マガジン》である。

玲奈《れな》は九ミリという小口径弾《しょうこうけいだん》を超《ちょう》ハイレートで目標へ撃《う》ち込《こ》む戦闘《せんとう》スタイルのため、自然と予備の弾倉《マガジン》の数も他の兵士たちよりも多い。そのため玲奈《れな》は、残弾《ざんだん》が分かるように透明《とうめい》なスリットの入ったスティック状の弾倉《マガジン》――それが五本差さったベルトを二本、計十本の弾倉《マガジン》を身に着けていた。

しかし、それらのほとんどの弾《たま》が減っていなかったのだ。

「玲奈《れな》……？」

思わず漏《も》れた声は、しかし吹《ふ》きつける防風に掻《か》き消《け》される。

フルフェイス型のヘルメットに包まれた玲奈《れな》の横顔を見る。

『なあ、大丈夫《だいじょうぶ》か？　もし俺の怪我《けが》のことを気にしてるんだったら、こんなのマジで――』

『……ごめん。もう行くね』

秋人《あきと》は言葉を続けようとするが、しかし玲奈《れな》はそれを遮《さえぎ》って立ち上がる。

そして腰《こし》のジェットキットを再起動し、大きく助走を付けて飛び上がった。

「…………」

風が吹《ふ》きつける中、秋人《あきと》は頭上でギラギラと輝《かがや》く太陽に手のひらでひさしを作り、一瞬《いっしゅん》で豆《まめ》粒《つぶ》のように小さくなった玲奈《れな》の姿を目で追う。

嶺京《れいきょう》を脱出《だっしゅつ》してからというものの、玲奈《れな》はずっとこんな調子で秋人《あきと》とまともに顔すら合わせてくれないのだ。

その原因は明白。

秋人《あきと》は溜息《ためいき》をついて、ちらりと自分の右肩《みぎかた》を見やった。

――早く治さないと。

秋人《あきと》がいち早く戦線に復帰したかったもう一つの理由。

いつもと何ら変わらない姿を彼女に見せたかったのだ。

『情報統括本部《とうかつ》より各位へ通達。テレサ軍の自律兵器の全数破壊《はかい》を確認《かくにん》しました。予定通り二十五キロ先の中継《ちゅうけい》ポイントにて給油及《およ》び各種装備のメンテナンスを行います』

すると、全体の共通回線でキリの通信が入る。

玲奈《れな》が本部へ報告を上げたのだろう。

車列の至る所から歓声《かんせい》が上がる。

秋人《あきと》の足元からも皆《みな》が口々にテレサの追っ手から逃《に》げ切《き》ったことによる安堵《あんど》の声を漏《も》らしていた。

ハッチの下からフィリアの顔が覗《のぞ》く。

「秋人《あきと》、ちょっと手伝ってくれる？　車列を停止させた後の本部設営を前倒《まえだお》ししたくて、迎撃《げいげき》班《はん》のシフトを調整させて欲しいの」

「分かった、すぐ行くよ」

ハッチの縁《ふち》に手を掛《か》けた秋人《あきと》は、ふと車列後方を振《ふ》り返《かえ》った。

そこに広がるのは一面の荒野《こうや》。

嶺京《れいきょう》の摩天楼《まてんろう》はすでにどこにもない。

不意に、秋人《あきと》の胸中に郷愁《きょうしゅう》の念に近い寂《さび》しさのような感情が湧《わ》く。

あの場所に色々なものを置いてきた。

仲間と過ごした基地も、幾千幾万《いくせんいくまん》と積み上げた血の跡《あと》も。

楽しかったことも辛《つら》かったことも、数々の思い出とともに、自分たちの信じて生きた箱庭を置いてきた。

しかし、決して全てを置いてきたわけではない。

少なくとも、この身と新たにできた大勢の仲間たちがともにいる。

何よりも秋人《あきと》の隣《となり》にはフィリアがいる。

大きく息を吐《は》きだして、進行方向へと向き直った。

砂塵《さじん》の立ち込める道の行く先はまるで見通しが利《き》かないが、もう前へ進むと決めたのだ。

「──大丈夫《だいじょうぶ》。なるようになるさ」

そう秋人《あきと》は呟《つぶや》いて車内に身体を滑《すべ》り込《こ》ませると、ハッチを勢いよく閉じた。


「よし食え、ほら食え、じゃんじゃん食え」

秋人《あきと》が両手で持った一枚の紙プレート。

その上にどさりどさり、と纖維《せんい》がぎゅっと引《ひ》き締《し》まった赤身の塊肉《かたまりにく》が積まれていく。

「おい遼太郎《りょうたろう》……俺の胃袋《いぶくろ》は限界があるんだぞ」

「貧血野郎《ひんけつやろう》は黙《だま》って肉食っときゃいいンだよ」

乱暴な物言いでフォークの先端《せんたん》を向けてくる遼太郎《りょうたろう》に、秋人《あきと》は呆《あき》れ顔《がお》を作って大げさに溜息《ためいき》をつく。しかし内心では感謝しているし、遼太郎《りょうたろう》もそれを理解している。結局、気遣《きづか》いをする側もされる側も互《たが》いに気恥《きは》ずかしくて誤魔化《ごまか》しているのだ。この辺はトゲトゲ状態のフィリアと何ら変わりないかもしれない。

現在、秋人《あきと》たちは中継《ちゅうけい》ポイントにて昼食にありついていた。

テレサの追っ手がかかっているため簡単な携行食糧《けいこうしょくりょう》で済ませるのかと思いきや、昼食の準備の音頭《おんど》を取っている食料調達班が指示してきたのは、なんとバーベキューだった。

というのも、持ってきた食料の全てが保存の利《き》く携行食糧《けいこうしょくりょう》というわけではなく、肉や野菜といった生もの の食材も多くあるらしいのだ。嶺京《れいきょう》基地から持ち出した今、当然消費するべきは生鮮《せいせん》食品からである、という論らしい。

また、テレサの追っ手を振《ふ》り切《き》った今だからこそ、風呂敷《ふろしき》を大きく広げて食事をとれる数少ないチャンスなのは事実だった。

結果、元エルメア陣営《じんえい》の面々が嬉々《きき》として大量の肉を焼いていく中、元ローレリア陣営《じんえい》の連中はその匂《にお》いだけで胸焼けしそうな表情を浮《う》かべているという摩訶不思議《まかふしぎ》な光景が繰《く》り広《ひろ》げられていた。

早速《さっそく》秋人《あきと》が塊肉《かたまりにく》にこんもりと胡椒《こしょう》をかけてかぶりついていると、遼太郎《りょうたろう》が隣《となり》の島から渡《わた》されてきたクーラーボックスの中身を漁《あさ》る。

「飲みモンは何にする？　いつものワケわからん薬味の炭酸飲料《ポップ》か？」

「何度言ったら分かるんだ。あの風味はスパイシーと表現すべきだ」

「テメェの馬鹿な味覚がスパイシーかそうじゃないかしか判断できねえだけだろうが」

「失礼な。人を味音痴《あじおんち》みたいに言ってくれるな。甘いか苦いも分かるぞ」

「その張り合い方をしている時点でテメェは立派な味音痴《あじおんち》だよ」

ほれ、と遼太郎《りょうたろう》が紫《むらさき》とも茶色とも言えない表現に困るラベルの色をした缶《かん》を投げてくる。

それを左手で受け取った秋人《あきと》は片手でプルタブを持ち上げた。

そして合成フレーバーの混合物を喉《のど》に一気に流《なが》し込《こ》む。

「くぅ〜〜〜っ」

この瞬間《しゅんかん》だけは、戦場以上に生きている実感が得られるのだから不思議だ。

そんなことを思いながら口元を拭《ぬぐ》っていると、遼太郎《りょうたろう》がじっと秋人《あきと》の右手を見ていることに気が付いた。

「……それ、どのくらい動かないんだ。ちなみに、適当こいたら殴《なぐ》るからな」

秋人《あきと》は遼太郎《りょうたろう》のその言葉だけで、彼が秋人《あきと》のエラー517に気が付いていることを知った。

秋人《あきと》は何ともいたたまれない気持ちになりながらも、今更誤魔化《いまさらごまか》すのも無理かと思い素直《すなお》に言うことにする。

「グリップを握《にぎ》ることくらいならなんとか。ただ、明日にはどうなっているかも正直怪《あや》しい」

「重症《じゅうしょう》だな」

「……ああ。既《すで》に発症《はっしょう》している連中を見ていると、怖《こわ》くて仕方がないよ。いつ、自分の足が動かなくなるのか、毎日怯《おび》えている」

「テメェが怖《こわ》いのはそっちかよ」

「ああ……戦えなくなることが怖《こわ》い」

遼太郎《りょうたろう》は嘆息《たんそく》して、肩《かた》を竦《すく》めた。

「……戦いのない日は、一体いつ来ンだろうな」

――そんな日は二度と来ないかもしれない。

そう言うのは簡単だったが、しかし口にしたら現実になってしまいそうで言わなかった。

代わりに別の言葉を向ける。

「いつかはきっと来るさ。銃《じゅう》も弾丸《だんがん》も必要のない、安心して眠《ねむ》れる日が」

自分で言ってから、永遠の眠《ねむ》りと表現される真の〝死〟という形もあり得るのか、と考えてしまい、秋人《あきと》はぶんぶんと頭を振《ふ》って不穏《ふおん》な想像を頭の中から追い出した。

遼太郎《りょうたろう》は辺りをひっきりなしに行《い》き交《か》う同年代の兵士たちを眺《なが》めながら続ける。

「正直、この二か月はずっとしんどかった。気にしないようにしていても、毎日のように襲《しゅう》撃《げき》してくるテレサの軍を見ていると厭《いや》でも再認識《さいにんしき》しちまう……アルカディアが無いって事実を」

「……そうだな」

秋人《あきと》はそれ以上のことを言えなかった。

疑似的《ぎじてき》とは言え、人類に死を回避《かいひ》する力を与《あた》えた夢のシステム――アルカディア。

何をどう取《と》り繕《つくろ》おうと、それを破壊《はかい》したのは他ならぬ秋人《あきと》なのだ。

だからこそ、秋人《あきと》はこの二か月間、誰《だれ》よりも長い時間出撃《しゅつげき》していたし、敵兵器を破壊《はかい》してきた。常に最前線に立っていた。

誰《だれ》にも、死んでほしくなかったから。

それが、もう二度と生き返ることのできない世界にした秋人《あきと》にとって、唯一《ゆいいつ》の責任の取り方だった。

俯《うつむ》いた秋人《あきと》に遼太郎《りょうたろう》が声をかける。

「別にテメェのことを責めてるわけじゃねえよ。……ただ単純に、慣れないって話なだけだ。核《かく》シェルターの中にいたのに突然《とつぜん》何もねえ吹《ふ》きっ曝《さら》しの砂漠《さばく》に放り出されたみてえな……とにかく自分の命がひとつしかねえっていう状況《じょうきょう》が怖《こ》ぇぇ……そう、怖《こ》ぇぇんだ」

遼太郎《りょうたろう》の気遣《きづか》う様子に秋人《あきと》はくすりと笑う。

「……ああ、分かっているよ」

それから顔を上げて辺りを見回す。

「ンな気負い過ぎんなよ。幸い俺たちは人間がどうしたら死ぬのか、どうしたら生き残るのかを知《し》り尽《つ》くしている。そう簡単には死なねえよ」

「それで言えば、一番死ににくいのは間違《まち》いなく俺かな」

「違《ちげ》えぇねえ。二年間ずっと《致死の蒼《リーサルブルー》》とやり合ってたもんな。……一体、合計で何デスしたんだ？」

「さあね。累計《るいけい》なんて忘れたよ。ただ最初期は本当にひどかったな。一日で二十デスとかざらにあったし」

「そうだったぜ。玲奈《れな》とか全然ジャムの解除に慣れなくてよ、弾《たま》が詰《つ》まる度《たび》にキルされまくってたもんな」

「そういう遼太郎《りょうたろう》も手榴弾《グレ》の着発設定を全然覚えらんなくて、よく自爆《じばく》してたじゃないか」

「テメェもな。秋人《あきと》が初めてゼロクロを実戦で使った時、反動に耐《た》えきれなくて三ブロック先まで吹《ふ》っ飛《と》ばされたのは今でも忘れねえ」

「勝手に記憶《きおく》を改竄《かいざん》してくれるな。正しくは二ブロックだ」

「どっちも変わらねえよ」

言い合って、秋人《あきと》と遼太郎《りょうたろう》は互《たが》いに喉《のど》の奥で笑う。

こうして遼太郎《りょうたろう》とサシで話すのは随分《ずいぶん》久しぶりな気がした。

昔は――パティオにいた頃《ころ》はまだその機会も多かったように感じるが、戦場に出るようになってからはめっきり減った気がする。

記憶《きおく》を探《さぐ》って、ああ、玲奈《れな》も加わって三人で行動することが増えたからかと一人得心した。

そこでようやく、この場に現れるはずの姿がまだ見えないことに気が付く。

「……そう言えば玲奈《れな》は？　同じ島で食べる予定だったはずだけど」

「ん？　玲奈《れな》ならさっき食料調達班の島に行ったのを見たぜ。てっきり秋人《あきと》には連絡済《れんらくず》みなもんかと」

秋人《あきと》は首を横に振《ふ》った。玲奈《れな》からは何も言われていなかった。

秋人《あきと》はプレートを荷台に置いた。

「ちょっと探してくる」

すると、遼太郎《りょうたろう》が口の中の肉を飲み込んで秋人《あきと》に声をかける。

「やめとけ秋人《あきと》。そっとしておいてやれって」

「あんな玲奈《れな》、見たことない。放っておけるか」

「テメェに見せないようにしていただけで、割と玲奈《れな》はしょっちゅうあんな感じに――」

しかし、言いかけた遼太郎《りょうたろう》の言葉を途中《とちゅう》で遮《さえぎ》る声があった。

「一之瀬《いちのせ》さん、ここにいましたか」

振《ふ》り返《かえ》ると、そこには両手いっぱいにアイスクリームの箱を抱《かか》えたキリが立っていた。

そんな嗜好品《しこうひん》まで積む余裕《よゆう》があったのならもっと別のものを積載《せきさい》すればよかったのにと思う

が、考えてみれば現段階で既《すで》に兵装も燃料もあるだけ全部持ってきているのだ。

「凄《すご》い量だな。まさかキリ、それ全部お前が……」

「そんなわけないじゃないですか！　情報統括《とうかつ》本部のみんなの分ですよ。ちなみに、部隊全員分ちゃんと数は揃《そろ》っていますからご心配なく。お二人の分もありますよ」

そんなわけないと言いつつも微妙《びみょう》に視線が泳いでいるのは、いくつか余分に自分用の在庫を確保しているのだろう。「きっとキリひとりで備蓄《びちく》の砂糖を全部空にできるわ」とはいつかフィリアがぼやいていた言葉だ。彼女は類まれな甘党《あまとう》なのである。

「それで、何か用か？」

「それがですね……システィさんから一之瀬《いちのせ》さんを呼んでくるようにと頼《たの》まれまして」

「げっ……。俺、何かしたっけ」

「『何もしないから流石《さすが》に頭きた』と仰《おっしゃ》っていました。ケガしてる今ならなおさら暇《ひま》だろう、と」

「…………」

十中八九、フィリアについてのことだろう。

秋人《あきと》は無言で天を仰《あお》ぐと手のひらで目を覆《おお》った。

「ついでに、本部の設営が遅《おく》れているから応援《おうえん》に来て欲しいとも」

「ついでの理由が逆じゃないのか普通《ふつう》」

秋人《あきと》はあの黒髪ショートの般若《はんにゃ》を思い返して身震《みぶる》いすると、隣《となり》の遼太郎《りょうたろう》を見た。

「……？　んだよ、何こっち見てんだテメェ」

システィの半分冗談《じょうだん》かも分からない呼び出し理由はともかく、設営には行くべきだろう。

しかし、今の秋人《あきと》にとってはそれ以上に玲奈《れな》のことが気になって仕方がなかった。

考えあぐねた末、秋人《あきと》はポンと遼太郎《りょうたろう》の肩《かた》に手を置き、反対側の手を縦にした。

「悪い、キリ。ちょっと急用が入ったから、その件はここの葉木《はぎ》整備班班長が責任をもって対応する」

「はあ⁉　テメェ、何勝手なこと言ってくれてんだオイ！」

「ええ⁉　ダメですよ一之瀬《いちのせ》さん、そんなことしたら私がシスティさんに怒《おこ》られちゃいます！」

「二人とも申し訳ない。この埋《う》め合《あ》わせはいつか必ずするから！」

キリに頭を下げ、そして遼太郎《りょうたろう》にはこれまでまともにしたこともない敬礼をして踵《きびす》を返す。

そして二人が呆《ほう》けている隙《すき》に、秋人《あきと》は駆《か》け出《だ》した。

「オイ秋人《あきと》！　貸し一だぞ馬鹿野郎《やろう》！」

背中に遼太郎《りょうたろう》の声が飛んでくる。

秋人《あきと》は腕《うで》を振《ふ》って了解《りょうかい》と伝えると、玲奈《れな》を探しに食料調達班の車輛《しゃりょう》へと爪先《つまさき》を向けた。

食料調達班の立てた仮テントの周辺は、大量の人員と食材とでごった返していた。

あちらこちらから食料調達班のメンバーの大声が頭上を行き交《いか》い、食材の入っているであろうミリタリーボックスを抱《かか》えた兵士らが押し合い圧《へ》し合《あ》いしている。そして人垣《ひとがき》を突破《とっぱ》した者から順にドローンにボックスを受《う》け渡《わた》すと、それぞれの車輛《しゃりょう》に向けて次々に飛び立っていく。

秋人《あきと》はそんな中で比較的人垣《ひかくてきひとがき》から離《はな》れた位置で人流の整理を行っていた食料調達班の兵士に声をかける。

「玲奈《れな》ってどこにいるか分かるか？　この辺りにいるって聞いたんだけど」

「天代《あましろ》班長ならあっちにいますよ」

汗《あせ》を拭《ぬぐ》いながらその兵士が指さしたのは数台先にある燃料車の方だった。

彼に礼を言って再び歩き始めると、ようやく目的の少女の姿を見つける。

車輛《しゃりょう》の陰《かげ》に独り座り込んでいた玲奈《れな》は、ぼう、とした目でフォークを紙プレートの上と口との間を行き来させていた。

天真爛漫《てんしんらんまん》という言葉を具現化したような彼女からは想像もつかないその姿にしばし呆然《ぼうぜん》としていると、不意に玲奈《れな》の顔がこちらに向いた。

「――――」

玲奈《れな》はサイコロステーキを口に運ぼうとしたままの体勢で硬直《こうちょく》し、驚《おどろ》きに目を見開く。

「玲奈《れな》」

秋人《あきと》から声をかけると、玲奈《れな》はびくっと肩《かた》を跳《は》ねさせる。

いきなり立ち上がった玲奈《れな》はプレートを抱《かか》えたまま回れ右した。

直後、秋人《あきと》のいる場所とは正反対の方角へぴゅーっと駆《か》けて行ってしまう。

「………に、逃《に》げられた？」

その事実がなかなか飲み込めず、しばし立《た》ち尽《つ》くす。

しかし、このままでは何も変わらないではないかと両の頰《ほお》を張った。

そして秋人《あきと》はタクティカルスーツのアシスト係数を脚《きゃく》部《ぶ》のみ上げ、地面を蹴《け》りあげる。

幸い、玲奈《れな》はスーツのアシストを使っていないため、大した速度は出ていない。プレートに載る肉が落ちてしまうから無理な加速ができないのだろう。

みるみるうちに玲奈《れな》の背中が大きくなり、緩《ゆる》やかに減速してその腕《うで》を捕《つか》まえる。

「ちょっ、ア、アキ……⁉　なんで追いかけてくんの⁉　っていうかアキの島はもっと後方の車輛《しゃりょう》だったはずじゃ――」

「玲奈《れな》が姿をくらますからいい加減探しに来たんだ」

「うっ……」

車列から三十メートルほど離《はな》れた場所で立ち止まった玲奈《れな》は気まずそうに目を逸《そ》らした。

二人の間を爽《さわ》やかな晩夏の風が吹《ふ》き抜《ぬ》けていく。

荒《あ》れた大地に咲《さ》いた背の低い草花が揺《ゆ》れ、葉擦《はず》れの音がさざ波のように押し寄せてきた。

しばらくして、同じように彼方《かなた》の荒野《こうや》へ遠い目を向けていた玲奈《れな》がぽつりと呟《つぶや》く。

「……委員会の仕事、あるんじゃないの？」

「あー……大丈夫《だいじょうぶ》だ、何も問題はない。ちゃんと遼太郎《りょうたろう》に引《ひ》き継《つ》いできた」

「……三歩と言わずコンマ二秒で指示を忘れるあのリョウに？　正気？」

「ただの設営の人員補充《ほじゅう》だし大丈夫《だいじょうぶ》だって。付《つ》き添《そ》いでキリもいるし」

「――っていうことは情報統括《とうかつ》本部からの依頼《いらい》？　……相変わらずしょっちゅう呼び出されてるんだ」

「情報統括《とうかつ》本部は常に人が足りてないからな。動ける奴《やつ》が動くしかない」

「……あっそ」

玲奈《れな》の言葉に棘《とげ》を感じて思わずその横顔を見る。声音《こわね》の通り、むくれた頬《ほお》が視界に入ってきた。

すると、玲奈《れな》がこちらを振《ふ》り返《かえ》り、不機嫌《ふきげん》そうな表情がすっと引っ込む。代わりに、ひどく不安げな目で秋人《あきと》の顔を見上げてきた。

「……怪我《けが》、どんな感じ？」

彼女の翠《みどり》の瞳《ひとみ》の中で影《かげ》が揺《ゆ》れる。

秋人《あきと》は安心させるため努めて明るい笑《え》みを作ると、大げさに右腕《みぎうで》を動かしてみせた。

「この通り、ほとんど……って言ったら流石《さすが》に嘘《うそ》になるけど、かなり治ってきてるよ。人間の治癒《ちゆ》能力は凄《すご》いんだって改めて実感してる。アルカディアがなくたって、人の身体はちゃんと生きていけるように設計されているんだって思うよ」

「そっ、か……」

玲奈《れな》は感情の機微《きび》を悟《さと》られまいとしているようだが、傍《はた》から見ても分かるくらい安心の溜息《ためいき》をついたのが分かった。

それでも俯《うつむ》きがちの玲奈《れな》の顔は依然《いぜん》として暗い。罪悪感を必死に受け止めているような彼女の表情は痛々しくて、その原因を作り出してしまった秋人《あきと》はそんな玲奈《れな》を見ているだけで胸が締《し》め付《つ》けられる思いだった。

「……なあ、玲奈《れな》。この傷だけど、本当に玲奈《れな》のせいじゃないんだよ」

「……？」

ふ、と玲奈《れな》が顔を上げる。真意を探《さぐ》るような目をしていた。

秋人《あきと》は息を吸って、ゆっくりと吐《は》いた。

「……実は俺、エラー517、発症《はっしょう》してるんだ」

玲奈《れな》が驚《おどろ》きに目を見開く。

「……嘘《うそ》。それ、本当？」

「本当だ」

玲奈《れな》は数秒の間硬直《こうちょく》すると、視線を虚空《こくう》に向けた。

「――システィ・カルトルに連絡《れんらく》する。今すぐ医療班《いりょうはん》に診《み》てもらおう」

「ま、待った玲奈《れな》！　頼《たの》む、このことは誰《だれ》にも言わないでくれないか……？」

それを聞いた玲奈《れな》は秋人《あきと》を見て目を釣《つ》りあげた。

「何言ってんの！　エラー517だよ⁉　分かってるの⁉　運悪く先に呼吸器系まで進行したらどうするの⁉」

「分かってる、分かってるさ……っ！」

「じゃあどうして！」

秋人《あきと》は一瞬《いっしゅん》口を噤《つぐ》んだ。

それから顔を歪《ゆが》め、言葉を吐《は》き出《だ》す。

「アルカディアを壊《こわ》しておいて、俺だけ寝《ね》てるわけにはいかないだろ……！」

「そんなこと――」

――ない。

そう言おうとした玲奈《れな》の言葉は最後まで続かなかった。

もしかしたら、これまで誰《だれ》かが秋人《あきと》に対して悪態をついているのを耳にしたことがあるのかもしれない。実際、秋人《あきと》は先週だけで三度自分への小言を聞いた。

「……だから、ごめん玲奈《れな》。この傷は、玲奈《れな》のせいじゃないんだ。俺が、我儘《わがまま》を貫《つらぬ》いたばっかりに。本当はもっと早く伝えるべきだったんだけど――」

「……ううん」

玲奈《れな》は力なく首を横に振《ふ》り、両手で秋人《あきと》の右手を取った。

そして、柔《やわ》らかく包み込むように挟《はさ》む。

「……ごめんね。全部、アキに背負わせて」

秋人《あきと》は思わず顔を上げた。

そんなこと、これまで誰《だれ》にも言われたことがなかった。

玲奈《れな》と目が合う。

彼女の顔を見て、秋人《あきと》は思わず笑ってしまった。

「……なんで玲奈《れな》が泣きそうになってるんだ」

「だって……だって……」

秋人《あきと》は玲奈《れな》の頭を撫《な》でる。

うーっ、と手の下で唸《うな》る玲奈《れな》は、上目遣《うわめづか》いに見てきた。

「……このこと、私以外に誰《だれ》が知ってるの？」

「遼太郎《りょうたろう》が知ってる」

「それだけ？　……その、フィリア・ロードレインは？」

秋人《あきと》は無言で首を横に振《ふ》った。

「そっか……」

するとと、玲奈《れな》は感情の読めない頷《うなず》きの声を作る。

それから玲奈《れな》は更《さら》に一歩距離《きょり》を詰《つ》めて、秋人《あきと》の二《に》の腕《うで》を摑《つか》んだ。

「……絶対に、無理しちゃダメだよ」

「分かってるよ」

「ほんとかなぁ……。また右腕庇《みぎうでかば》いながら無茶なことしたら、怒《おこ》るからね」

「大丈夫《だいじょうぶ》、大丈夫《だいじょうぶ》。俺だって昨日の俺とは違《ちが》うんだから」

じとっ、とした目を玲奈《れな》に向けられる。

それから玲奈《れな》は表情を消すと、秋人《あきと》に訊《たず》ねてきた。

「──アキってさ、怖《こわ》いと思ったことはある？　こうやって何もかもが変わっていっちゃうことを」

「それは……」

玲奈《れな》が言っているのは、この二か月で生活が一変したことだろう。

たしかに、それまでの神崎《かんざき》に言われるがまま戦いに明け暮れていた日々に対して、自分たちで必死に試行錯誤《しこうさくご》しながらかつての敵同士肩《かた》を並べて生活している今の状況《じょうきょう》は、百八十度異なるものだ。

「もちろん、怖《こわ》くなることもあるさ。先が見えない道を進んでいるから。──でも、進み続け

るしかないんだ」

アルカディアは――秋人《あきと》たちを守ってくれる存在は、もうないのだから。

「――私は、自分の居場所がどんどんなくなっていくようで、怖《こわ》いよ」

「え――？」

ポツリと呟《つぶや》いた玲奈《れな》の言葉が、耳の先を掠《かす》めていった。

そのはっきり聞こえなかった言葉が、五分あれば誰《だれ》とでも打ち解けてしまうあの玲奈《れな》のものとは思えず、思わず聞き返してしまう。

「ごめん。今の忘れて」

しかし、玲奈《れな》は秋人《あきと》と目を合わせないまま、すぐに言葉を断《た》ち切《き》った。

そうして二人の間に一瞬《いっしゅん》の沈黙《ちんもく》が舞《ま》い降《お》りた時。

秋人《あきと》と玲奈《れな》、それぞれの〈ニューラルゲート〉に通信が入った。

『情報統括《とうかつ》本部より委員会へ通達。仮設本部に集合してください』

顔を上げた玲奈《れな》は一変していつもの明るい表情を浮《う》かべて小さく首を傾《かし》げた。

「次の作戦のブリーフィングかな」

そこには先ほどまでの暗い玲奈《れな》の空気はない。

秋人《あきと》の中で玲奈《れな》の最後の言葉の真意を問いただしたい気持ちが膨《ふく》らんだ。しかし、わざとらしいくらいに声音《こわね》を切《き》り替《か》えたのは彼女なりの気遣《きづか》いなのだと思い、秋人《あきと》は玲奈《れな》に乗っかっていつもの調子で言葉を返す。

「……だろうな。遅《おく》れるとシスティがうるさい。急ごう」

「だね。あの凄腕《すごうで》スナイパーのことだからもっと寡黙《かもく》な性格かと思ってたのに、まさかあんな激情ガールだとは思わなかったなー」

するといと、続けて情報統括《とうかつ》本部からの別回線が開く。

それは、全体に向けた回線だった。

『情報統括《とうかつ》本部より各位へ通達。〈マインドトーク〉の全体ルームへ接続してください』

秋人《あきと》と玲奈《れな》は顔を見合わせた。

二千四百人が同時接続するということ。普段《ふだん》、意思決定は素早《すばや》く的確な判断を行うため委員会に任されていることから、全員が集まって何かをするということは滅多《めった》に行われない。それこそ最後に全体ルームを使ったのは、嶺京《れいきょう》基地の運営が始まったばかりの頃《ころ》に委員会の設置を決めた時なのだ。

「……ただのブリーフィングじゃあなさそうだな」

「何かヤバい問題でもあったのかな」

「どちらにせよ行けば分かる。急ごう」

歯の隙間《すきま》に物が挟《はさ》まったような気持ち悪さはある。

しかし、きっとそれは今ここで彼女に聞くべきことではないだろう。

そう思って秋人《あきと》は一度深呼吸をすると、玲奈《れな》と並んで情報統括《とうかつ》本部のテントへと向かった。

呼び出された場所に出向くと、第六イージス戦車を中心に指揮管制所が仮設されていた。イージス戦車に積載《せきさい》されている演算装置を使っているのだろう。車体から血管のように伸《の》びたケーブルの先で、何十人という数の情報統括《とうかつ》本部のメンバーがそれぞれの仕事に勤《いそ》しんでいる。

その中で各所に指示を飛ばしていたフィリアは秋人《あきと》たちに気が付くと、彼女のすぐ隣《となり》で作業していたキリに一声かけてからこちらに駆《か》けてきた。キリのすぐ横には空になったアイスの容器が山のように積まれている。軽く十は超《こ》えるのではなかろうか。情報統括《とうかつ》本部のメンバーのゴミを重ねてあるだけだと思いたいが、キリ一人で平らげてしまった説を否定しきれないあたり恐《おそ》ろしい。

相当忙《いそが》しかったのか、フィリアの前髪《まえがみ》が乱れていた。

彼女が動いたのを見て、委員会と情報統括《とうかつ》本部のメンバーがぞろぞろ集まってきた。

しかし、その割に人数が多い。見れば、どうやらそれ以外にも迎撃班《げいげきはん》や整備班など他の班の人間も多く参加しているようだった。武装したままの兵士の姿が多く見られる。

そして、その場の流れで総勢二百名を超《こ》える巨大《きょだい》な円陣《えんじん》が組まれていく。それは最早円陣《もはやえんじん》というより、円形の人垣《ひとがき》だった。

秋人《あきと》は玲奈《れな》と並んで丁度フィリアの向こう正面に位置を取ると、誰《だれ》かに肩《かた》を叩《たた》かれる。トン、とかポン、とかではなく、バシンッ！　と強烈《きようれつ》な音と衝撃《しようげき》を伴《ともな》って。

「ヨオ、秋人《あきと》。テメェさっきはよくも仕事をぶん投げてくれやがったな」

そこにいたのは、スーツを上半身だけ脱《ぬ》いで、代わりに着ている真っ白なシャツを汗《あせ》でびっしょりと濡《ぬ》らした遼太郎《りようたろう》だった。

「うわ……リョウ、汗《あせ》だくじゃん。タオルで拭《ふ》いてきたら？」

「んな暇《ひま》ねえだろうがよ……」

「悪い遼太郎《りようたろう》。助かったよ。お陰《かげ》で玲奈《れな》を捕《つか》まえられた」

「……みてえだな」

遼太郎《りようたろう》は秋人《あきと》をじろりと睨《にら》むと不機嫌《ふきげん》そうに鼻を鳴らした。

「部長、哨戒中《しようかいちゆう》のメンバーを含《ふく》め、二千四百人全員の接続を確認《かくにん》しました」

「ありがとう、キリ」

キリの報告にフィリアが短く頷《うなず》き、一歩円陣《えんじん》の中心へと歩み出た。

「揃《そろ》ったわね」

フィリアの声が凜《りん》と響《ひび》く。

それだけでざわついていた空気が一気に引《ひ》き締《し》まった。

いつもの澄《す》ました表情のフィリアを見ていると、別人を見ているようで不思議な気分になる。

秋人《あきと》はふと彼女の唇《くちびる》の横に白い何かが付いているのが見えた。

すぐにそれがアイスクリームだと分かる。キリからの差し入れを慌《あわ》ててかき込みでもしたのだろう。

「………」

秋人《あきと》は無言で笑う。皆《みな》の前に立った時のフィリアは完全無欠の超人《ちょうじん》のようだが、そういうところを見ると秋人《あきと》が普段《ふだん》見ている彼女と同一人物なのだと分かり安心する。

まだ誰《だれ》も気付いていないようだが、このままだと彼女の威厳《いげん》が少し可愛《かわい》い感じになってしまうだろう。

秋人《あきと》はフィリアに、自分の口元をちょんちょんと触《さわ》るジェスチャーを送った。

「……？」

秋人《あきと》の動きに気が付いたフィリアは一瞬《いっしゅん》眉《まゆ》を顰《ひそ》める。

彼女の隣《となり》をきっちり陣取《じんど》っていたシスティがそれに気付き、慌《あわ》てて耳打ちした。

「――っ」

ばっ、とフィリアは口元を拭《ぬぐ》い、顔を仄《ほの》かに赤くする。

恥《は》ずかしさからか、フィリアは装甲板《そうこうばん》さえ射抜《いぬ》きそうな鋭《するど》い視線を向けてきた。

「に、睨《にら》むなよ……」

秋人《あきと》の呟《つぶや》きが聞こえたかどうかは定《さだ》かではないが、フィリアは咳払《せきばら》いをして気を取り直すと、再び集まった面々を見回す。

「――、まず、今の状況《じょうきょう》を伝えるわ」

フィリアはそう言って、積み上げたミリタリーボックスを机代わりにホロディスプレイを操《あやつ》るキリに目配せをする。

ほどなくして円陣《えんじん》の中央に周辺の立体地図と思われるミニチュア化した荒野《こうや》が出現した。

フィリアはそのホログラムを指さして説明を始める。

「私たちは今、嶺京《れいきょう》から二百キロ離《はな》れた荒野《こうや》の中心にいるわ。断層地帯で砂が多く、代わりに森が少ない。あっても林ね。水源は少なく、ほとんどが涸《か》れている。地形を見ると、恐《おそ》らく冬場に雪が積もって春の雪解けで川ができるみたい。でも今は夏の日差しでどれも姿を消しているわ」

フィリアは次々に現れるグラフや図を指しながら言葉を続ける。

「平均気温は三十六度。夜は十五度まで冷えるけど、日中は四十度を超《こ》えるわ。湿度《しつど》も低いどころかかなり高くて、今日も最高九十六パーセントになるのを観測した。ここまでの移動でも感じたと思うけど、太陽の熱が辛《つら》い環境《かんきょう》になってる。スーツの内蔵バッテリーの減りが速くなっているから各自注意すること」

フィリアの言葉に一同揃《そろ》って首を縦に振《ふ》る。実際、日よけのない輸送車のメンバーはかなり辛《つら》そうだった。日陰《ひかげ》に入ってしまえば風があってむしろ涼《すず》しく感じるくらいだが、ひとたび太陽の下へ出てしまうとスーツの体温調整機能をもってしても汗《あせ》の粒《つぶ》が浮《う》かぶほどだ。

「風は強め。遮《さえぎ》る木々が少ないのが主な理由。その割に地形に起《き》伏《ふく》が無いかといわれればそうでもないわ。見てもらえれば分かると思うけど、春に現れる川の影響《えいきょう》で浸食《しんしょく》が激しくて、高低差の多い地形になっている」

「ジェットキットの特性は活《い》かせる地形だよね」

システィの言葉にフィリアは頷《うなず》く。

「その代わり、伏兵《ふくへい》やその他待《ま》ち伏《ぶ》せには十分注意が必要よ。既《すで》にクリティカルな場所にはセンサー付きの通信素子《エーテル》を散布したり索敵《さくてき》ドローンを飛ばしたりはしているけど、どちらも数に限りがある。全域に行《い》き渡《わた》らせることは難しいから各班注意して」

元ローレリア所属の白スーツ組は声を揃《そろ》えて「了解《りょうかい》」と応じ、その一方で元エルメア所属の黒スーツ組は各自適当にうーい、だとかおけー、だとか適当に返す。

そんなエルメア勢をローレリア出身の連中は白い目で睨《にら》んでくるのだが、文化の違《ちが》いだと思って許してほしい。終始厳格なローレリアと違《ちが》って、エルメアは締《し》める時は締《し》めるのだがそれ以外は非常に自由なのだ。

しかし、簡単には見過ごしてくれない人間が一人。

「ちょっとエルメアのあんたら、その態度どうにかなんないの？　フィリアが話してるのに舐《な》めた返事してんじゃないよ」

　眉《まゆ》を立てて噛《か》みついたのは他でもないシスティだった。

「うるせえ、態度とかンなフワフワした言葉かざして騒《さわ》ぐンじゃねえ。話は聞いてんだからいーだろーが」

　それに対して遼太郎《りょうたろう》が声を上げることで応戦する。

　目をギラギラさせて言った遼太郎《りょうたろう》を、調子のいいエルメアの何人かが「いいぞー」だとか適当な野次を飛ばして囃《はや》し立《た》てた。

　それを聞いたシスティが傍《はた》から見ても明らかにキレた様子で笑顔《えがお》のまま眉《まゆ》をひくつかせる。

「へえー？　口答えするとはいい度胸してんじゃん《擲弾兵《グレナディア》》。擲弾兵《グレナディア》は真面目な空気をぶっ壊《こわ》すのもさぞ得意そうで何より」

「いちいち噛《か》みついてくんじゃねえよ《レイジングホーク》。鷹《たか》なら鷹《たか》らしく黙《だま》って爪《つめ》を隠《かく》せや」

　秋人《あきと》は何だが数か月前までの自分とフィリアの姿を見ているようで複雑な気持ちになる。

　フィリアに視線を送ると彼女も似たような気分だったのか目が合うと、お互《たが》い呆《あき》れ半分、恥《は》ずかしさの苦笑《くしょう》を浮《う》かべて肩《かた》を竦《すく》めた。

「その爪《つめ》、ここであんたの脳天にぶっ刺《さ》してもいいんだけど？」

　すると、システィは抱《かか》えていた狙《そ》撃銃《げきじゅう》〈カトレーヌ〉のボルトを親指の付け根で挟《はさ》み込《こ》み、手首の返しだけでガチリと前後させて初弾《しょだん》を薬室《チャンバー》へと送り込む。

ひぃっ！　とそれを見たエルメア勢のみならずローレリア勢までもが後じさりした。

流石《さすが》に見かねた秋人《あきと》は遼太郎《りょうたろう》の頭にチョップを入れ、一方でフィリアがシスティの鼻をきゅっと摘《つ》まむ。

「ちょっ、何しやがる秋人《あきと》！」

「なにふんのフィリア！」

「その辺にしとけ遼太郎《りょうたろう》。あの狂犬《きょうけん》を不用意に刺激《しげき》するな」

「やりすぎよシスティ。危ないから弾抜《たまぬ》いて」

むーっ、と睨《にら》み合《あ》う両者。

緊迫《きんぱく》の末、遼太郎《りょうたろう》は溜息《ためいき》をつきながら両手を上げ、システィは不満そうな顔で〈カトレーヌ〉の弾倉《マガジン》を抜《ぬ》いてボルトを引いた。

システィは横に回転しながら排出《はいしゅつ》されたフルサイズのライフル弾《だん》を宙でキャッチし、フィリアに向かって首を竦《すく》める。

「……話の腰《こし》を折っちゃってごめん。続けて」

その場に居合わせた一同がほっと胸を撫《な》でおろす。

フィリアは再びその蒼《あお》の瞳《ひとみ》で秋人《あきと》を見た。

彼女の心労は察するに余りあるが、この場の仕切りは現状彼女の役回りだ。

秋人《あきと》は無言で両手の平を上に向けて、どうぞ続けてと促《うなが》した。

フィリアは頭痛を堪《こら》えるように一度こめかみに手を当てて嘆息《たんそく》すると、重くなった口を開いた。

「……本題に入るわ」

彼女の一言で、円陣《えんじん》の中心に描《えが》かれたホログラムのマップが変形する。広域を映す形で描《びょう》写《しゃ》される地形がより細かく、そして広範《こうはん》囲に及《およ》んでいった。

そうして表示されたのは、荒野《こうや》を一直線に横切る長大な人工物。

「ここから六十キロ先に、高さ二十五メートルの壁《かべ》がある。テレサの連中はこれを州間防護壁《ステートボーダー》と呼んでいるみたい。プラントに辿《たど》り着《つ》くには、避《さ》けては通れない難所よ」

「州間防護壁《ステートボーダー》……」

その重苦しい響《ひび》きに、辺りがどよめく。

「対地、対空、両方の兵装が完備された要塞《ようさい》よ。州同士を区分するように張《は》り巡《めぐ》らされているようだけれど、嶺京《れいきょう》に接している州間防護壁《ステートボーダー》は最も強固な造りみたい」

「そりゃあ、火薬が家ン中を歩いているようなもんだからな」

遼太郎《りょうたろう》が軽口を叩《たた》く。

「目指す場所はここ。南3ゲート。ここから最短距離《さいたんきょり》にあって、かつ一番大きなゲートよ。ここなら車列を二列に保ったままゲートを通れるから、交戦に必要な時間も短くて済む」

そしてフィリアはホログラムから顔を上げると、一同を見渡《みわた》した。

「ここが第七プラントまでの最大の難関になる。みんな、心してかかって」

オウッ、と声が重なり、フィリアは一歩前に出る。

「作戦開始時刻は二〇〇〇。以降、州間防護壁《ステートボーダー》越えの本作戦をオペレーション・バッドランズと呼称《こしょう》する。それでは解散！」

「秋人《あきと》」

集まった人間がぞろぞろと散らばっていく中、背後から声がかけられる。

振《ふ》り返《かえ》ると、その声の主はフィリアだった。

フィリアが濁流《だくりゅう》のような人ごみを掻《か》き分《わ》けて歩いてくる。

「フィリア？　どうした？」

秋人《あきと》は人の波に流されそうになる彼女の手を取って、その身体を手繰《たぐ》り寄《よ》せた。

秋人《あきと》の腕《うで》の中にすっぽりと収まった彼女は、頭一つ分下の位置からこちらを見上げてくる。

普段《ふだん》はあまり気にしたことはないが、こうして近くに立つと背は結構小さいんだなと感じた。

「あ、ありがと」

時折、人にぶつかられて彼女の身体がよろける。その度に色々と育った部分が当たり、その度に秋人《あきと》の心臓が跳《は》ね上《あ》がった。

何となく秋人《あきと》が彼女を意識していることを気付かれたくなくて、努めて無表情を保つ。

しかし、フィリアはそんな秋人《あきと》の胸中含《ふく》め気付いているのか、仄《ほの》かに顔を赤くしていた。

それからフィリアは羞恥心《しゅうちしん》を誤魔化《ごまか》すように、ぐいっと秋人《あきと》の鼻先へ何かを押《お》し付《つ》けてくる。

「これを渡《わた》しておこうと思って」

「ち、近い近い、っていうか見えない」

顔を引いて焦点《しょうてん》を合わせる。見れば、それは無針注射器《ジェットインジェクター》だった。ラベルの色は黒と黄の危険色。形状からローレリア連邦軍《れんぽうぐん》に支給されていたものだと分かる。

見覚えがないようであるような気がして、秋人《あきと》は首を捻《ひね》った。

「なんだこれ？」

「あなたのその肩《かた》に打《う》ち込《こ》んだのと同じ無針注射器《ジェットインジェクター》。名前は即時再生剤《リストーラー》。ローレリアの治療《ちりょう》薬《やく》よ。中には即効性《そっこうせい》の高い医療用《メディカル》ナノが入ってるわ。止血剤《しけつざい》は文字通り血しか止められないけど、これなら損傷した筋肉を応急的に再生してくれる」

フィリアは言いながら蓋《ふた》つきのペンのような形をしている無針注射器《ジェットインジェクター》の先端《せんたん》で、秋人《あきと》の右《みぎ》肩《かた》をちょんちょんとつつく。

秋人《あきと》はその様子を眺《なが》めながら、自分の右肩《みぎかた》を治療《ちりょう》してもらった時の記憶《きおく》を遡《さかのぼ》る。

「これって確か、滅茶苦茶《めちゃくちゃ》高級なやつじゃなかったっけ」

「うん。これが最後の一本」

「最後って――」

秋人《あきと》は目を見開いた。

「そんな大事な医薬品なら、なおさら医療班《いりょうはん》に預けておくべきじゃないのか」

「ブリーフィングでも言ったけど、ここから先は何が起こるか分からない。それに、ここまで車列が長いと、医療班《いりょうはん》の手配にはどうしても時間がかかる。そうなると、むしろこれだけ即効性《そっこうせい》の高い医薬品は現場に置いておいたほうがいい――そういう判断よ」

「それはまあ……そうかもしれないけど」

秋人《あきと》はがしがしと頭を掻《か》いた。

「俺なら傷は治ってるし、必要ないって」

「今の傷は関係ないわ。今後の戦闘《せんとう》で、配置的にあなたが一番怪我《けが》しやすいから。だから持っておいて欲しいの」

言われて、秋人《あきと》は少し意地悪なことを聞いた。

「……それは、情報統括《とうかつ》本部部長としての方針か？　それとも――」

フィリアはむっと頰《ほお》を膨《ふく》らませて秋人《あきと》を睨《にら》んだ。

「……どっちだと思う？」

「……聞いた俺が悪かった」

秋人《あきと》はその時点で自分の負けを悟《さと》り、両手を上げた。

しかし、それでも秋人《あきと》は即時再生剤《リストーラー》を受け取らなかった。

「それでも受け取れないよフィリア。現場に置いておく必要があるっていうのは分かるけど、他にももっと危ないポジションに就《つ》くことになっている奴《やつ》もいる」

そして秋人《あきと》は即時再生剤《リストーラー》を握《にぎ》るフィリアの手をそっと押《お》し戻《もど》した。

「それなら、医療班《いりょうはん》が持っていてくれた方がいい」

「……秋人《あきと》」

フィリアは逡巡《しゅんじゅん》の後、はあ、と息を吐《は》いた。

「……分かった。これはシスティに預けておくわ」

そう言って、フィリアはしぶしぶといった様子で即時再生剤《リストーラー》を自身のポーチに戻《もど》す。

「でも、代わりに一つお願い」

「？」

「……行軍を再開したら、常にわたしとの個別回線を開けておいて」

「――――」

個別回線――つまり、〈マインドトーク〉の個人ルームに常に接続しておけ、ということ。

普段《ふだん》は迅速《じんそく》かつ適切に情報を伝達できるように情報統括《とうかつ》本部の担当者と各部隊のメンバーで構成されたグループルームにのみ接続する。何かあれば情報統括《とうかつ》本部から通達があるため、本来はそれだけで事足りるからだ。

つまり、彼女のここで言う〝お願い〟は、この情報伝達ツリーを真向《まっこう》から否定するようなものだった。

それを情報統括《とうかつ》本部の部長たるフィリアが堂々と言うものだから、秋人《あきと》は思わずふ、と笑ってしまった。

「……なに笑ってるのよ」

「いやいや、何でもないって」

「何でもないわけないでしょ」

秋人《あきと》は険《けん》のある目で見てくるフィリアの頭に手を置いた。

「フィリアは心配性《しんぱいしょう》だなって思っただけだよ」

「……面倒《めんどう》な性格だと思う？」

「いや全然。むしろ、それが嬉《うれ》しい」

「…………」

フィリアはしばし固まると、とん、とその額を秋人《あきと》の胸骨に当ててくる。

「フィリア？」

「……もし交戦したとしても、無理はしないで」

秋人《あきと》はさらさらの彼女の髪《かみ》を指に絡《から》ませるように撫《な》でた。

「りょーかい。……フィリアもな」

「……ん」

ぎゅっと秋人《あきと》の胸元《むなもと》に顔を押《お》し付《つ》けたフィリアは、少ししてから身体を離《はな》した。

既《すで》にそこにあったのは、冷静沈着《ちんちゃく》、絶対零度《れいど》の《致死の蒼《リーサルブルー》》たるフィリアだった。凛《りん》とした佇《たたず》まいで無表情の鉄仮面《てつかめん》を被《かぶ》っている。その中で、時折口元がもにょもにょと動いているのはご愛敬《あいきょう》だ。

気づけば、人はほとんどが捌《は》けており、車列の至る所からモーターの唸《うな》り声が聞こえてくる。

「それじゃ、俺たちも準備しますか」

「待って」

まだ何かあるのか？　とフィリアの顔を見る。

「……あの、その」

「どうした？　割と急がないと、出発予定時刻に間に合わないぞ」

珍《めず》しく歯切れの悪いフィリア。

ようやく顔を上げた彼女の口から出てきた言葉は、意外なものだった。

「……《九ミリの令嬢《ミズ・ナイン》》は、……《九ミリの令嬢《ミズ・ナイン》》の様子は、大丈夫《だいじょうぶ》？」

「玲奈《れな》？　あ、ああ……少し元気はないが、大丈夫《だいじょうぶ》だよ」

「そう……」

それから、フィリアは両手の指を組んで呟《つぶや》いた。

「……あの時、言い過ぎたかもしれないと思って」

フィリアが言っているのは、嶺京《れいきょう》から脱出《だっしゅつ》するときのことか。

秋人《あきと》はフィリアが玲奈《れな》を気にかけていることを意外に感じながら、彼女の頭をぽんぽんと撫《な》でた。

「……大丈夫《だいじょうぶ》。あんまり気にするな。——ま、でも玲奈《れな》もフィリアが気にかけてくれてるって知ったら、厭《いや》な気持ちにはならないと思うよ」

「……そっか」

フィリアは薄《うす》く笑って頷《うなず》いた。


「よォ、一之瀬《いちのせ》少尉《しょうい》。よろしくなァ？」

「よーこそよーこそ薄汚《うすぎたな》い簒奪者《さんだつしゃ》クゥン。二度と中佐に手を出せないよう、その真っ黒に汚《よご》れた下心を漂白《ひょうはく》してやるよー」

「何をした？　幻術《げんじゅつ》か？　魔術《まじゅつ》か？　妖術《ようじゅつ》か？　一体何をしたらあの方がデレるんだ？　教えろよォ、泥棒猫《どろぼうねこ》がよぉ！」

秋人《あきと》は頭を抱《かか》えて己《おのれ》の不幸を嘆《なげ》いた。

秋人《あきと》は今、絶賛移動中の装甲車《そうこうしゃ》の中で隅《すみ》に追《お》い詰《つ》められていた。

構えたライオットシールドの分厚い強化ガラスの向こう側に張り付いているのは、目を血走らせた男たち。

秋人《あきと》が組み込まれた小隊は、あろうことか自称《じしょう》ロードレイン愛好会の連中だったのだ。

「誰《だれ》だよ今回の部隊編成を担当した奴《やつ》……っ！　流石《さすが》にこれは誰《だれ》かの悪意を感じるぞ!!」

秋人《あきと》が魂《たましい》の咆哮《ほうこう》を上げると、視界に一枚の仮想ウィンドウがポップアップし、

「日頃《ひごろ》の行いを後悔《こうかい》しな《血も無き兵《ブラッドノート》》♡」

満面に笑《え》みを浮《う》かべたシスティが突《つ》き立《た》てた親指を地面に向けると、また消えていった。

秋人《あきと》は頬《ほお》を引《ひ》き攣《つ》らせ、システィの乗る装甲車《そうこうしゃ》が走っているであろう進行方向に向かって咆《ほ》える。

「シィスティィィイッ、さては呼び出しをブッチされた腹いせかぁあ！」

これは己《おのれ》の不幸などではなく、ただの仕組まれた罠《わな》だったらしい。

そんな秋人《あきと》を前に、嫉《しっ》妬《と》のあまり首があり得ない方向にねじ曲がった男が、顔面をライオットシールドの分厚いガラスに押《お》し付《つ》けてくる。男の顔には見覚えがある。まだ秋人《あきと》たちが神崎《かんざき》徹《とおる》の言葉を信じて戦っていた頃《ころ》、フィリアの後ろを必死にくっついてきては秋人《あきと》に切《き》り伏《ふ》せられていたローレリア兵だ。

たしか、かつてフィリアが率いていた——置いてけぼりにしていたと言った方が正確か——

元アッシュ隊の副隊長。

「時間はたァーっぷりある。色々お話を聞かせてもらおうかァー」

般若《はんにゃ》の顔をした男たちが各種サバイバルナイフを手に怖気《おぞけ》を感じさせる笑《え》みを浮《う》かべる。

ここはサバト会場か何かだろうか。

「クソっ、こうなったらヤケでも――」

そう秋人《あきと》が足に力を籠《こ》めたその時、人の壁《かべ》の向こうに広がる闇《やみ》の中からゆっくりと一人の男が歩み出た。

「まあ、待て。落ち着くんだ諸君」

男の落ち着いた声が響《ひび》く。

その声を聞くなり、激情に支配された愛好会会員たちは理性を取《と》り戻《もど》して力を緩《ゆる》めた。

男の名はザイン。

彼《か》の有名なロードレイン愛好会の会長である。

「会長」

「どうして止めるんです会長」

「今すぐやっちまいましょうよ会長」

「だから待てと言っている。非常に遺憾《いかん》ではあるが、そんなことをしても中佐が悲しむだけだ。それは我々、ロードレイン愛好会としての存在意義から外れる行為《こうい》だ」

「ぐっ……た、確かに」

ザインはそこで、カッと目を見開いた。

「が、しかし！　このままではいつまで経《た》っても麗《うるわ》しのロードレイン中佐が悪い虫に騙《だま》されたまま！　だからここはひとつ、本作戦で事故を装《よそお》ってこやつの頭を撃《う》ち抜《ぬ》くとしよう！」

「普通《ふつう》、本人には聞こえない場所でする会話じゃないかそれ……」

秋人《あきと》はどんよりとした気持ちでザインを見た。

その時だった。

『情報統括《とうかつ》本部より各位へ通達。交戦開始まで一分』

脳内にキリの声が響《ひび》く。

直後、内部の照明が突然《とつぜん》落ちたかと思えば、次の瞬間《しゅんかん》、装甲車《そうこうしゃ》内部のありとあらゆる壁面《へきめん》が発光した。否、ただの光ではない。それは映像だった。透過《とうか》したように映し出されるのは真夜中の荒野《こうや》。

三百六十度あらゆる壁面《へきめん》に外の様子を映し出すことで、装甲《そうこう》の内側にいながら索敵《さくてき》も可能にする透過《とうか》投影《とうえい》システムである。常に点灯できればいいのだが、いかんせん電力の消費があまりにも激しすぎるため常用はできない。翻《ひるがえ》せば、これが起動したということは交戦予測範囲《はんい》に突《とつ》入《にゅう》したことを意味する。

「……いよいよか」

ザインが口端《くちは》を持ち上げて呟《つぶや》く。しかし、その頬《ほお》は引《ひ》き攣《つ》っている上、額にはじっとりと脂汗《あぶらあせ》が浮《う》かんでいた。

「さっきの威勢《いせい》はどうした会長」

「……黙《だま》っていろ《血も無き兵《ブラッドノート》》。あまりうるさいと横隔膜《おうかくまく》に穴をあけるぞ」

「へいへい……」

両手をぐっと握《にぎ》るザイン。

「……なぜ、貴様は平然としていられる。怖《こわ》くないのか。アルカディアのない戦闘《せんとう》が」

秋人《あきと》はその言葉に一瞬《いっしゅん》固まって、それから努めて明るく笑い飛ばした。

「何言っているんだ。怖《こわ》いに決まってるだろ」

ザインは思わず、といった様子で顔を跳《は》ね上《あ》げた。

そして、秋人《あきと》は言う。

「でも、俺は……俺だけは、最後まで戦わないと」

――俺が、アルカディアを壊《こわ》したんだから。

その一瞬《いっしゅん》だけ、装甲車《そうこうしゃ》の内部は静寂《せいじゃく》に包まれた。

すると突然《とつぜん》、パパパパパパッ、と花火に似た乾《かわ》いた破裂音《はれつおん》が遠くから聞こえてくる。連続して鳴ったその音は、先頭車輛群《しゃりょうぐん》が事前に電波阻害片《チャフ》を含《ふく》んだ煙幕《えんまく》を進路上に放ったものだ。

つまり州間防護壁《ステートボーダー》は、目と鼻の先。

秋人《あきと》は顔を上げて言った

「――始まるぞ」

ブリーフィングで聞いた話では、州間防護壁《ステートボーダー》が迎撃《げいげき》を開始する距離《きょり》は五キロ。先頭車輛群《しゃりょうぐん》に配備されているイージス装輪戦車の主砲《しゅほう》が防護壁《ぼうごへき》を抜《ぬ》くために最適な距離《きょり》は三キロだという。それは、差分の二キロの間は州間防護壁《ステートボーダー》に配備されている無数の地対地迎撃《げいげき》設備の集中砲火《ほうか》の中を進軍しなければならないことを意味していた。

秋人《あきと》は視界の端《はし》に浮《う》かぶタイマーを見やる。刻まれている時間は、僅《わず》か残り五秒。

意味するのは、その五キロ地点へ到達《とうたつ》する時間である。

全員が神妙《しんみょう》な面持《おもも》ちでそれぞれにつっかえ棒を握《にぎ》る。

そして来るべき開戦の砲撃音《ほうげきおん》に構え――

「……？」

その音は、タイマーが十秒を余分に過ぎてもなお、聞こえてこなかった。

秋人《あきと》たちは無言のまま顔を見合わせる。言葉にせずとも互《たが》いの焦燥《しょうそう》が手に取るように分かった。

秋人《あきと》はいよいよおかしいと思い人垣《ひとがき》を掻《か》き分《わ》け、装甲車《そうこうしゃ》の上部ハッチを押《お》し開《あ》ける。

「あっ、おい《血も無き兵《ブラッドノート》》！　勝手に動くな！」

ハッチの向こう側には満天の星が広がっていた。風が髪《かみ》を流し、草木の青い匂《にお》いが鼻孔《びこう》を満たす。西の空には真円を描《えが》く見事な満月が光《ひか》り輝《かがや》いていた。今夜は光学式の暗視装置の使用は控《ひか》えた方がよさそうだ。あまりに明るすぎる。

秋人《あきと》は視線をそのまま進行方向へ向け、スマートコンタクトレンズの倍率を一気に最大望遠まで引き上げる。そして電子処理されたスタビライザー特有のねっとりとした揺《ゆ》れの中で、それを見た。

それは黒々とした、巨大《きょだい》な壁《かべ》。

最初は星の無い漆黒《しっこく》の夜空が一帯に広がっているのかと勘違《かんちが》いした。それにしては地平線の位置がおかしいと目を凝《こ》らして、初めてそれが高さ三十メートルを超《こ》える州間防護壁《ステートボーダー》なのだと理解する。

高度数百メートルに及《およ》ぶ超《ちょう》高層ビル群を飛び回っていた秋人《あきと》たちにとって、百メートル以下の高低差などただの段差だ。――そう思っていた。しかし、こうして眼前に捉《とら》えると、心臓を網縄《あみなわ》でゆっくり締《し》め付《つ》けてくるかのような重圧を与《あた》えられる。

その州間防護壁《ステートボーダー》。

ただただ暗い防護壁《ぼうごへき》の下部に対比して、上部は煌々《こうこう》とした灯《あか》りに包まれていた。

無数に照射されているサーチライトに加えて、ありとあらゆる波長の電磁波を捉《とら》えるセンサーが蠢《うごめ》いているのだ。それらに捉《とら》えられたら最後、ずらりと並べられた地対地兵装が一斉《いっせい》に火を噴《ふ》く――そのはずなのに。

「……なぜ迎撃《げいげき》してこない」

ただこちらの車列を照らしてくるのみで、一切《いっさい》気配がない。

「《血も無き兵《ブラッドノート》》、一体何が起こっている」

狭《せま》いハッチの幅《はば》の中で、ザインが顔を出してくる。

気に喰《く》わないこの男と密着する形になって不快指数が跳《は》ね上《あ》がるが、しかし今はそんなことをいちいち気にしている余裕《よゆう》はない。

「俺だって分からない。とっくに州間防護壁《ステートボーダー》の迎撃範囲《げいげきはんい》には入っている。なのにテレサは何も動かない」

秋人《あきと》は正体不明な事態に言葉を苛立《いらだ》たせる。

「……何なんだ一体」

そして眉間《みけん》に皺《しわ》を寄せて呟《つぶや》いた、その時だった。

「おい、あれを見ろ!!」

ザインが明後日《あさって》の方角を指さして叫《さけ》んだ。

正確には、東の遥《はる》か先に続く州間防護壁《ステートボーダー》を指し示していた。

秋人《あきと》は声につられて首を回し――そして、言葉を失った。

「なっ――」

爛々《らんらん》と輝《かがや》く、どこまでも続く州間防護壁《ステートボーダー》。

その照明が、ドミノ倒《たお》しのように次々に消えていっているのだ。

その消灯の波が目指すのはただ一点。

秋人《あきと》らの目指す南3ゲート。

振《ふ》り返《かえ》れば、西の方角からもまったく同様に照明が落ちてきており、漆黒《しっこく》の闇《やみ》が急速に接近してきていた。

「なんだ」「一体何が起きている」「テレサ側のシステム障害か？」

異変に気付いた他の車輛《しゃりょう》の兵士たちも、秋人《あきと》らと同じようにハッチから顔を出して眺《なが》めていた。

仮にシステム障害による電力供給の断裂《だんれつ》だとすると。

停止する装置は一体なんだ。

地対地迎撃《げいげき》設備？

否、それだけじゃない。

地対空迎撃《げいげき》設備。

秋人《あきと》は硬直《こうちょく》して、何もない虚空《こくう》を凝視《ぎょうし》して思考の海に溺《おぼ》れる。

それからある可能性が脳裏《のうり》に浮上《ふじょう》した。

「――排除《はいじょ》したのは、まさか対空兵装《アンチエアー》？」

秋人《あきと》は直感でバッと頭上を見上げた。

睨《にら》みつけるのは星屑《ほしくず》の散らばる夜空。何もない。何も見えない。あったとしても、流れ星に紛《まぎ》れたテレサの監視《かんし》衛星くらいのはず。そうだ、それでいい。それが正常なんだ。

それなのに——ソレを見てしまった。

「————あ」

星の輝《かがや》きを背にしたひし形のシルエットが一つ。

その影《かげ》がゆっくりと南の空へと移動していく。

秋人《あきと》は速まる心音を聞きながら〈マインドトーク〉の個別チャット画面を開く。

並ぶアイコンに併記《へいき》されているのは《ふぃりたそ》の文字。命名者システィのそれをクリック《マインド》してコールする。

「出てくれ。頼《たの》む出てくれ——」

ループする電子音が三度鳴ったところで、音声が切《き》り替《か》わった。

『秋人《あきと》!?　ちょうど良かった！　わたしたち以外の誰《だれ》かが州間防護壁《ステートボーダー》の迎撃《げいげき》システムにクラッキングを仕掛《しか》けているみたいで——』

「フィリア！　今すぐイージス戦車《ABT》全機をモードＡに入れろ！　敵は空だ!!」

『————!?』

サンプリングされたフィリアの声が驚《おどろ》きに消える。

直後、風切り音を聞いた。

「え……？」

隣《となり》のザインが左を見て、右を見て――そしてまさかと上を見る。

秋人《あきと》はザインとともにそれを目にした。

「――――」

空が落ちてきた。そう誤認《ごにん》するほど理解が追い付かない光景だった。

そこに広がっていたのは、一瞬《いっしゅん》にして星空の消えた宵闇《よいやみ》。

否、暗闇《くらやみ》なんかではない。

それらは空一面を真っ黒に塗《ぬ》りつぶすほどの大量の爆弾《ばくだん》。

顔を出した兵士たちが上空の異変に気が付き、一様に呆然《ぼうぜん》として喉《のど》を晒《さら》す。

『――情報統括《とうかつ》本部より各位へ通達。衝撃《しょうげき》に備えてください』

そこに、キリの感情なき声が兵士全員の脳内に響《ひび》いた。

同時、十キロの車列の各地点に配備されたイージス戦車から一斉《いっせい》にバルカン砲《ほう》が空へと撃《う》ち放《はな》たれ、戦術高エネルギーレーザーが小型誘導爆弾《ゆうどうばくだん》の壁《かべ》を薙《な》ぎ払《はら》った。

果たして、車列のすぐ頭上で迎撃《げいげき》された弾頭《だんとう》が連続して爆発《ばくはつ》する。誘爆《ゆうばく》が誘爆《ゆうばく》を呼び、一《いっ》瞬《しゅん》にして数十メートルの高度に火の海が出現した。

放射熱に全身が燃えるように熱くなり、油の燃焼《ねんしょう》する重い匂《にお》いが鼻孔《びこう》を一気に満たす。

この世のものとは思えないその光景に、車列の至る所から喊声《かんせい》が上がる。

「よっしゃあああ！　やっちまえイージス戦車《ABT》‼」

「今更《いまさら》爆撃《ばくげき》なんかで死ぬかよバカテレサ‼」

「無人兵器にやられる俺たちじゃねえんだよクソッたれが！」

しかし、その中で秋人《あきと》は震《ふる》える唇《くちびる》で言った。

「ダメだ――」

目端《めはし》に捉《とら》えているのは、迎撃《げいげき》しきれなかった弾頭《だんとう》が荒野《こうや》を半球状に抉《えぐ》り取《と》っていく光景。

「は？　どうして」

他の兵士たちと一緒《いっしょ》に腕《うで》を掲《かか》げて鬨《とき》の声《こえ》を上げていたザインが振《ふ》り返《かえ》る。

秋人《あきと》はその目に火焔《かえん》の連なりを映しながら熱病に冒《おか》されたようにあやふやな声音《こわね》で言葉を繋《つな》ぐ。

「……全数を撃《う》ち落《お》としきれていない。イージスシステムが飽和《ほうわ》させられているんだ。弾頭《だんとう》の数が多すぎる。もし俺が攻撃《こうげき》する側だったら、このタイミングを絶対に逃《のが》さない――」

――なぜならそれが、イージスシステムの持つ唯一《ゆいいつ》にして不可避《ふかひ》の弱点だから。

その時だった。

炎《ほのお》の壁《かべ》の向こう側――爆撃《ばくげき》の雨に混じって、黒色の筒《つつ》が映ったのは。

直径二十センチ、全長一・八メートル。尾部《びぶ》から噴射《ふんしゃ》されるのはその身の倍ほどの長さまで伸《の》びた青とオレンジの火焔《かえん》。

遅《おく》れて頭上から叩《たた》きつけてきたのは、バリバリと空が割れるかのような轟音《ごうおん》。その正体は飛《ひ》翔体《しょうたい》の放つジェット音。移動速度があまりにも速すぎるため、今頃《いまごろ》になって音が追い付いてきたのだ。

それが、空に張られた弾幕《だんまく》を潜《くぐ》り抜《ぬ》け――

僅《わず》か四十メートル先のイージス戦車目掛《めが》けて急降下した。

「――ッ、総員、対ショック体勢!!」

気付いた時には身体が動いていた。秋人《あきと》は叫《さけ》びながらザインを車内へ押し込む。

その最中、パッ、と地上に星が瞬《また》いた。

辺り一帯が色彩《しきさい》を忘れる。遅《おく》れて現れるのは赤と橙《だいだい》の色。

眩《くら》んだ目のまま秋人《あきと》は、滑《すべ》り込《こ》むようにして車内に入るとギリギリでハッチを下ろす。

直後、秋人《あきと》の身体は装甲車内《そうこうしゃない》で宙に浮《う》いていた。

「ハッ――」

続いて来る衝撃《しょうげき》。

外の景色を映した透過投影《とうかとうえい》ホログラムにノイズが走り、一瞬《いっしゅん》にして一面黒色に変わる。

その暗闇《くらやみ》の中で背中から装甲車《そうこうしゃ》内部の壁面《へきめん》へと叩《たた》きつけられた。肺腑《はいふ》から空気が絞《しぼ》り出《だ》され、平衡《へいこう》感覚が一気におかしくなる。そこに、複数の人間の身体が追撃《ついげき》のように覆《おお》いかぶさってきた。装甲車《そうこうしゃ》が爆風《ばくふう》に吹《ふ》き飛《と》んで回転しているのか、遠心力がかかり秋人《あきと》の身体を元ローレリア兵たちの体躯《たいく》が押しつぶしにかかる。

「ぐぅ……っ、ぅうっ！」

耐《た》えて耐《た》えて耐《た》え忍《しの》ぶ。

今度は真反対側へと吹《ふ》き飛《と》ばされ、秋人《あきと》が元ローレリア兵たちを下敷《したじ》きにしてしまう。

その強烈《きょうれつ》な衝撃《しょうげき》が二度、三度、四度と間隔《かんかく》を短くして続き、永遠にも思えた金属が上げる悲鳴の大合唱の末、装甲車《そうこうしゃ》の回転は止まった。

「——……っ、…………」

誰《だれ》も彼もが言葉を発せない。

絞《しぼ》り出《で》るのは呻《うめ》き声《ごえ》だけで、唐突《とうとつ》にやってきた死神の鎌《かま》を前にして竦《すく》んでしまった身体だけが、十余年分の反復練習の成果を見せて心肺を無心に動かす。

耳鳴りがする。痛みは無く、代わりに全身の至る所に痺《しび》れに似た感覚を得る。

秋人《あきと》はそれの正体を知っていた。脳が受け付けることを拒否《きょひ》した痛覚だ。

「ぐ……っ、う……」

聴覚《ちょうかく》がゆっくり戻《もど》ってくる。

空へと跳《は》ねた石や屑鉄《くずてつ》がガラガラと車体を叩《たた》く音が反響《はんきょう》していた。遠くから巨大《きょだい》な金属の塊《かたまり》が落着する音も聞こえてくる。剝《は》がれた装甲板《そうこうばん》か何かだろう。

車内にはビープ音も響《ひび》いていた。音のパターンから、装甲車《そうこうしゃ》のパワーユニットが破裂《はれつ》したことが分かる。幸い、火災は発生していないようだ。

砂埃《すなぼこり》に咽《む》せ、渇《かわ》いた口で必死に呼吸する。舌に広がりはじめた湿《しめ》り気《け》は鉄の味がした。

「お前ら、無事、か……？」

ひねり出した声は、秋人《あきと》が意図した声量の一割も出ていなかった。

何秒かして男たちの声が返ってくる。

四人、五人、六人――。よかった全員、まだ生きている。

しかし、それはあくまでまだであって、次の刹那《せつな》にやってこないとは限らない。

いつまでもこうして寝《ね》ていちゃいられない。

足の感覚が遠い。背中の痺《しび》れが早くも鈍痛《どんつう》に変わり始め、右肩《みぎかた》の辺りには傷口が開いたのかぬるりとした生ぬるい感触《かんしょく》が広がる。

「は……っ、は……っ、はっ、は――――」

それでも秋人《あきと》は意を決すると、全身の筋肉に力を入れて起き上がった。

「ぐうぅ……ッ」

奥歯《おくば》を嚙《か》み砕《くだ》かんばかりに食いしばって痛みに耐《た》える。

装甲車《そうこうしゃ》は上下逆さまになってひっくり返っていた。

秋人《あきと》はザインたちを振《ふ》り返《かえ》る。全員痛みに呻《うめ》いてこそいるが、秋人《あきと》と同様に身体を起こし始めている。

見たところ、重傷《じゅうしょう》を負った者はいないようだ。

「外の状況《じょうきょう》を、確認《かくにん》してくる」

「……我々も、すぐに、向かう」

痛みに表情を歪《ゆが》めているザインはしかし、早く行けと右手を払《はら》った。

秋人《あきと》は頷《うなず》き、足元に転がっていた〈ＭＡＲ－16〉を左手で摑《つか》むと、後部ハッチを蹴《け》り飛《と》ばして外へと躍《おど》り出《で》る。

「――――」

そこにはひどい光景が広がっていた。

秋人《あきと》たちが乗っていたのと同型の装甲《そうこう》兵員輸送車が、何台も車列から離《はな》れた場所で横転して火の手を上げている。血を流した兵士が別の負傷した兵士を引きずり、応急手当を始めていた。

その合間を縫《ぬ》うようにして、自動制御《せいぎょ》された車列が最高速度で駆《か》け抜《ぬ》けていく。フィリアの判断だろう。秋人《あきと》たちはただの歩兵とは違《ちが》い、タクティカルスーツを身に着けている。多少の距離《きょり》であればいつでも追いつけるため、車列を進めてしまった方がいいのだ。

車列の全長は十キロ前後。今の砲撃《ほうげき》で速度が落ちている車輛《しゃりょう》もあるだろうが、短く見積もっても州間防護壁《ステートボーダー》には十分はかかる計算だ。

それまでに、負傷兵を全員回収する必要がある。

車列から次々に降り立って、負傷兵の方へ駆《か》け寄《よ》る部隊があった。医療班《いりょうはん》だ。各所に声を張って指示を出している小柄《こがら》な少女はシスティだろう。

その中から、秋人《あきと》たちの装甲車《そうこうしゃ》に向かってくる一団があった。

見れば、その先頭を走っているのは玲奈《れな》だった。

「アキ、大丈夫《だいじょうぶ》!?」

「玲奈《れな》!? どうしてここに来たんだ! 俺たちは大丈夫《だいじょうぶ》だ。イージス戦車から車間を取っていたのが幸いした。それよりも玲奈《れな》たちは先に行け! 爆撃《ばくげき》で終わるはずがない。追撃《ついげき》が必ず来る!」

「だからこそじゃん! さっさと怪我《けが》したみんなを収容してここから離《はな》れよう! 今の爆撃《ばくげき》でイージス戦車が全部破壊《はかい》されたっぽい。敵が来たとしても迎撃《げいげき》しきれない」

「イージス戦車が、全数大破だって――?」

『なによりアキは右手が使えないでしょ。そんな状態で敵を迎《むか》え撃《う》とうなんて絶対に思わないでよね』

「――――」

最後だけ個別回線で飛んできた玲奈《れな》の言葉に、秋人《あきと》は口を噤《つぐ》んだ。

その時だった。

頭上から断続的な重低音が幾《いく》つも重なって聞こえてきたのは。

「一之瀬《いちのせ》、状況《じょうきょう》はどうなって、い、る――」

装甲車《そうこうしゃ》から元ローレリア兵を連れて出てきたザインはそこまで言って言葉を切る。秋人《あきと》を含《ふく》めたその場の全員が空を仰《あお》いでいた。

爆撃《ばくげき》ではない。それはもっと大型で、ひどく見覚えのあるシルエット。

秋人《あきと》は口端《くちは》が震《ふる》えた。

「おいおい、嘘《うそ》だろ……」

「──まさか、戦術輸送機《ドロップシップ》？」

隣《となり》で玲奈《れな》が呟《つぶや》く。

空から落ちてきているのは、エアボーンした兵士を乗せるポッドだった。

果たして彼女の言葉通り、地上に向けて逆噴射《ぎゃくふんしゃ》したポッドが、車列から数百メートル離《はな》れた位置に次々と着陸した。

百、二百とポッドが落着してもなお、空から落ちてくる影《かげ》が未《いま》だに途《と》切《ぎ》れない。

その数は、悠《ゆう》に五百を超《こ》えていた。

『情報統括《とうかつ》本部より全部隊！　識別不能勢力との接敵を確認《かくにん》！　敵は──人間です！』

焦《あせ》った様子のキリの声が通信に入る。

秋人《あきと》は一帯の兵士に向かって叫《さけ》んだ。

「総員、迎撃《げいげき》用意！　光学ジャミング装置を起動しろ！　敵の脳にも〈ニューラルゲート〉が埋《う》め込《こ》まれているなら、ジャミングは有効だ！」

「りょ、了解《りょうかい》……ッ！」

秋人《あきと》は周りの仲間たちと同様に首元の光学ジャミング装置の起動ボタンに触《ふ》れる。キュイン、と旧式の暗視装置《NVG》のような高音が鳴った。

すると、荒野《こうや》の激しい高低差を利用して、敵兵が進軍してくるのが見える。

彼我《ひが》の距離《きょり》は六百メートル——いや、五百メートルもない。

遠目に見える敵兵も、タクティカルスーツにジャンプキットという秋人《あきと》らと同等の兵装に身を包んでおり、その動きは高機動力がモノを言う現代戦に特化したソレだ。全員、フルフェイス型のヘルメットを被《かぶ》っておりその顔は見えない。

「アキ！」

サブマシンガンを一丁構えた玲奈《れな》が秋人《あきと》を振《ふ》り返《かえ》って叫《さけ》ぶ。

——戦うの⁉

彼女の目は、確かにそう言っていた。

秋人《あきと》は歯噛《はが》みして叫《さけ》ぶ。

「みんな、敵の足を狙《ねら》え！　ジャンプキットを使っている以上、脚部《きゃくぶ》を負傷したらバランスが取れずに撤退《てったい》せざるを得ない！」

「了解《りょうかい》……ッ！」

秋人《あきと》の言葉と同時、荒野《こうや》の起伏《きふく》やただの鉄屑《てつくず》と化した装甲車《そうこうしゃ》の残骸《ざんがい》を盾《たて》に、仲間たちが応戦を開始する。暗闇《くらやみ》の中、マズルフラッシュが一斉《いっせい》に瞬《またた》く。それに対して、敵兵もまたタクティカルスーツによって強化された身体能力を駆使《くし》して荒野《こうや》の陰《かげ》から陰《かげ》へと飛び回りながら応戦してくる。

乾《かわ》いた銃声《じゅうせい》が重なり、赤と緑の曳光弾《えいこうだん》が激しく往来した。乾燥《かんそう》した大地に着弾《ちゃくだん》した弾頭《だんとう》が砂煙《すなけむり》を立てる。秋人《あきと》と玲奈《れな》が遮蔽物《カバー》にしている装甲車《そうこうしゃ》の残骸《ざんがい》に弾丸《だんがん》が当たり、耳障《みみざわ》りな金属音を鳴らして跳弾《ちょうだん》していった。

秋人《あきと》は右手に力が入らないため、左にライフルを構えて地面に横たわる。秋人《あきと》が装甲車《そうこうしゃ》の左側から応戦する一方で、玲奈《れな》が右から顔を出している形だ。装甲車《そうこうしゃ》の周辺にはライオットシールドや弾薬類《だんやくるい》が散らばっており、手足でそれらを押しのけて踏《ふ》ん張《ば》りを利《き》かせるための空間を作る。

そして身体を寝《ね》かせた体勢で銃口《じゅうこう》だけ覗《のぞ》かせて、荒野《こうや》の先を射撃《しゃげき》した。

トリガーを引く。引く。引く。

ボルトが後退するごとに生まれた衝撃波《しょうげきは》が顔のすぐ横で土煙《つちけむり》を立てた。秋人《あきと》のライフルは右利《みぎき》き用のカスタムのためイジェクションポートが右側にある関係から、一発撃《う》つごとに身体の前を排莢《はいきょう》された空薬莢《からやっきょう》が横切っていく。

土ばかりの戦場も、右腕《みぎうで》がまともに使えないままの戦闘《せんとう》も、どちらもほとんど経験のない状《じょう》況《きょう》だった。前者は嶺京《れいきょう》という市街での戦闘《せんとう》が主であったからだし、後者については負傷したらアルカディアで再生するのが当たり前の世界で生きてきたからである。

ホロサイトの中でレーザー照射の集合体が生み出す照星――そこに重なった敵兵の手足を正確に撃《う》ち抜《ぬ》いていく。風が強く弾道《だんどう》が曲がりやすいが、この程度であれば〈ニューラルゲート〉の演算による調整で充分《じゅうぶん》修正が利《き》く。

問題なのは、その敵兵の身体を穿《うが》った後だった。

「なに、この敵……っ！」

玲奈《れな》が装甲車《そうこうしゃ》の陰《かげ》に身体を戻《もど》して弾倉《マガジン》を換装《かんそう》する傍《かたわ》らで悪態をつく。

秋人《あきと》もまたリロードのために車体に背中を預けると、冷汗《ひやあせ》を流した。

「こいつら――死ない戦術に慣れている」

負傷した兵士が現れると、的確にこちらに向かって制圧射撃《しゃげき》を撃《う》ち込《こ》んでくる。そしてその間に別の兵士が負傷兵を引きずって回収する――。

秋人《あきと》たちも、この二か月で味方を死なせない戦い方を十分訓練し、実戦で生かしてきたつもりだったが、それらがおままごとのように思えるほど、敵兵のそれら動作は見事なまでに洗練されていた。

「あいつら、アルカディアの無い世界の兵士っていうこと!?」

玲奈《れな》が怖《こわ》いものを見たように震《ふる》えた声で言う。

「十中八九、な！」

「……死ねないのに、どうして戦えるの？　何のために戦っているの？　それって命よりも大切なことなの？」

「それは、連中に直接聞くしか分からないことだろうさ！」

秋人《あきと》はボルトキャッチを叩いて薬室《チャンバー》に六・八ミリ弾《だん》を送り込むと、再び身体を転がして銃《じゅう》口《こう》を覗《のぞ》かせた。二人、三人、四人、と次々に敵兵の脚《きゃく》部《ぶ》を負傷させていく。

すると、目端《めはし》にソレを見た。

秋人《あきと》ら元エルメア兵のような漆黒《しっこく》のタクティカルスーツに身を包んだ敵兵。その兵士は右足を撃《う》ち抜《ぬ》かれ、倒《たお》れ込《こ》んでいる。

それを、ザインが追撃《ついげき》しようとしていた。銃口《じゅうこう》の高さで分かる。ザインが狙《ねら》っているのは敵兵の四肢《しし》なんかではない。頭部だ。元ローレリア兵の扱《あつか》う七・六二ミリ弾《だん》はヘルメット程度の装甲《そうこう》など初弾《しょだん》で貫通《かんつう》させてしまう。

瞬間《しゅんかん》、秋人《あきと》は咄嗟《とっさ》に叫《さけ》んでいた。

「ザイン、殺すな！」

「……っ！」

驚《おどろ》いたザインの手が一瞬《いっしゅん》止まる。

その隙《すき》をついて、敵兵は銃口《じゅうこう》をザインに向けた。

秋人《あきと》はその銃《じゅう》の横っ腹を撃《う》ち抜《ぬ》く。

同時、敵兵の銃《じゅう》から飛び出た弾丸《だんがん》は、明後日《あさって》の方向へと飛んでいった。

「……ッチ！」

負傷した敵兵は舌打ちをして荒野《こうや》の起伏《きふく》の向こう側へと身を隠《かく》す。

すると、ザインが秋人《あきと》に摑《つか》みかかってきた。

「貴様、何をする！　危《あや》うく僕が殺されるところだったぞ⁉」

「七・六二ミリ弾《だん》のストッピングパワーなら、手足に追加で撃《う》ち込《こ》むだけで止められただろう！　ここはアルカディアのあった嶺京《れいきょう》じゃないんだ！　あの敵は生き返らないんだぞ！」

「僕たちも生き返らないいさ！　貴様がアルカディアを壊《こわ》してくれたお陰《かげ》でな‼」

「俺たちは人を殺すために戦っているんじゃないだろう！」

「殺《や》らなきゃ殺《や》られるのが戦場だというのがどうして分からない、《血も無き兵《ブラッドノート》》‼　貴様とて血の海を渡《わた》り歩《ある》いてきた兵士だろう‼」

「──それを認めたら、神崎《かんざき》たちがやってきたことと同じじゃあないか」

ザインは息を吸った。

秋人《あきと》は敵の銃《じゅう》を見る。

「それに、どうにも敵の殺意が──」

そこまで言って、秋人《あきと》は口を引き結んだ。

否、呼吸を押しとどめた。押しとどめざるを得なかった。

なぜなら、ソレが現れたからだ。

黒煙《こくえん》の立ち上る火焔《かえん》の海を裂《さ》いて飛び出してきた、異形の兵士が。

その兵士は振《ふ》りかぶった。兵士の手に握《にぎ》られているのは棒状の兵装。違《ちが》う、剣《けん》――いや、刀だ。

秋人《あきと》は咄嗟《とっさ》にザインを横へ突《つ》き飛《と》ばすと、反射的に左手で腰《こし》からゼロクロを抜《ぬ》いた。久しぶりの感触《かんしょく》。どの銃《じゅう》よりも慣れ親しんだ、それでいて冷たい重みを感じる極大火力の兵装。

そしてゼロコンマ二秒で指がトリガーを操《あやつ》り――

「――つぅッ!!」

眼前に差《さ》し迫《せま》った白銀の刀を紅色の刀身で押《お》し止《とど》めた。

パッ、と火花が散り、刃《は》同士が共鳴し合う。

あまりの衝撃《しょうげき》ゆえにその一瞬《いっしゅん》で左手が痺《しび》れ、肩《かた》が小刻みに震《ふる》えた。片手では限界がある。

敵のソレはゼロクロに比べ細身の刀身。

それなのに出力は十分。

形状が不定形なゼロクロのそれに比べ、敵の得物は実態として存在している。

刃《は》が共鳴するということは、敵の得物もまた高周波で振動《しんどう》しているということ。

「へえ……？　今のを受け止めるのか」

男の声が響《ひび》く。

その顔を見て、秋人《あきと》は息を呑《の》んだ。

――なんだ、コイツっ!?

その頭部は、一言で表して異様だった。

頭を覆《おお》ったフルフェイス型のヘルメット。表面は固い装甲《そうこう》に覆《おお》われており、最初からガラスなどの透過性《とうかせい》のある材質を使って肉眼で外部を見ることを考えていない設計だ。代わりに各所に埋《う》め込《こ》まれているのはセンサー群。球体に青白い光が並ぶ様子は、いつかフィリアとともに相対した球体型自律兵器を彷彿《ほうふつ》とさせる。

そこまでは、ごくありふれた現代的なデザインのコンバットヘルメット。

異質だったのは、そのヘルメットの右半分から飛び出た義眼だった。

否、義眼と表現するのが正しいかも疑わしい。

それは兵士の右目を代替《だいたい》していると思われる、角張ったデザインのデバイス。御伽噺《おとぎばなし》に出てくる貴族の仮面のようにも見えるそれは、ヘルメットのものとは比べ物にならないほど高密度にセンサーが並んでいた。

遅《おく》れて、その頭部に正方形のターゲットシーカーが合成表示される。

シーカーの横に描《えが》かれたのは《ターゲットD01《デルタ・ワン》》の文字。情報統括《とうかつ》本部の戦略支援《しえん》システムが自動で割《わ》り振《ふ》った番号である。

「それ、もしかして対戦車ブレードかい?」

「……!?」

秋人《あきと》は驚《おどろ》きに目を見開いた。

対戦車ブレード。

この男は確かにそう言った。

敵兵は秋人《あきと》が驚《おどろ》く気配を感じたのか、語気で笑った。

「──やっぱり。ってことは、それが暴れ馬で有名なプロトタイプか」

怪我《けが》の痛みで耐《た》えきれない。受け流す。

傷口が開き、生ぬるい粘液《ねんえき》が右肩《みぎかた》の辺りにスーツ内部で広がる。

血の匂《にお》いがして、クラクラする。

距離《きょり》が数メートル開《あ》き、敵兵の全身を視界に収める。

その兵士は見れば見るほど、他の敵兵たちとは明らかにカラーが異なっていた。

腰《こし》には正体不明の箱型の兵装が収まっており、そこから無数のチューブが背中から肩《かた》を沿うようにして両腕《りょううで》に接続されている。その両腕《りょううで》もまた、そこだけ材質の異なるスーツになっており、表面には用途《ようと》不明な装置が張《は》り巡《めぐ》らされていた。

奇妙《きみょう》なのはそれだけではない。

体重の移動の仕方や、ブレードの構え方、足の運び方にさえ慣れ親しんだものを感じた。

この敵たちは、何かが気持ち悪いほどに似ている──

　すると、一瞬《いっしゅん》のノイズの後に通信が入る。

『情報統括本部《とうかつ》より各位へ通達。敵、Ｄ01《デルタ・ワン》を高脅威目標《ハイバリューターゲット》に指定。以後、当該《とうがい》目標を《グランドノート》と呼称《こしょう》します』

　それを聞いた秋人《あきと》は苦虫を噛《か》み潰《つぶ》したような笑《え》みを浮《う》かべた。

「……厭《いや》なＴＡＣ《タクティカル》ネームを付けてくれる」

「何か言ったかな？」

「こっちの話、だっ！」

　秋人《あきと》は大股《おおまた》に一歩踏《ふ》み込《こ》み、左腕《ひだりうで》を振《ふ》るった。

「……ッ！」

「光学ジャミングとは小賢《こざか》しい真似《まね》をしてくれる！　太刀筋《たちすじ》が見えづらいったらありゃしない！」

　しかし、反撃《はんげき》され刀身を強《したた》かに打ち付けられる。危《あや》うく得物が手を離《はな》れるところだった。

　圧倒《あっとう》されそうになる。いや、既《すで》にされている。

　フィリアとはまた別の威圧《いあつ》を感じていた。

《グランドノート》は宙で刀を振《ふ》るいながら余裕《よゆう》の佇《たたず》まいで歩いて距離《きょり》を詰《つ》めてくる。

「これもね、対戦車ブレードなんだ。――いや、これこそが真の対戦車ブレードとも言える」

「……は、何言ってんだ、アンタ」

「テレサ社が正式に完成報告を上げた最初にして現状唯一《ゆいいつ》の対戦車ブレード――〈ZERO-mk.8〉。ゼロクロの後継機《こうけいき》さ」

「――それが、どうした！」

秋人《あきと》は再び切りかかる。

しかし、超人《ちょうじん》じみた反応速度で《グランドノート》はその斬撃《ざんげき》の一つ一つを避《よ》け、弾《はじ》き、そして反撃《はんげき》へと転じる。

秋人《あきと》はそれを見て敵の強さの要因の一つを悟《さと》る。

――反射で避《よ》けているんじゃない。予測して避《よ》けているんだ。

ただでさえ右肩《みぎかた》が使えない状態《じょうたい》で、未来予知めいた回避《かいひ》能力は、今の秋人《あきと》に対処は難しい。

しかし、何も一対一で戦う必要なんてないのだ。

秋人《あきと》は震《ふる》える左手で大きく振《ふ》りかぶり、ことさら強く敵の刀身を弾《はじ》き上《あ》げた。

直後。

『ライガー隊、撃《う》って!!』

玲奈《れな》の声と同時、《グランドノート》に弾雨《だんう》が襲《おそ》い掛《か》かった。

それを見て《グランドノート》は秋人《あきと》から一歩飛《と》び退《すさ》ると、刀型の兵装――奴《やつ》の言葉を借りるなら〈マークエイト〉――を振《ふ》るって弾丸《だんがん》を切り飛ばしていく。

奴《やつ》にも見えているのだ。夥《おびただ》しい弾丸《だんがん》の雨の中、どれが致命弾《ちめいだん》なのかが。

秋人《あきと》もゼロクロを腰《こし》のマウントに戻《もど》すと、〈MAR-16〉を背中から取り出して斉射《せいしゃ》に加勢する。左手の痺《しび》れがひどく精度は惨憺《さんたん》たるものだが、制圧射撃《しゃげき》をするには十分だった。

《グランドノート》は流石《さすが》に分が悪いと判断したのか、ジェットキットを起動して水平方向へ駆《か》け出《だ》す。

その向かった方角は、あろうことか車列の進行方向だった。

「まず――ッ！」

このまま《グランドノート》を逃《に》がしたら、この圧倒的《あっとうてき》な近接火力で各所の部隊を壊滅《かいめつ》して回られてしまう。

「玲奈《れな》！」

「分かってる‼」

《グランドノート》の急激な方向転換《てんかん》に、秋人《あきと》と玲奈《れな》は並んで追撃《ついげき》する。遅《おく》れて他の仲間たちも秋人《あきと》たちを追うが、ジェットキットの扱《あつか》いの差が出てしまい、距離《きょり》がぐんぐん広がっていってしまう。彼らが遅《おそ》いのではない。《グランドノート》があまりにも速すぎるのだ。

《グランドノート》が車列側に接近しようとするところを射撃《しゃげき》して牽制《けんせい》する。

そのままその男と車列との間に入って並走《へいそう》した。

荒野《こうや》の断層の中を駆《か》ける。《グランドノート》も刀を背中のマウントに回すと、アサルトライフルの銃口《じゅうこう》を向けて撃《う》ってきた。時折、地表面に出て弾丸《だんがん》の応酬《おうしゅう》を繰《く》り広《ひろ》げる。その形状は〈MAR－16〉に酷似《こくじ》しているが、飛来してくる弾丸《だんがん》は一回り小さい中間弾薬《だんやく》である五・五六ミリ弾《だん》だった。仮に当たっても秋人《あきと》らのタクティカルスーツであれば、ほとんどの場合貫通《かんつう》までには至らない。しかし、被弾《ひだん》すれば当然衝撃《しょうげき》は内臓にまで達する上、頭部に受ければ即《そく》死《し》だ。

車列をどんどんと追《お》い越《こ》していき、気が付けば先頭車輌《しゃりょう》が見えてくる。

そして、目と鼻の先に威影《いえい》が現れた。

二十五メートルにも及《およ》ぶ重武装された人工の壁《かべ》。

州間防護壁《ステートボーダー》である。

すると、並走《へいそう》していた《グランドノート》の姿が視界から消える。

「……ッ⁉」

振《ふ》り返《かえ》ると、秋人《あきと》と玲奈《れな》のすぐ背後に、〈マークエイト〉を上段に振《ふ》りかぶった漆黒《しっこく》の兵士の姿があった。

「やっぱ――」

「アキ、避《よ》けて‼」

ゼロクロの抜刀《ばっとう》は最早《もはや》間に合わない――そう判断した秋人《あきと》は咄嗟《とっさ》に玲奈《れな》の前に立つと、〈MAR－16〉を横に構えて、機関部で白銀の刀身を受け止めた。

「がッ‼」

「きゃ――!」

愛銃《あいじゆう》が半ばからひしゃげ、その身を溶《と》かしながら刀身を受け入れる。

残り数ミリのところ〈マークエイト〉による痛撃《つうげき》を止めた秋人《あきと》は、そのまま玲奈《れな》もろとも空高く打ち上げられてしまう。

至る所から火の手の上がる車列が、敵味方入り混じって瞬《また》くジェットキットの輝《かがや》きが、そして星屑《ほしくず》に満たされた夜空が見えた。

晩夏の冷たい空気の中、耳元で風を切る音が聞こえる。

放物線の天頂を超《こ》え、自由落下が始まった。

玲奈《れな》と身体が半ば絡《から》まったまま視線を下ろす。その先には照明の落とされた州間防護壁《ステートボーダー》の上部があった。対空砲《アンチエアー》や対地ミサイル砲台《ほうだい》がずらりと並ぶのが見える。

秋人《あきと》と玲奈《れな》は声も目も交《か》わさぬまま、ジェットキットを小刻みに噴出《ふんしゆつ》させて体勢を微《び》調整《ちようせい》した。

そして、互《たが》いに防護壁《ぼうごへき》の上部に四肢《しし》を使って着地する。

「~~~~っ!」

ただの着地。

それだけのはずなのに、人工筋繊維《バイオメタルファイバー》が受け止めきれなかった衝撃《しようげき》が痛みとなって電撃《でんげき》のように全身に走った。秋人《あきと》は唇《くちびる》を噛《か》んで悶絶《もんぜつ》する。意識の外に追いやっていただけで、秋人《あきと》は満身創痍《そうい》だった。

そこに、同じく防護壁《ぼうごへき》の上部にひらりと降り立つひとつの人影《ひとかげ》。

じっくり見るまでもない。

《グランドノート》である。

敵の位置は秋人《あきと》と玲奈《れな》からたった五十メートル先。

応戦しなければと身体を起こそうとして、しかし手足が言うことを聞かないことに気が付く。

特に、右肩《みぎかた》から先が本格的に脳からの命令を受け付けていない。

視界に浮《う》かぶバイタルステータスを映す仮想ウィンドウを見た。全身の至る所が赤くなっており、出血や骨折のアイコンが明滅《めいめつ》している。身体が限界の悲鳴を上げているのか、筋肉が神経信号を拒絶《きょぜつ》していた。

「クソっ、動け……ッ、動けよ……!!」

スーツのアシストを使って強引《ごういん》に動かそうにも、そもそもスーツのアシスト自体が通常、筋肉の動きに合わせて力を増幅《ぞうふく》させる形で動作しているため敵《かな》わない。唯一《ゆいいつ》、強制的にスーツを外部から動かすプログラムを組んであるが、それは〈ゼロクロ反動制御《せいぎょ》〉用であって、それ以外の動作ができない。

「――終わりにしよう」

《グランドノート》が踏《ふ》み出《だ》す。

秋人《あきと》が奥歯《おくば》を食いしばったその時——

秋人《あきと》の前に現れる少女が一人。

「ふ——っ」

天代玲奈《あましろれな》、その人が、左手で構えたサブマシンガンを撃《う》ち放《はな》った。

分間千二百発の超《ちょう》高レートで九ミリ弾《だん》がまるでレーザービームのような無反動で《グランドノート》に向かう。ポリマー製の白色の薬莢《やっきょう》が足元に散らばり、マズルフラッシュに照らされた。

《グランドノート》は急停止し、〈マークエイト〉を高速で振《ふ》って致命弾《ちめいだん》を斬《き》り飛《と》ばす。

その最中、玲奈《れな》は右手に握《にぎ》ったもう一丁の同型のサブマシンガンの腹にあるマガジンリリースボタンを押し、弾倉《マガジン》を自重で落下させると、腰《こし》に並ぶ新しい弾倉《マガジン》に銃《じゅう》本体を被《かぶ》せるようにして挿《さ》し込《こ》んだ。そして弾倉《マガジン》の換装《かんそう》を認識《にんしき》したサブマシンガンが自動でボルトを前進させ、初《しょ》弾《だん》を送り込む。

直後、弾薬《だんやく》を撃《う》ち切《き》った左手の得物に変わり、装塡《そうてん》を終えた右手のサブマシンガンを続けざまに撃《う》ち始《はじ》めた。その時既《すで》に、左手のサブマシンガンは先ほどと同様の手順でリロードを始めている。

予備弾倉《マガジン》が尽《つ》きない限り、一切途切《いっさいとぎ》れることのない九ミリ弾《だん》の雨。

並の兵士であれば反撃《はんげき》の隙《すき》も無く物量に押され削《けず》り殺《ころ》され、どんなに硬《かた》い装甲《そうこう》を持つ自律兵器であってもその止まらない正確無比な射撃《しゃげき》を前に一瞬《いっしゅん》で破壊《はかい》される鉛弾《なまりだん》の壁《かべ》。

これこそが、天代玲奈《あましろれな》が《九ミリの令嬢《ミズ・ナイン》》と云《い》われる所以《ゆえん》。

玲奈《れな》が長らく《致死の蒼《リーサルブルー》》という化け物と戦う秋人《あきと》を支えてくれた実力である。

秋人《あきと》は唇《くちびる》を噛《か》みしめると、プログラミング用のテキストエディターを立ち上げながら玲奈《れな》に通信を飛ばした。

『玲奈《れな》、何秒持つ⁉』

『八秒――いや、十秒‼』

『あと九秒、そいつを頼《たの》んだ！』

玲奈《れな》は言葉を返さず、顔の動きだけで了解《りょうかい》と伝えた。

秋人《あきと》はありったけのライブラリに接続すると、細かい修正は全て無視してコードを乱雑に繋《つな》いでいく。エラー表示が次々に増えていくが全て無視。支援《しえん》ＡＩによる自動修正を走らせて、エラーを吐《は》いても強引《ごういん》に動作するように命令を書き加えていく。

書き終えた個所《かしょ》から部分的に実行。右手人差し指の第三関節、第二関節、第一関節、次に中指――と順に動かして動作を確かめていく。

「こっ、のぉ――ッ‼　アキみたいな戦い方して！」

最後の弾倉《マガジン》を撃《う》ち切《き》った玲奈《れな》は、コードを切断《バージ》して両手のサブマシンガンを投げ捨てる。その銃身《じゅうしん》は短時間に大量の弾丸《だんがん》を撃《う》ち放《はな》った影響《えいきょう》で真っ赤に熱し、白煙《はくえん》を上げていた。

代わりに玲奈《れな》が素早《すばや》く腰《こし》に手を伸《の》ばして握《にぎ》ったのは、二丁のハンドガン。

クロスするようにして腰《こし》にマウントされたそのハンドガンを一度ぐっと内側に押し込み、初《しょ》弾《だん》を装塡《そうてん》。戻《もど》す力のまま引《ひ》き抜《ぬ》くと、両方の銃口《じゅうこう》を同時に《グランドノート》へ向けた。

直後、トリガーを引《ひ》き絞《しぼ》る。

スライドが高速で前後し、こちらも分間レート千発で九ミリ弾《だん》が吐《は》き出《だ》される。硝煙《しょうえん》が辺りに満ち、銃声《じゅうせい》が二重になって響《ひび》き渡《わた》る。

銃身《じゅうしん》よりも長い弾倉《マガジン》に入っているのは、大容量とはいえ五十発のみ。たったの三秒と少しで撃《う》ち切《き》ってしまう。

三、二、一――。

心臓が早鐘《はやがね》のように膨張《ぼうちょう》と収縮を繰《く》り返《かえ》す中、秋人《あきと》はテキストエディターの中に最後のコードを打ち込んだ。

急造したのは、タクティカルスーツの外部コントロールプログラム。

秋人《あきと》は歯を食いしばって、プログラムを走らせる。

新たにポップアップした仮想ウィンドウの中を文字列が下から上へと高速に流れ出す。

コードが走る走る走る――

「玲奈《れな》!!」

秋人《あきと》が叫《さけ》ぶと、玲奈《れな》は斜《なな》め後方に身体を転がした。

秋人《あきと》は地面を蹴《け》り上《あ》げ、玲奈《れな》と入《い》れ替《か》わるように前へ出る。

生まれた弾雨《だんう》の隙間《すきま》を抜《ぬ》けるようにして《グランドノート》もまた疾駆《しっく》した。

州間防護壁《ステートボーダー》の上で、彼我《ひが》の距離《きょり》が加速度的にゼロを目指す。

今度は動く。動かされる。タクティカルスーツに編《あ》み込《こ》まれた人工筋繊維《バイオメタルファイバー》が強引《ごういん》に秋人《あきと》の身体を動かす。筋繊維《きんせんい》が断裂《だんれつ》する音が聞こえる。血が噴《ふ》き出《で》る音が聞こえる。

それでも秋人《あきと》は右手を腰《こし》に伸《の》ばし、得物を抜《ぬ》いた。

「――いざッ」

尋常《じんじょう》に勝負。

踏《ふ》み込《こ》んだ大股《おおまた》の一歩。

それだけで敵兵との距離《きょり》はたったの五メートルに縮まった。

敵のヘルメットと秋人《あきと》の光学ジャミングが無ければ、互《たが》いの表情までもがはっきりわかる距《きょ》離《り》だ。

下段から振《ふ》り抜《ぬ》く動きの中で、ゼロクロを起動する。

出力二、幅《はば》一、長さ二――。

形状可変合金の粒子《りゅうし》が結束し、紅色の刀身を形成していく。カートリッジから放出され形状を固定し始めた箇所《かしょ》から順に高速で振動《しんどう》を始める。

瞬間《しゅんかん》、白と赤の刀身が十字を描《えが》いて重なった。

「……ッ!!」

衝撃波《しょうげきは》が土煙《つちけむり》を円形に吹《ふ》き飛《と》ばし、火花が辺りにまき散らされた。

「かッ、ぁあ――ッ!!」

初めて《グランドノート》から呻《うめ》き声《ごえ》が漏《も》れる。

当然、秋人《あきと》もまた無事では済まない。右腕《みぎうで》の中に熱された鉄の棒をねじ込まれたような痛みが神経を蝕《むしば》む。

それでも負けない。下がらない。

最早《もはや》、秋人《あきと》の身体は秋人《あきと》一人のものではないのだ。

この双肩《そうけん》に、腕《うで》に、指先にかかった重みは、二千四百人の命そのもの。

下がれるはずが――ないのだ。

「う、ぉおおおおお――!!」

喉《のど》を鳴らせ。腹を鳴らせ。

力に変えて、前に出ろ。

右足が出て、左足が前に出る。

《グランドノート》のヘルメットに反射する火花の量が目に見えて増える。

《グランドノート》が半歩下がった。黒ずくめの敵兵は重心を下げ、ゼロクロごと秋人《あきと》の身体を押《お》し戻《もど》そうとする。対して秋人《あきと》はその白銀の刀身をへし折らんばかりに全体重をかける。

すると、ゼロクロの刀身が明滅《めいめつ》を始めた。バッテリーの残量が底をつきかけているのだ。

秋人《あきと》は奥歯《おくば》を食いしばり、一方で《グランドノート》の殺気が強くなる。

「こ、の……っ、肉人形ごときが調子に乗るなッ!!」

《グランドノート》が吠《ほ》えると同時、落ち始めたゼロクロの出力の隙《すき》を突《つ》かれ、一気に押《お》し戻《もど》された。

秋人《あきと》は崩《くず》されかけた体勢の中で、しかし腰《こし》を思い切り落とし真一文字《まいちもんじ》に一閃《いっせん》する。

「ッぐ――――!」

ギリギリのところで刀身をゼロクロとタクティカルスーツとの間に通して秋人《あきと》の斬撃《ざんげき》を受けた《グランドノート》は、衝撃《しょうげき》を逃《に》がすため、その場に踏《ふ》みとどまらず二十メートルほど後方に吹《ふ》き飛《と》ばされた。

しかし、それも束《つか》の間《ま》。

《グランドノート》は宙で二回転し華麗《かれい》に着地すると、地面を蹴《け》りあげて一瞬《いっしゅん》で間を詰《つ》めてくる。

秋人《あきと》はその合間にゼロクロの刀身を消し、バッテリーを排出《はいしゅつ》。ぱんぱんに膨《ふく》れたバッテリーパックと入《い》れ違《ちが》いに、ポーチから抜《ぬ》いた新品をゼロクロの柄《つか》の下部から差し込み、ロックした。

そして再びトリガーを引き起動。

出力三、幅《はば》一、長さ二。

右腕《みぎうで》がもげる覚悟《かくご》で、出力を上げたゼロクロを振《ふ》るう。

赤と白の刀身が再び交錯《こうさく》した。

再び噴《ふ》いて散る火焔《かえん》の欠片《かけら》。

鍔《つば》迫《ぜ》り合《あ》いになり、力と力の勝負にもつれ込む。

その力の均衡《きんこう》が、この戦闘《せんとう》が始まってからずっと秋人《あきと》の中にあった疑問の輪郭《りんかく》をはっきりさせた。

この敵兵たちには、あまりにも瞬発的《しゅんぱつてき》な殺気がない。

「——なぜ俺たちを攻撃《こうげき》するんだ⁉」

「そんなことを気にするとは、ずいぶんな余裕《よゆう》だな‼」

「アンタが中途半端《ちゅうとはんぱ》な殺気出してるからだろう！」

「——ッ、ナメるなよ、人形ッ」

瞬間《しゅんかん》。

秋人《あきと》の右肩《みぎかた》に向かってぐっと体重をかけられる。

スーツのアシストがあるとは言え、絶対とは言えない。肉の代わりに硬化《こうか》させた皮で骨を動かしているに近い状態なのだ。もとより出力勝負になれば分が悪いのは明らかだった。

果たして、秋人《あきと》の身体は吹《ふ》き飛《と》ばされ、背中から防護壁《ぼうごへき》の足場へと叩《たた》きつけられる。

「か、あっ——！」

起き上がろうとするが、それを見逃《みのが》す敵ではない。

秋人《あきと》に跨《また》がるように立った《グランドノート》は、〈マークエイト〉の刀身を秋人《あきと》の右肩《みぎかた》に沈《しず》めた。

「ぐぅッ、ぅう……！」

刺《さ》された場所が燃えるように熱い。痛みが神経を焦《こ》がす。身体が痛みに跳《は》ねる。

「調子に乗った人形ほど不快なものはない。──お前らは黙《だま》って記憶変数体《マインドステート》を差し出せばいいんだ」

「なんっ、だって……？」

「そのまま大人しくしていろ」

「く……っ！」

秋人《あきと》は右手に握《にぎ》ったままのゼロクロの出力と刀身長の設定を上げた。

紅色の刀身が、ジェットエンジンの放つ火焔《かえん》のように水平方向に噴《ふ》きだす。

それを反撃《はんげき》の一手だと思った《グランドノート》は刀身を捩《ね》じって秋人《あきと》の肩《かた》を抉《えぐ》った。

「ああああ──ッ‼」

痛みのあまり視界が白く飛び激しく明滅《めいめつ》する。痛むのは肩《かた》だけのはずなのに、指先や腰《こし》、足までもが激痛に冒《おか》される。

痛みのあまり、右手からゼロクロが離《はな》れた。ゼロクロを保持していた空間分の数値を失った影響《えいきょう》からか、急造した制御《せいぎょ》プログラムが暴走する。右肘《みぎひじ》から五指に至るまでの全関節が出鱈目《でたらめ》に動き、骨がギチギチと音を立てて腕《うで》全体が小刻みに震《ふる》えた。

しかし、その中で秋人《あきと》は、左手の指先にハンドガンを引っかけ、背後へと滑《すべ》らせていた。

それをすぐさま拾う音が続く。

「っ……？」

半拍遅《はんぱくおく》れてそれに気が付いた《グランドノート》は秋人《あきと》の肩《かた》から〈マークエイト〉の刀身を抜《ぬ》く。

「アキ、逃《に》げて!!」

同時、秋人《あきと》のハンドガンを拾った玲奈《れな》が《グランドノート》を射撃《しゃげき》した。

「無駄《むだ》なあがきを！」

放たれたのは計十八発の九ミリ弾《だん》。

最後の一発の銃声《じゅうせい》とともに、真鍮製《しんちゅうせい》の空薬莢《からやっきょう》の地面を叩《たた》く音が空虚《くうきょ》に鳴《な》り響《ひび》く。

その全ての弾頭《だんとう》を、《グランドノート》は血に濡《ぬ》れた刀身で弾《はじ》き飛《と》ばしていた。

とす、と玲奈《れな》が膝《ひざ》から崩《くず》れ落《お》ちる音が聞こえる。

その手から零《こぼ》れ落《お》ちるのは、スライドが下がりきったハンドガン。

そんな秋人《あきと》と玲奈《れな》の二人を、《グランドノート》はヘルメット越《ご》しに睥睨《へいげい》した。

「四肢《しし》を斬《き》り飛《と》ばしても死にはしないだろう。即死《そくし》されなければこちらの目的は達成できるんだ。──ああ、そうだ。最初からこうすればよかった」

〈マークエイト〉の刀身が、濡《ぬ》れたように妖《あや》しく光る。

──ここまでなのか。

諦《あきら》めの心はない。ただ、ひどく冷え切った脳が淡々《たんたん》と事実を告げる。秋人《あきと》と玲奈《れな》には既《すで》に、反撃《はんげき》の手が何も残っていないということを。

秋人《あきと》は脳裏《のうり》に一人の少女の笑《え》みを浮《う》かべて、唇《くちびる》をきつく噛《か》んだ。

そうしてあっけない幕切れに落胆《らくたん》するかのように、《グランドノート》はぞんざいに白銀の刀を振《ふ》りかぶり──

「──その男《ひと》から、今すぐ離《はな》れて」

声とともに、ソレが来た。

仰向《あおむ》けに倒《たお》れた秋人《あきと》の眼前を通り過ぎる一つの機影《きえい》。

「く──ッ⁉」

咄嗟《とっさ》に一歩退いた《グランドノート》は、それを真っ二つに叩《たた》き斬《き》った。

直後、吹《ふ》き上《あ》がる爆炎《ばくえん》。

しかし、その火焔《かえん》が収まるよりも前に、第二撃《だいにげき》、第三撃《だいさんげき》と続けざまに機影《きえい》が飛来してくる。

それらは内蔵された機関砲《きかんほう》で《グランドノート》を射撃《しゃげき》し、更《さら》に後方へと押し込んでいった。

「……ッ、小賢《こざか》、しい‼」

苛立《いらだ》ちを隠《かく》そうとしない《グランドノート》は弾雨《だんう》をかいくぐると、その二機を斬《き》る。

だが、その時既《すで》に、全ては遅《おそ》かった。

《グランドノート》を囲うように球状に展開された航空ドローンの包囲網《ほういもう》。

全ての銃口《じゅうこう》は《グランドノート》に向けられ、その頭部に照準が合っていた。

立ち込めていた硝煙《しょうえん》が風に流され、星明りが辺りを照らす。

一瞬《いっしゅん》の静寂《せいじゃく》の後。

彼女は、真円の月を背に降り立った。

「――――」

玲奈《れな》も、秋人《あきと》も、そして《グランドノート》も。

その場に居合わせた全ての人間が、その場違《ばちが》いにも美しい白銀の少女に目を奪《うば》われた。

プラチナブロンドの長髪《ちょうはつ》が風に流されふわりと広がる。

指揮通信車から大慌《おおあわ》てで飛んできたのか、ヘルメットどころか、光学ジャミング装置すら付けていない。愛銃《あいじゅう》のライトマシンガンすらもその手中にはなかった。

全く無防備な姿で、しかし、その少女は一瞬《いっしゅん》にして絶体絶命の状況《じょうきょう》を見事なまでにひっくり返した。

その少女の瞼《まぶた》が、ゆっくりと持ち上がる。

現れたのは、海よりも深い色の蒼《あお》の瞳《ひとみ》。

それが静かでありながら苛烈《かれつ》な怒《いか》りの炎《ほのお》に揺《ゆ》れて、そこにあった。

「──どこの誰《だれ》だか知らないけど、その男を傷《ひと》つけた代償《だいしょう》は、きっちり払《はら》ってもらうから」

秋人《あきと》と玲奈《れな》の前に立った、純白のタクティカルスーツに身を包んだ少女。

フィリア・ロードレインは真正面から《グランドノート》と相対する。

対して《グランドノート》は、先ほどの余裕《よゆう》ある佇《たたず》まいからは一転して、肩《かた》で大きく息をつき、腰《こし》の位置が先ほどまでに比べて高くなっていた。

「……プラチナブロンドの髪《かみ》にサファイアの瞳《ひとみ》。厭《いや》な組み合わせだね」

言うと、《グランドノート》はぐっと身を落とす。〈マークエイト〉の切っ先を後方に向け、大きく引き下げた右足の踵《かかと》が上がった。

フィリアの呼吸もまた浅くなる。

そして双方《そうほう》今まさに必中の一撃《いちげき》を繰《く》り出《だ》さんとし──辺りに遠雷《えんらい》のごとき低音が響《ひび》き渡《わた》った。

「な、に、あれ……⁉」

玲奈《れな》が叫《さけ》び、振《ふ》り返《かえ》る。

数秒の後に、《グランドノート》の眼球だけが動き、やがてヘルメットの下から驚《おどろ》きに肺を膨《ふく》らませた音が聞こえてきた。

秋人《あきと》とフィリアが最後に視線を巡《めぐ》らせる。

果たして、そこには西の空からやってくる夥《おびただ》しい量の航空ドローン群が、空に昇《のぼ》る龍《りゅう》のように波打ちながら車列目掛《めが》けて飛来してくるところだった。

「あれは――テレサの自律兵器か！」

秋人《あきと》が言うと、《グランドノート》が短く舌打ちする。

「……ッチ、潮時か」

視線を戻《もど》すと、《グランドノート》がぐっと低く身を屈《かが》めるところだった。

「――」

フィリアは無言のまま目を細めて、鋭《するど》く息を吐《は》いた。

直後、球状に整列した航空ドローンが《グランドノート》目掛《めが》けて斉射《せいしや》する。

それと同時に《グランドノート》が前に出る。

フィリアの反応が一瞬《いっしゅん》遅《おく》れ、包囲網《ほういもう》から放たれた弾幕《だんまく》を縫《ぬ》うように突破《とつぱ》された。あまり仲間の間でも知られていないことだが、フィリアはその卓越《たくえつ》した並列《へいれつ》演算能力を持つ一方で、反射的な判断は苦手としているのだ。

このままでは間に合わない。

「フィリ、ア……ッ！」

秋人《あきと》はがむしゃらに身体を動かして、彼女の前に身を投げ出そうとする。

しかし、それよりも前に秋人《あきと》の身体を追《お》い越《こ》してフィリアの眼前に滑《すべ》り込《こ》む影《かげ》が一つ。

「――〈イヴ〉！」

言葉と同時、斬《き》りかかった《グランドノート》の目の前に、半透明《はんとうめい》の簡易装甲《そうこう》が表出する。装甲《そうこう》を宙に展開したのは、一機の中型ドローンだった。

フィリアの専用機――〈イヴ〉である。

「は――ッ!!」

《グランドノート》が白銀の刀身で簡易装甲《そうこう》に斬《き》りかかった。

半透明《はんとうめい》の分厚い装甲《そうこう》は、熱されたナイフで切られたバターのようにぐにゃりと刀身の侵入《しんにゅう》を許した。

「……っ!」

フィリアが咄嗟《とっさ》に〈イヴ〉を下がらせる。愛機を守ろうとしたのだろう。しかし、それによって彼女の身体が無防備な状態に晒《さら》される。

右脚《みぎきやくぶ》部のスーツのみ強引《ごういん》に駆動《くどう》させた秋人《あきと》は、伸《の》ばした左手でフィリアの肩《かた》を摑《つか》み、倒《たお》れ込《こ》みながらその身を引き寄せる。

「――っ」

プラチナブロンドの前髪《まえがみ》を数ミリ切断しながら、白銀の刀身はすんでのところでフィリアの鼻先を通り過ぎた。

秋人《あきと》はフィリアともつれるようにして倒《たお》れ込《こ》む。

フィリアは首だけ回して振《ふ》り返《かえ》ると、量産型ドローンに追撃《ついげき》の命令を繰《く》り出《だ》した。しかし、そのほとんどが道中に斬《き》りかかった《グランドノート》に撃墜《げきつい》されていき、やがて残すは〈イヴ〉のみとなった。

そのまま《グランドノート》は州間防護壁《ステートボーダー》のパラペットに足を掛《か》け、飛び降りようとする。

「逃《に》がす、かッ！」

秋人《あきと》は左手でフィリアの太腿《ふともも》のホルスターからハンドガンを抜《ぬ》くと、自分のブーツの踵《かかと》にスライドを引っかける。そのまま押し込みコッキング。

そして《グランドノート》の四肢《しし》を目掛《めが》けて引き金を引いた。

振《ふ》り返《かえ》る《グランドノート》。

しかし、先の玲奈《れな》のようにあっさりと〈マークエイト〉で弾《はじ》かれる。

漆黒《しっこく》の敵兵は息を吐《は》くと、秋人《あきと》を見下ろして言った。

「はしゃぐなよ人形。――お前たちは俺たちが必ず回収する。後でいくらでも構ってやるから大人しく待っていろ」

そしてその言葉を最後に、《グランドノート》は州間防護壁《ステートボーダー》の上から飛び降りた。

玲奈《れな》とフィリアが、対空砲《アンチエアー》の並ぶパラペットに駆《か》け寄《よ》る。

遅《おく》れてよろよろと立ち上がった秋人《あきと》は、そのまま呆然《ぼうぜん》と眼下を見下ろした二人に並んだ。

《グランドノート》と思われるジェットキットの軌跡《きせき》が、既《すで》に遥《はる》か遠くで宵闇《よいやみ》に線を描《えが》いている。それは他の敵兵たちと合流すると、襲撃《しゅうげき》を開始したテレサ社のドローン群《スウォーム》と交戦しながた」


ら東へと撤退《てったい》を始めた。

秋人《あきと》は大きく息を吐《は》くと、肩《かた》の力を抜《ぬ》いた。

「助かったよ、フィリア。ありがとう。来てくれてなかったら、今頃《いまごろ》俺《おれ》も玲奈《れな》もやられてい
「……怪我人《けがにん》は大人しくしててって言ったのに。なに無茶してるのよ」

眉《まゆ》を立てて睨《にら》んでくるフィリアに、秋人《あきと》はふ、と笑って左の手のひらを立てる。

「悪かったって。次は気を付けるから」

「そう言う人の〝気を付ける〟は〝気を付けない〟と言っているのと同義よ」

玲奈《れな》は糸の切れた人形のようにその場にへたり込む。

「……あいつら、何者なの。それに、回収って一体……」

そっと呟《つぶや》く玲奈《れな》の言葉に、しかし秋人《あきと》とフィリアは返す言葉を持っていなかった。

代わりに秋人《あきと》は、パラペットにもたれかかりながら言う。

「……車列に合流しよう。幸いテレサの兵器群は連中の方に向かっているけど、いつこっちに追撃《ついげき》しに来るか分からない」

「……そうね。隣《となり》の州から飛んできた機体だろうからバッテリーは残り僅《わず》かだろうけど、数キロ程度なら追いかけるくらいの余力はあるはず」

秋人《あきと》は視線を真下に向け、車列を見た。

ほとんど最後尾《さいこうび》が秋人《あきと》らの真下に位置する南3ゲートに差《さ》し掛《か》かっている。見ればシスティら医《い》療班《りょうはん》が負傷した兵士たちを装甲車《そうこうしゃ》に収容しながら、展開していた部隊の回収を指揮していた。

すると、不意にシスティが顔を上げる。

秋人《あきと》たちと目が合うと、一瞬驚《いっしゅんおどろ》いた顔をして、やがてほっと肩《かた》を下ろすのが見えた。

フィリアが彼女に向かって手を振《ふ》る。

それから振《ふ》り返《かえ》り、言った。

「――オペレーション・バッドランズは完了《かんりょう》した。わたしたちも行こう」

3

コマンドルームのありとあらゆるホロウィンドウに映る戦地の映像。

激しく明滅《めいめつ》を繰《く》り返《かえ》すその光の中で、ランドは憤怒《ふんぬ》に顔を歪《ゆが》めていた。

「クソ……ッ、コイツら、一体どこの誰《だれ》だ！　連中、隊章も付けていなければ、顔まで完全に隠《かく》している。戦術も一定していない。まるで特定を避《さ》けるように世界中の特殊《とくしゅ》部隊の戦術を混ぜて使っているようだ」

そこに、細身の男――リムが息せき切って駆《か》け込《こ》んでくる。

「ランド局長、賊《ぞく》の特定ができました」

その姿にランドは眉《まゆ》をヒクリと動かし、ホロウィンドウを凝視《ぎょうし》したまま口を開いた。

「どこの部隊だ」

「エルメア合衆国・第十三特殊《とくしゅ》作戦コマンド。先ほど交戦したのはその第一特殊《とくしゅ》部隊グループ——通称《つうしょう》、《否認されるべき特殊部隊《ディナイアルズ》》です」

それを耳にしたコマンドルームの職員たちが一斉《いっせい》にざわついた。

当然だ。

エルメア合衆国はテレサ社の二大顧客《こきゃく》の一角。国防に関わる九割はテレサの技術で賄《まかな》われている。

それがテレサ社に歯向かうなどありえない。

「エルメア合衆国が……？　なぜ？」

「テレサに歯向かったらどうなるか理解していないはずないんだが」

「特殊《とくしゅ》作戦コマンドってエルメア陸軍の特殊《とくしゅ》部隊群よね。統括《とうかつ》組織は十二までしかないはずだけど——」

動揺《どうよう》から憶測《おくそく》と不安の声がコマンドルームに溢《あふ》れ返《かえ》る。

すると、手榴弾《しゅりゅうだん》が破裂《はれつ》したかのような爆音《ばくおん》が響《ひび》き渡《わた》った。

「——ッ!?」

辺りが一斉《いっせい》に静まり返り、その視線が音源へと向けられる。

そこには右腕《みぎうで》を振《ふ》り抜《ぬ》いた体勢のまま俯《うつむ》いたランドと、真っ二つに割れたデスクがあった。

「《否認《ディナイアルズ》されるべき特殊部隊》、だと……？」

ランドはゆらりと身体を起こして、リムの肩《かた》に手を置いた。

「痛……っ」

その細い肩にランドの太い五指が食い込む。

「その情報に、間違《まちが》いは、ないか」

「ま、間違《まちが》い、ありません……っ。エルメア国防省内の情報提供者《アセット》から聞き出した情報です。重要度Ａクラスの提供者を五人も使《つか》い潰《つぶ》してまで仕入れました。確実です」

「……エルメアは始める気だ。アルカディアを独占《どくせん》して、世界を手中に収めるための戦争を」

「え――？」

「エルメアには、在るとわかっていてもその存在を絶対に証明することのできない部隊が存在する。国の関与《かんよ》を表には出せないが、武力行動を起こさなければならない時だけに使われる、極秘《ごくひ》中の極秘《ごくひ》部隊。そいつらに付けられた名が《否認《ディナイアルズ》されるべき特殊部隊》」

ランドはリムの肩《かた》から手を離《はな》すと、奥歯《おくば》を強く噛《か》んだ。

「……戦闘《せんとう》の情報から特定できないわけだ。奴《やつ》らの残す痕跡《こんせき》は痕跡《こんせき》に成り得ない。弾丸《だんがん》の施《し》状痕《じょうこん》から銃《じゅう》を特定しても取引履歴《りれき》は第三世界で消失するし、血液からＤＮＡを辿《たど》ってもそもそも特殊《とくしゅ》コマンドの隊員たちは国連の個人情報保護ネット《NPIP》から削除《さくじょ》されていて追跡《ついせき》できない。そういう連中だ」

リムは左肩《ひだりかた》を押さえながらランドに囁《ささや》く。

「仰《おっしゃ》る通り、情報提供者《アセット》から得た情報をもってしても第十三特殊《とくしゅ》コマンドの軍事行動を立証することは現状不可能です。……なので、これはやはり、理事会にエスカレーションして、エルメア大統領行政府に軍事行動の即時《そくじ》停止を直接申し入れるしか――」

「何度も言わせるな」

「――――」

「《死を超越した子供たち《アクセプティ》》を回収できさえすれば全ての問題は解決する」

「しかし、それが未《いま》だ達成できていないのが実情じゃないですか！　州間防護壁《ステートボーダー》だってエルメアの介入《かいにゅう》もあり突破《とっぱ》されましたし、安全保障局が即時《そくじ》展開できる自律兵器群も残り僅《わず》かです」

「お前はいつから俺に口答えできる立場になったんだ？」

リムの眉間《みけん》に、ランドは銃口《じゅうこう》を向けた。

わっ、と職員らが席を立つ。

リムはしかし、震《ふる》える身体をその場に押しとどめてランドを睨《にら》み付《つ》けた。

「防諜局《ぼうちょうきょく》は安全保障局の対極に位置する組織。私の上長は防諜局《ぼうちょうきょく》局長であってあなたではない」

「それなら話の分かる別の奴《やつ》に代わってもらおう」

ギリ、とトリガーに力がかかる。

「わ、私だって諜報員《ちょうほういん》の端《はし》くれだ。記憶変数体《マインドステート》の更新《こうしん》が停止すると同時、あなたが仕掛《しか》けたあ一連のことが理事会に送られるようプログラムが組んである。そのくらいの保険は、かけてある」

「お前の嘘《うそ》は三流だな」

「元防諜局《ぼうちょうきょく》の準軍事工作オフィサー《パラミリ》だったあなたなら分かるはずだ。私の言葉が嘘《うそ》ではないと。その〈ニューラルゲート〉に未《いま》だ感情推察エンジンが不正インストールされたままなのは知っていますよ」

「――――」

「正義を忘れないでください。テレサの意義を忘れないでください。私たちは、力で全てを捻《ね》じ伏《ふ》せる時代に終止符《しゅうしふ》を打つため、集ってできた組織ではありませんか。だからどうか、理事会に報告を」

ランドはじっとリムを見ると、やがて銃口《じゅうこう》を下ろした。

代わりに短く言葉を作る。

「こいつを電磁隔離室《かくりしつ》に入れて拘束《こうそく》しておけ。作戦妨害《ぼうがい》で更迭《こうてつ》する」

「局長……ッ！」

「たしか妨諜局《ぼうちょうきょく》には、量子迷彩《クアンタムステルス》を積んで近代化改修を行ったばかりの、二十メートル級《ギリング》の旧型戦略外骨格《JOINT》があったな。アレを借りるぞ」

リムの両脇《りょうわき》を、職員アンドロイドが捕《と》らえ、後ろ手に拘束具《こうそくぐ》を嵌《は》める。

リムは左右から押さえ込まれながらも足掻《あが》いてランドに向かって叫《さけ》んだ。

「少しは冷静になってください！　今の安全保障局に《死を超越した子供たち《アクセプティ》》を押さえ込む力も《否認されるべき特殊部隊《ディナイアルズ》》を迎《むか》え撃《う》つ力も残されていない！　あなたは消えた神崎《かんざき》局長への劣等感《れっとうかん》でまともな判断ができていないんだ！　人類の在り方そのものを変えるアルカディアしかり、安全保障局の持つ武力のことごとくを凌《しの》ぐ《死を超越した子供たち《アクセプティ》》しかり、世界を変える実績を出し続けたあの人にあなたという人は――」

リムの言葉は、そこまでしか続かなかった。

空薬莢《からやっきょう》がコマンドルームの床《ゆか》を叩《たた》く。

弾丸《だんがん》は、リムの右の太腿《ふともも》を撃《う》ち抜《ぬ》いていた。

「が、ぁああ……ッ！」

ランドはしゃがむと、激痛に悶《もだ》えるリムの顎《あご》に銃口《じゅうこう》を当てた。

「二度とあのクソ野郎《やろう》の名を口にするな」

「……、……っ」

「加えて一つだけ訂正《ていせい》してやろう。正義とは、強者が自己弁護する時に使う言葉だ。あるいは、他者を扇動《せんどう》する時に使う言葉だ。分かるか？　――お前のような雑魚《ざこ》は、〝正義〟なんて大それた言葉を使う格じゃあないんだよ」

ランドは立ち上がると、アンドロイドに向かって連れて行け、と短く呟《つぶや》く。

血の跡《あと》を残しながらリムの身体はどこかへと引《ひ》き摺《ず》られていった。

最後まで痛みに震《ふる》えながらランドを糾弾《きゅうだん》していたその声は、やがて遠くへと消えていく。

呆然《ぼうぜん》と立《た》ち尽《つ》くす職員たちをランドは睥睨《へいげい》した。

「防諜局《ぼうちょうきょく》兵器科学研究部に連絡《れんらく》を入れろ！　二十メートル《ギリング》級の戦略外骨格《JOINT》を借り受けるとな！」

はっと我に返った職員たちは、慌《あわ》てて自分の仕事に戻《もど》った。

州間防護壁《ステートボーダー》を突破《とつぱ》してから二時間。

秋人《あきと》らは、州間防護壁《ステートボーダー》・南3ゲートから五十キロメートル南下した場所で車列を止めた。

そこは荒野《こうや》に設置されたEVステーションで、小規模な商業施設《しせつ》が併設《へいせつ》されている小さな街のような場所だった。

流線形や円形が多用された近未来的なデザインの建築物がいかにも最先端《さいせんたん》技術の頂点を極《きわ》めていた嶺京人《れいきようじん》の街、といった風貌《ふうぼう》である。しかし、ステーションはかなり前に廃棄《はいき》されていたようで、嶺京《れいきよう》やジオシティ・イオタと同様、風化が激しく、物悲しい雰囲気《ふんいき》に包まれていた。

今回の停車の目的は、重傷者《じゆうしようしや》の治療《ちりよう》と車輛《しやりよう》の緊急《きんきゆう》メンテナンスである。

先の戦闘《せんとう》では幸い怪我人《けがにん》のみで、戦死者はいなかった。しかし、瀕死《ひんし》の重傷を負った者も少なくなく、悪路を移動しながらの治療《ちりよう》が難しいとの判断が医療班《いりようはん》より下りた。

また、車輛《しやりよう》の方も無事ではなかった。自動化されたダメージコントロールにより、被弾《ひだん》した車輛《しやりよう》の消火活動や予備電力への切替《きりかえ》作業などは移動中に終えていたのだが、それらはあくまで応急処置にすぎない。正確な被害状況《ひがいじようきよう》の把握《はあく》が必要であったし、何よりも復旧作業を必要としていた。

いつ追撃《ついげき》されるとも知れない。

一時間後、十分後、いや、次の瞬間《しゆんかん》にも情報統括《とうかつ》本部の索敵網《さくてきもう》に敵兵の信号を捉《とら》えるかも分からない。

しかし、それでも今ここで手を打たなければ目的の第七プラントに辿《たど》り着《つ》くことそのものが難しくなるため、苦渋《くじゆう》の決断であった。

そして、秋人《あきと》ら迎撃班《げいげきはん》はまず、傷ついた全身に鞭《むち》打《う》って、その廃棄《はいき》されたEVステーションの安全確保を行っていた。

『西棟《とう》、クリア』

『こちらデルタ3《スリー》、東棟《とう》クリアです』

『南棟《とう》もクリア』

あちらこちら割れているガラス張りの廊下《ろうか》を歩いていた秋人《あきと》の脳内に、迎撃班《げいげきはん》の各部隊から通信が入ってくる。

秋人《あきと》が直接率いるライガー隊の目標は、ＥＶステーションの北棟《とう》三階の制圧だった。

秋人《あきと》は目的の扉《とびら》の前で握《にぎ》った左の拳《こぶし》を掲《かか》げて、後続の部隊のメンバー五人に停止指示を出す。

そこが北棟《とう》のうち、安全の確認《かくにん》ができていない最後の部屋だった。

『こちらライガー1《ワン》、了解《りょうかい》。チーム・アッシュ、デルタ、ドラセナは各地点で周囲警戒《けいかい》の上、次の指示まで待機』

『『『了解《りょうかい》』』』

秋人《あきと》は視線を前に向けたまま、眼前の扉《とびら》を突破《とっぱ》するためハンドサインを部隊に送る。

それを見た隊員の三人が秋人《あきと》と挟《はさ》み込《こ》む形で扉《とびら》の反対側へと音もなく移動する。残り二人は秋人《あきと》の後ろにぴったりと張り付いた。

扉《とびら》を挟《はさ》んで秋人《あきと》の正面に立つ金髪《きんぱつ》の兵士――玲奈《れな》が短く頷《うなず》く。

秋人《あきと》も顎《あご》を引くと、傷の痛みをこらえながら拳《こぶし》をＬ字に動かした。

『突破《ブリーチ》しろ』

「フッ――！」

玲奈《れな》がスーツに強化された脚《あし》で扉《とびら》を蹴《け》り抜《ぬ》く。

金属製の薄《うす》い扉《とびら》がひしゃげて内側に吹《ふ》き飛《と》ぶのと同時、秋人《あきと》を先頭に室内に入り込んだ。足音が重なる。銃口《じゆうこう》を次々に死角だった場所へと向ける布擦《きぬず》れの音が続いた。

そこはただの事務所だった。

しかし、内部は荒《あ》らされており、ガラスの破片《はへん》や割れた調度品が折り重なっている。このステーションはどうやら大戦中に戦火に巻き込まれたまま忘れ去られた場所らしい。

足元には、旧式の自律兵器の残骸《ざんがい》が数台転がっていた。いつかジオシティ・イオタでも見た四足歩行型の陸戦自律兵器《UGV》だ。四肢《しし》は欠損し、ボディは赤錆《あかさび》に覆《おお》われている。

秋人《あきと》はそれら自律兵器の残骸《ざんがい》へと銃口《じゆうこう》を向けた。

『制圧《コントロール》する』

短く呟《つぶや》き、パワーユニットに二発ずつ弾丸《だんがん》を撃《う》ち込《こ》んでいく。

他の隊員たちもまた、別の自律兵器の亡骸《なきがら》に向けて発砲《はつぽう》した。密閉された部屋に銃声《じゆうせい》の爆《ばく》音《おん》が鳴《な》り響《ひび》き、中音域の音の塊《かたまり》が耳朶《じだ》を激しく揺《ゆ》らす。やがて訪《おとず》れた静寂《せいじゃく》の中で、真鍮《しんちゆう》製《せい》の空薬莢《からやつきよう》が床《ゆか》を転がる音だけが残った。

『クリア』

『左の小部屋もクリア』

『クリアです』

硝煙《しようえん》が立ち込める中、ファイアセレクターを安全状態《セーフ》に入れてトリガーをロックする。

秋人《あきと》は部屋を見回して安全を肉眼で確認《かくにん》すると、事務所のブラインドを引きちぎるようにして外した。

それから顔を出して眼下の車列を見下ろす。

その先には指揮通信車のハッチから顔を出した副部長のキリが、前髪《まえがみ》を風に揺《ゆ》らして辺りに視線を巡《めぐ》らせていた。

『迎撃班《げいげきはん》より情報統括《とうかつ》本部。ＥＶステーションの制圧完了《かんりょう》』

秋人《あきと》が声を通信に乗せると、その顔が北棟《とう》へと向く。

『本部了解《りょうかい》。ご苦労様です。迎撃班《げいげきはん》はそのまま周囲警戒《けいかい》をお願いします。一之瀬《いちのせ》さんと天代《あましろ》さんは指揮通信車に戻《もど》ってきてください』

『了解《りょうかい》』

秋人《あきと》は頷《うなず》いて、振《ふ》り返《かえ》った。

「ってことで、悪いけど後のことは任せた」

隊員たちはニカリと笑い、親指を立てる。

「全然いいっすよ少尉《しょうい》。代わりに肉系の野戦食を回してくれれば文句ナシです」

「そこら辺は食料調達班班長の玲奈《れな》次第《しだい》だな」

秋人《あきと》の言葉に玲奈《れな》は短く肩《かた》を竦《すく》めた。

「在庫が残ってたらね」

いつもなら元気の有り余っている彼女らしからぬ素っ気ない様子に秋人《あきと》は首を傾《かし》げる。

しかし、秋人《あきと》は一旦《いったん》そのことは頭の隅《すみ》に追いやると、部隊の仲間たちとハイタッチ《ハイファイフ》して北棟《とう》を後にした。

「ぶっちゃけ、かなりマジぃわ」

指揮通信車に委員会と情報統括《とうかつ》本部のメンバーというういつもの顔ぶれが集まるなり、第一声。

整備班班長の遼太郎《りょうたろう》は、珍《めずら》しく表情を歪《ゆが》めてそう言った。

「マズいって、どうマズいの？　具体的に言ってくんないと分かんないんだけど」

システィがいつもの調子で噛《か》みつき、遼太郎《りょうたろう》が舌打ちを交えて言葉を繋《つな》ぐ。

「野戦発電車が全部逝《い》っちまったんだよ」

「うそ――」

システィが目を見開き、その隣《となり》に立つフィリアは難しい顔をする。

野戦発電車は、安全装置《セーフティー》付きの小型原子炉《げんしろ》を積載《せきさい》した軍用の移動型発電所である。現代の兵装のほとんどが電力によって駆動《くどう》するため、戦線の生命線とも言える。

秋人《あきと》は顎《あご》に手を当てて呻《うめ》いた。

「……それは相当に、ヤバいな。野戦発電車が無いとなると、本格的な交戦はおろか、第七プラントまでの移動も怪《あや》しくなる」

「おまけにイージス戦車もオペレーション・バッドランズの初手で全数大破してやがる。整備班で持ってきた予備パーツでも、イージス戦車みてえに複雑な機構は直せなかった。次、襲《しゅう》撃《げき》されたら、正直ひとたまりもねえ」

「車載《しゃさい》バッテリーだけじゃ足りないのか」

秋人《あきと》が訊《たず》ねると、フィリアは首を横に振《ふ》った。

「最小駆《く》動《どう》でも動けてあと二百キロ。第七プラントまで軽く百キロは足りないわ」

「このＥＶステーションからの充電《じゅうでん》は？」

「試《ため》してみたけど、ここの発電装置は死んでいたわ。修理できるなら話は変わるけど――」

フィリアはチラリと遼太郎《りょうたろう》に視線を送るが、整備班班長はブンブンと首を横に振《ふ》った。

「馬鹿言ってンじゃねえよ。んなノウハウもパーツもねえって。そもそも、んなことしている暇《ひま》もねえよ。こっちは残り三百キロ耐《た》えられるように車輛《しゃりょう》を全力で整備してンだ」

重い沈黙《ちんもく》が広がる。

「仮に、仮にだけど――」

そんな中、秋人《あきと》は再び口を開いた。

「兵員の輸送車以外の車輛《しゃりょう》を全部捨てて、その分の電力を移すとしたら、どうだ？」

「それは――」

フィリアは言葉を切り、しかし視線を虚空《こくう》へ走らせる。

対してシスティはギロリと秋人《あきと》を睨《にら》んできた。

「《血も無き兵《ブラッドノート》》、自分が何を言ってんのか分かってんの？　輸送車以外って言ったら――」

「分かってる。弾薬《だんやく》輸送車、食料保管車。あと、大飯喰《おおめしぐ》らいの指揮通信車も――全部だ」

「そんなことしたら、本当にひとたまりないじゃん！」

「この荒野《こうや》で襲撃《しゅうげき》される前に、第七プラントに辿《たど》り着《つ》けばいい」

「……計算、終わったわ」

秋人《あきと》とシスティに割って入るように、フィリアが声を上げる。

虚空《こくう》から焦点《しょうてん》を戻《もど》した彼女は、気乗りしない顔で重く言った。

「整備班が修理対象にしている車輌《しゃりょう》が全数直った前提で、兵員輸送車に絞《しぼ》った場合――ここから三百四キロ先でバッテリーが尽《つ》きる。対して、第七プラントの位置はここから実測の移動距離《きょり》で二百九十七キロ。ギリギリだけど、足りるわ」

でも、とフィリアは繋《つな》いだ。

「システィの言う通り、敵の襲撃《しゅうげき》に対して、継戦能力《けいせんのうりょく》を失うことになる。各自が装備した歩兵装備だけが頼《たよ》り」

「……それしか方法がねぇンなら、やるっきゃねぇだろ」

低い声で遼太郎《りょうたろう》が言う。

秋人《あきと》は続けた。

「俺だって無謀《むぼう》なのは百も承知だ。もっと良い方法があれば、勿論《もちろん》そうしたい。でも――」

もう、他に手段は残されてないだろ？

言外に訊《たず》ねた秋人《あきと》に、一同は渋《しぶ》い顔で頷《うなず》いた。

フィリアは息を吐《は》く。

「……そうね。時間も残されていない。秋人《あきと》の案でいきましょう」

了解《りょうかい》、と低い声が重なった。

やれやれ、と沈《しず》んだ気持ちで各自がそれぞれの持ち場に戻《もど》ろうとする。

そこに、フィリアは言葉を投げた。

「待って。もう一つ、懸案《けんあん》があるの」

両手を頭上に上げて伸《の》びをしていたシスティが首を傾《かし》げる。

「もう一つ？　何かあったっけ？」

「さっき、わたしたちを襲撃《しゅうげき》してきた黒ヘルメットの人間の兵士たちのことよ」

「――――」

フィリアの言葉に、弛《し》緩《かん》しかけていた空気が一気に引《ひ》き締《し》まった。

決して忘れていたわけではない。

それでも、フィリアを除くこの場にいる全員が無意識に考えないようにしていたのだ。

未知のものは怖《こわ》い。そして、怖《こわ》いことは考えたくない。

その流れからの思考停止である。

「テレサの隠《かく》し玉《だま》かなんかじゃねえのか」

遼太郎《りょうたろう》の言葉に、フィリアは首を横に振《ふ》った。

「わたしたちが州間防護壁《ステートボーダー》に接近した時、誰《だれ》かが防護壁《ぼうごへき》の対地対空システムにクラッキングを仕掛《しか》けていた。わたしたちを確実に爆撃《ばくげき》して、かつ安全に兵士たちが降下できるように」

「それが黒ヘルメットの連中の仕業だって証拠《しょうこ》にはならねえだろ」

「それだけじゃないわ。黒ヘルメットの兵士たちは、最後にテレサの自律兵器群《スウォーム》と交戦していた。——奴《やつ》らは、新手よ。わたしたちを襲《おそ》う、テレサとは別の敵」

その場にいる全員が息を詰《つ》めて、喉《のど》を鳴らした。

「数はおよそ六百人。兵装のレベルは、弾種《だんしゅ》が五・五六ミリだったり、タクティカルスーツがモジュール型じゃなくて一体型だったりとわたしたちの兵装に比べてかなり旧式だったけど——少なくともテレサの防空網《ぼうくうもう》を潜《くぐ》り抜《ぬ》けるだけの力を持っているわ」

「それだけじゃない」

秋人《あきと》が口を開くと、視線が一斉《いっせい》に集まる。

秋人《あきと》は少し緊張《きんちょう》して、言葉を繋《つな》いだ。

「奴《やつ》らの練度は凄《すさ》まじいものがある。特に、死なない戦術——いや、仲間を死なせない戦術が高度に練られていた。個々の戦闘《せんとう》スキルだけで付いていけなくはない感じだったけど、連携《れんけい》という面で見れば、完敗だ」

「個の戦闘《せんとう》スキルでも、一人だけ異様な兵が一人いた」

フィリアは言って、ちらりと秋人《あきと》と玲奈《れな》を見る。

「オペレーション・バッドランズで初めて指定した高脅威目標《ハイバリユーターゲツト》――刀使いの兵士《グランドノート》」

二人が何も言わないのを見て、フィリアは言葉を続けた。

遼太郎《りようたろう》は首をゴキリと鳴らして呟《つぶや》く。

「俺は直接見てねえけど……何か相当ヤベエ奴《やつ》だったらしいな。話を聞く限りじゃあ、秋人《あきと》が正面から押《お》し負《ま》けたらしいじゃねえか」

「ああ……」

秋人《あきと》は唸《うな》るように返事をして、押《お》し黙《だま》った。

敵兵全てを見たわけではないが、あの男の戦闘《せんとう》能力だけは常軌《じようき》を逸《いつ》して卓越《たくえつ》していた。

速さ、出力、そして戦闘的《せんとうてき》な勘《かん》――。

一つ一つを切り取ってみても、何一つとして秋人《あきと》が勝てる要素はなかった。

玲奈《れな》、フィリア、そして他の仲間の助けがなければ、一瞬《いつしゆん》でやられていただろう。

秋人《あきと》はギリ、と奥歯《おくば》を嚙《か》んだ。

悔《くや》しかった。ただただ、力が及《およ》ばなかったことが悔《くや》しかった。

これまで、嶺京《れいきょう》で戦ってきた三年間で秋人《あきと》と力が拮抗《きっこう》した敵は、フィリアくらいだった。

そのフィリアにも何度も殺され、何度も複体再生《リスポーン》させられたが、秋人《あきと》を圧倒《あっとう》したかと言われれば、否だ。

それがここに来て、自分一人の力では手も足も出ない人間が現れた。

自身の慢心《まんしん》を咎《とが》められたような気分だ。

さっきは命からがら逃《に》げだせたが、次は分からない。

そして、今はもう、スキルが足りないからキルされちゃいました、だけでは終わらないのだ。

力不足で負けたら、それは即《すなわ》ち仲間の死を意味するのだから。

「……あいつら、大人の兵士ってことだよね。アルカディアのない、この世界のさ」

不意にシスティが呟《つぶや》いた。

「そうね、そうなるわね」

「何が目的なんだろう。アルカディアが無いんだから、当然運が悪ければ死んじゃうのも分かってるはずだよね。……それなのに戦うって、私にはちょっと想像できないなって思った」

州間防護壁《ステートボーダー》の上で、玲奈《れな》も言っていたことだ。

フィリアは呻《うめ》くように言った。

「《グランドノート》は言っていたわ。わたしたちの、回収が目的だって」

「……回収？　どうして……一体、何のために」

「そこまでは分からないわ」

フィリアは首を横に振《ふ》った。

同じ場所で《グランドノート》の言葉を聞いていた秋人《あきと》は言う。

「記憶変数体《マインドステート》を寄こせ——あの刀使いはそう言っていた」

「記憶変数体《マインドステート》だって……？」

遼太郎《りょうたろう》が意味が分からないと言うように首を振《ふ》った。

「思えばテレサも、目的は俺たちの制圧というより何かの奪取《だっしゅ》を伺《うかが》っているようにも見えた。自爆《じばく》ドローンの数も少なかったし、何よりも致命弾《ちめいだん》の発砲率《はっぽうりつ》が低かった。……もしかしたらテレサも黒ヘルメットの連中と同じように、俺たちの記憶変数体《マインドステート》を回収しようとしているのかもしれない」

「テレサの連中が俺たちを回収しようとすンのはまあ……ムカつく話だが、テレサにとって俺達は実験に使っていた道具だからまだ分かるぜ。——でも、黒ヘルメットの連中までもが俺たちを回収しようとするのはまるで分かンねえ」

遼太郎《りょうたろう》の言葉に、他の隊員たちが同意するように頷《うなず》く。

「……今は情報が少なすぎる。全てが憶測《おくそく》になってしまうわ。——でも、テレサも黒ヘルメットの部隊もわたしたちを回収することが目的なのであれば——まだ立ち回りのしようもある」

「……それは奴《やつ》らが〝生きた状態の〟俺たちが必要な時だけだろうが。野郎《やろう》どもの殺気の感じからして、生死問わずってふうにも見えたけどな。脳が死んでも、〈ニューラルゲート〉は機能し続ける。当然、中のデータも消えることはねえ。記憶変数体《マインドステート》の回収だけなら、俺たちは生きていても死んでいても関係ねえはずだ」

遼太郎《りょうたろう》の言葉に、うっ、と空気が強張《こわば》る。

秋人《あきと》は溜息《ためいき》交じりに言った。

「とにかくテレサにも、黒ヘルメットの連中にも捕《つか》まる前に、第七プラントに辿《たど》り着《つ》けばいい。そうすれば、今動けない連中も動けるようになるから、反撃《はんげき》のチャンスもできる」

秋人《あきと》の言葉を最後に、その場は解散となった。

玲奈《れな》は一人、乾《かわ》いた丸太の上に腰掛《こしか》けて、むすっとした顔で肉を頬張《ほおば》っていた。

視線の先にいるのは秋人《あきと》。

秋人《あきと》は今、迎撃班《げいげきはん》と情報統括《とうかつ》本部の面々と集まって、次の移動時のポジションやローテーションのスケジュールを組んでいるところだった。負傷者やエラー517の発症《はっしょう》により状況は常《じょうきょう》に変わっている。それに車列は全体で実に五キロにも及《およ》ぶ。そのため迎撃《げいげき》や哨戒《しょうかい》のためにもローテーションを組むのが重要になってくるのだ。

そして例によって、それぞれの長である秋人《あきと》とフィリアは隣《となり》に並んでいる。

玲奈《れな》がひたすら分厚い肉を食べまくっているのは無理からぬことだろう。

そこに遼太郎《りょうたろう》が歩いてくる。

「オイ玲奈《れな》、すんげえ眉間《みけん》に皺《しわ》寄ってんぞ」

「……うっさい」

玲奈《れな》は盛大《せいだい》に溜息《ためいき》をついた。

それから遼太郎《りょうたろう》を睨《にら》みあげる。

「冷やかしなら間に合ってるんだけど」

そんな玲奈《れな》を見て、遼太郎《りょうたろう》は頭を掻《か》く。

「いい加減諦《あきら》めろよ」

「何を」

「……わざわざ言わせンなよ」

思い出す。

いつかの夜、秋人《あきと》に言った自分の言葉を。

――欲しいものは欲しいときに掴《つか》みに行かないと手に入らないものなんだよ。

玲奈《れな》は手元のメロンソーダの缶《かん》を呷《あお》って口元を拭《ぬぐ》った。

「絶対に諦《あきら》めない」

遼太郎《りょうたろう》はそんな玲奈《れな》を見て嘆息《たんそく》すると、腰《こし》に手を当てた。

「そんで玲奈《れな》はどうしたいんだよ」

「私は――」

玲奈《れな》は息を吸った。

「――私は、昔みたいに三人でずっと一緒にいたい。アキはパティオ時代のことをすっかり忘れちゃってる。……きっとそれで変わっちゃったんだよ。だから、私はアキに思い出してほしいんだ」

するとと遼太郎《りょうたろう》は興味なさそうな顔で適当に相槌《あいづち》を打った。

「ちょっと聞いてる？」

「聞いてる。んなことしても無駄《むだ》だと思うぜー」

「やってみないと分からないじゃん」

「へいへい」

「っていうかリョウも何か案出してよ」

遼太郎《りょうたろう》は大変面倒《めんどう》くさそうな顔をしてから言った。

「パティオ時代を思い出させるんなら、そん時のことを再現すんのがいいンじゃねえの？」

「ほうほう、珍《めずら》しく遼太郎《りょうたろう》にしては良さげな意見じゃん。――それでそれで？」

「おめえぶん殴《なぐ》るぞ……。だから昔の呼び方とか格好とか――よく分かンねえけど、そういうのを再現してみればいいンじゃねえの？　――知らねえけど」

最後に保険を張ってくるあたりムカつくが、割といい案なので採用することにする。

「よし、じゃあさっそく試《ため》してみますか」

「せーぜー頑張《がんば》ってくれ」

「何言ってんの。リョウも手伝ってよ」

「はあ？　なんで俺がそんなこと」

「ねえ、お願い。アキのこと呼んできてくれない？　この借りはいつかちゃんと返すからさ」

「しょうがねェなぁ……。……ったく、こっちの気も知らねえで」

呟《つぶや》いた遼太郎《りょうたろう》の言葉が聞き取れず、玲奈《れな》は首を捻《ひね》る。

「いま何か言った？」

「……、何も言ってねェよ！」


秋人《あきと》は車列から少し離《はな》れた場所で一人、星空を見上げていた。

第七プラントまでの道程で最後の食事を終えた仲間たちは、普段《ふだん》であればトランプゲームひとつでバカ騒《さわ》ぎしているところだが、今だけは静かに思い思いの時間を過ごしていた。

友人と静かに火を囲う者、恋人《こいびと》との時間を過ごす者、愛銃《あいじゅう》の手入れをする者に、一人になって自分の心の形を確かめる者——。

誰《だれ》もが首元に感じている死の予感に、それぞれのやり方で向き合おうとしていた。

そうした中、秋人《あきと》は遼太郎《りょうたろう》に呼び出されてここに来ていた。

しかし、待ち合わせの時間になってもあの腐《くさ》れ縁《えん》の赤髪男《せきはつおとこ》の姿が現れる気配が一向にない。

——と、その時だった。

背後で砂利《じゃり》を踏《ふ》む音が聞こえたのは。

「一之瀬《いちのせ》くん」

「うわ……っ！　玲奈《れな》か、びっくりした……。なあ、遼太郎《りょうたろう》って見なかったか？　俺、あいつに呼び出されて待っていたんだけど、来なくて」

「あ、あれね、リョウは急用ができたから無理って言ってて、それを伝えに来たんだ」

「ふうん……？　あ、ありがとう」

釈然《しゃくぜん》としないものを感じるが、ひとまず納得《なっとく》しておく。

それよりも気になることがあった。

玲奈《れな》の髪型《かみがた》が三つ編みになっていたのだ。

「玲奈《れな》、珍《めずら》しい髪型《かみがた》してる、な」

「おっ、気付いた？　気付いちゃった？　女の子の変化に気が付くとはアキ……一之瀬《いちのせ》くんにしては珍《めずら》しい」

秋人《あきと》は訝《いぶか》しんだ。

「……なんかさっきから呼び方、ヘンじゃないか？」

「べ、べっつにー。私はいつも通りだよ？」

玲奈《れな》が声を裏返らせて、目を泳がせる。

「んー……？　……極《きわ》めて怪《あや》しいぞ玲奈《れな》」

秋人《あきと》は玲奈《れな》に近寄り、額に手をやる。

「ちょっ、いきなりなに……!?」

「いや……熱でもあるのかと……」

スーツの先端《せんたん》の素子で温度を測る。三十五度三分。うん、いつもながらの低体温だ。

玲奈《れな》は顔を真っ赤にして飛《と》び退《すさ》った。

「べべべ、べつに熱なんてないし！　っていうかいきなり距離《きより》詰《つ》めてくるとか反則！」

「それを玲奈《れな》が言うのか……」

「私からはいいけど、アキからはダメなの！」

「あ、呼び方戻《もど》った」

「うぐ……っ、ま、間違《まちが》えた！　一之瀬《いちのせ》くん！」

秋人《あきと》は嘆息《たんそく》した。玲奈《れな》がこうなった心当たりが全くない。

玲奈《れな》が肩《かた》にのっかった三つ編みを無造作に払《はら》う。

その仕草に、秋人《あきと》はふと過去の光景を思い出した。

昔――パティオにいた頃《ころ》、確か玲奈《れな》はずっと髪《かみ》を編んでいた――

「そう言えば、その髪型《かみがた》、懐《なつ》かしいな」

すると、玲奈《れな》は俯《うつむ》いていた顔をぱっと上げて、花咲《さ》くように笑顔《えがお》に変えた。

「ほんと⁉　思い出した⁉」

「あ、ああ……今の今まで忘れてたけど、昔はよくその髪型《かみがた》をしてたよな。――って、うん？　〝思い出した⁉〟ってどういうことだ？」

「あ――」

玲奈《れな》が再度口を噤《つぐ》む。

秋人《あきと》は玲奈《れな》との距離《きょり》を更《さら》に詰《つ》めた。

「そう言えば、最初はそんな呼び方をされていたような……玲奈《れな》、一体何を企《たくら》んでいるんだ？」

「いやー……あはは。別になにも」

思えば、今日は化粧《けしょう》も大人しい気がする。ナチュラルメイクというやつだろうか。

そう、丁度、嶺京《れいきょう》戦線に配属される前の彼女のように。

「思い出したって言ったよな。思い出す？　何かあったか？　俺が忘れてる、こ、と――」

そこで思い出す。

玲奈《れな》が数日前に言っていたことを。

――まさか、あの日のこと覚えてないの？

秋人《あきと》ははっと目を見開いて、それから玲奈《れな》を見た。

玲奈《れな》は気まずそうに視線を逸《そ》らす。

「なあ、玲奈《れな》。あの時聞けなかったけどさ、……俺、何を忘れてるんだ？」

秋人《あきと》はぞっとした。

船の全てのパーツを入《い》れ替《か》えたら、それは同じ船と言えるのか。

その思考実験と同じだ。

全身の細胞《さいぼう》が入《い》れ替《か》わったら？　サイボーグ化したら？　――複体再生《リスポーン》したら？

秋人《あきと》にとってその答えは、〝同じ人間〟である、だ。

そう言いたい。そうでなければ、何度も複体再生《リスポーン》を繰《く》り返《かえ》した秋人《あきと》たちは再生する都度、別人であるということになってしまう。そうは思いたくない。そう考えたくない。

だから、そう言いたい。言いたいのだ。

それは最早《もはや》、感情論に近い願いだった。

しかし、もしその論拠《ろんきょ》を〝同系の記憶変数体《マインドステート》を持っているから〟に求めるのであれば。

記憶《きおく》を一部でも失った自分は、果たして同じ一之瀬《いちのせ》秋人《あきと》であると言えるのだろうか――？

玲奈《れな》はふい、と目を逸《そ》らした。

「…………やだ、言いたくない」

「おい玲奈《れな》、それはないだろ――」

秋人《あきと》は焦《あせ》りを覚えて近寄る。

すると、玲奈《れな》は顔を歪《ゆが》めた。

「言いたくないってばっ！」

「――――」

玲奈《れな》の目尻《めじり》には涙《なみだ》が浮《う》かんでいた。

玲奈《れな》は鼻をすすって、目元を拭《ぬぐ》った。

「……なんで忘れちゃうの。なんで私だけ覚えてるの。――昔のことは、もうどうでもいいの
……!?」

「そんなこと――」

ない。

そう言いかけて、口を噤《つぐ》んだ。

玲奈《れな》が両手で秋人《あきと》の胸元《むなもと》を掴《つか》んだまま涙《なみだ》を流していたからだ。

秋人《あきと》は言い訳のように言葉を並べる。

「……悪い。俺、他のみんなよりもデスした回数多くて――その影響《えいきょう》で多分、記憶変数体《マインドステート》の破損が激しいんだよ」

「……私だって記憶変数体《マインドステート》の破損がないわけじゃない。これでも最前線に出ずっぱりだったエルメアの第一小隊にずっといたんだよ。キル数もデス数も上位三パーセントに入ってる。それだけ記憶転写《オーバーライト》の回数だって多かった。――だけど、覚えてる」

「――――」

「どれだけ想《おも》いが強いかだよ、どれだけ忘れたくないって思ってるかの違《ちが》いだよ。記憶変数体《マインドステート》の破損を実感していない兵士なんていない。エラー517と違《ちが》って目には見えないし、進行具合だって分からない。みんな口に出さないだけで怖《こわ》がってる。だからこそ思うの、願うの。これだけは忘れたくない、いって」

「玲奈《れな》――」

「……アキは《致死の蒼《リーサルブルー》》といるのが一番なんでしょ。〝今〟があれば何もいらないんでしょ。だから簡単に忘れちゃうし、アルカディアだって簡単に壊《こわ》せたんでしょ！」

玲奈《れな》ははっと口を噤《つぐ》む。

「……っ、私――」

しかし、秋人《あきと》は動けなかった。

自分が今、どんな表情をしているのかも分からなかった。

「……ごめん」

玲奈《れな》はそう短く呟《つぶや》き、秋人《あきと》の横をすり抜《ぬ》ける。

「――っ！　玲奈《れな》!!」

手を伸《の》ばす。

しかしその手は玲奈《れな》には届かなかった。

玲奈《れな》と言い合ってから早三日。

いや、四日目に突入《とつにゅう》している。

あれから玲奈《れな》とちゃんと言葉を交《か》わしていない。

声をかけようとしても、見事に避《さ》けられているのだ。

委員会で顔を合わせることもある。しかし、視線は絶対に合わせてくれない。

個別回線で話そうとしても、ブロックされているのかものの見事にすべて繋《つな》がらない。

切り立った断層に挟《はさ》まれた細い道の中、五台先の装甲車《そうこうしゃ》の上部に玲奈《れな》の姿がある。

スマートコンタクトレンズの倍率を上げても、そこには彼女の曇《くも》った横顔が映るのみ。

同じく装甲車《そうこうしゃ》の上で胡坐《あぐら》をかいた秋人《あきと》は、風の中で深く溜息《ためいき》をついた。

すると、秋人《あきと》の隣《となり》で互《たが》いのタクティカルスーツを有線接続していたフィリアが、顔を上げるなり、その端正《たんせい》な眉《まゆ》を寄せる。

「……また溜息《ためいき》。そんなについていたら酸欠で死ぬわよ」

「アホ。そんなんで死ぬか」

「どうだか。《血も無き兵《ブラッドノート》》って言うくらいだから、ヘモグロビン足りてなさそうだし」

「何かいつもよりキツくないですかフィリアさん……？」

「気のせいよ」

言いながらフィリアは視線を虚空《こくう》へと戻《もど》す。

現在、漆黒《しっこく》のスーツに覆《おお》われた秋人《あきと》の右腕《みぎうで》からは無数のケーブルが伸《の》びていた。その右腕《みぎうで》が、時折秋人《あきと》の意志とは関係なく動く。

本格的に思い通りに動かせなくなった右腕《みぎうで》をどうにかして使うため、フィリアに頼《たの》んでタクティカルスーツの外部コントロール用のプログラムを作ってもらっているのだ。

州間防護壁《ステートボーダー》上では秋人《あきと》の適当極《きわ》まるコードで無理やり動かしていたが、あの時は手の中からゼロクロが離《はな》れただけで修正不可能なエラーを吐《は》いて使い物にならなくなってしまった。

今度は電子戦のプロであるフィリアにちゃんとプログラミングしてもらうことで、最悪戦闘《せんとう》になっても一戦くらいは参加できるようにしておきたいという腹積もりである。

そうこうしていると、不意にフィリアにポンと肩《かた》を叩《たた》かれる。

「――これでよし。終わったわ」

「ありがとう。……助かるよ」

秋人《あきと》は右腕《みぎうで》からケーブルの束を掴《つか》んで引《ひ》き抜《ぬ》く。

眼前に〝新規の反動制御《せいぎょ》プログラムがあります〟とメッセージがポップアップし、ＵＩに案内されるままにフィリアお手製のプログラムをインストールした。タクティカルスーツの性質上、あくまで反動制御用《せいぎょよう》のプログラムという区分のようだ。

インストールが終わるなり、手のひらを閉じたり開いたりしてみる。骨ではなく皮から力が伝わって肉体を操《あやつ》る形になるため違和感《いわかん》はかなりあるが、動作は極《きわ》めて滑《なめ》らかだ。そこら辺は彼女だからこそできる芸当だろう。

「どう……？」

少しだけ不安そうな顔でフィリアが覗《のぞ》き込《こ》んでくる。

「完璧《かんぺき》だよ。流石《さすが》フィリアだ」

言うと、フィリアはほっと肩《かた》から力を抜《ぬ》いて表情を緩《ゆる》めた。

しかし、それもすぐにいつもの硬《かた》いものへと変わる。

否――むしろ、普段《ふだん》の三割増しで険しい表情をする。

秋人《あきと》はうっ、と呻《うめ》いてたじろいだ。

「……ねえ、秋人《あきと》。《九ミリの令嬢《ミズ・ナイン》》と喧嘩《けんか》したの？」

「………………別に」

思いがけない台詞《せりふ》がフィリアの口から飛び出してきて、秋人《あきと》は思わずケーブルを片付けていた手を止めてしまった。

どうにも上手《うま》く答えられず、目が勝手に泳ぐ。

「……どうでもいいけど早く仲直りしてよね。作戦にも支障が出るわ」

「…………そう、だな」

――なんて。

甲斐性《かいしょう》ゼロの返しを連発していると。

その時、辺りが真っ白な光に包まれた。

深夜の真《ま》っ只中《ただなか》にも関わらず、まるで昼間のような明るさだ。

車列が細い断層の隙間《すきま》を抜《ぬ》け、一気に景色が開けた。

「わ――」

隣《となり》でフィリアが思わずといった様子で感嘆《かんたん》の声を漏《も》らす。

宵《よい》の荒野《こうや》に瞬《また》く鋼鉄の星雲――。

そう表現するのは大げさかもしれないが、しかし眼前に広がった景色は、嶺京《れいきょう》という超《ちょう》高層ビル群の立ち並ぶ摩天楼《まてんろう》しか知らない秋人《あきと》たちにとって、そのくらい衝撃的《しょうげきてき》だった。

大蛇《だいじゃ》のようにうねる極太《ごくぶと》の鉄パイプに、星空のように明滅《めいめつ》を繰《く》り返《かえ》す無数の電灯。

嶺京《れいきょう》が超《ちょう》高層ビルの樹海だとすれば、ここ第七プラントは機械仕掛《じか》けの海原《うなばら》だ。

『情報統括《とうかつ》本部より全部隊に通達。目的地を目視で捉《とら》えました』

〈ニューラルゲート〉を経由して、キリの声が脳に響《ひび》く。

秋人《あきと》とフィリアは顔を見合わせた。

そこは無人の工場区画。

完全自動工場が立ち並ぶ。

ソーラーパネルが敷《し》き詰《つ》められ、無機質な建造物がまるで基盤《きばん》のように綺麗《きれい》に並んでいた。

警備ドローンが飛んでくるが、防衛用の兵装はそれくらい。最初から軍隊が来ることを想定していないのだろう。

それ以外の工業ロボットは秋人《あきと》たちを無視して熱心に働いていた。

秋人《あきと》は安堵《あんど》の溜息《ためいき》をついた。

「――本当に、あった」

「そうね……どこかの誰《だれ》かがEVステーションで長距離《ちようきより》航行できるドローンまで置いてきちゃうから、目的地も確認《かくにん》できずにずっと不安だったけど――本当によかった」

「おい、こんな時まで嫌味《いやみ》か？」

「これがわたしのニュートラルなの」

そう言ってなぜか自慢《じまん》げな空気さえ醸《かも》し出《だ》すフィリアに、秋人《あきと》は思わず苦笑《くしよう》を浮《う》かべた。

「これ、何を作っている工場なんだろう」

フィリアが背後へと流れていく建造物の一つ一つを眺《なが》めながら首を傾《かし》げる。

「……人工心臓、人工血管に人工関節。他にも人工眼球なんてものもあるな。どうやら生体系パーツを作っている区画みたいだ」

工場の一つ一つの壁面《へきめん》に、ご丁寧《ていねい》に“1st Plant Artificial Heart”などひどくシンプルな名称《めいしょう》がペイントされていた。

「……それならわたしたちの身体を調整するための設備があっても不思議じゃないわね」

「装甲車《そうこうしゃ》のバッテリーは持ちそうか？」

秋人《あきと》が訊《たず》ねると、フィリアはぎこちなく頷《うなず》く。

「うん……。九十七パーセントの車載《しゃさい》バッテリーは、あと二キロも走れずに切れるけど――目的の第七プラントは目と鼻の先よ」

フィリアがそう呟《つぶや》いた――その時だった。

車列の後方から、爆音《ばくおん》が鳴《な》り響《ひび》いたのは。

「――ッ!!」

慌《あわ》てて振《ふ》り返《かえ》る。

否、状況《じょうきょう》を把握《はあく》するのに、振《ふ》り返《かえ》るまでもなかった。

目視で確認《かくにん》する暇《ひま》があれば、EVステーションで新調したばかりの〈MAR-16〉を構えておけばよかった。

見上げた先にあったのは、縦になって上空に吹《ふ》き飛《と》ばされる味方の装甲車《そうこうしゃ》の姿。

その背後に火焔《かえん》の翼《つばさ》が広がる。

宙を舞《ま》う装甲車《そうこうしゃ》から仲間たちが飛び出るのが見えた。彼らはジェットキットを噴《ふ》かして、他の装甲車《そうこうしゃ》の元へと合流していく。人数を数えるが、幸い、戦死した者はいないようだ。

呆然《ぼうぜん》とその光景を眺《なが》める最中、〈ニューラルゲート〉のＯＳ――〈ＴＩＭＥ ＴＥＣＨ ２〉が情報統括《とうかつ》本部の臨時サーバーと強制的に同期した。

現在、情報統括《とうかつ》本部のサーバーはデータ消失のリスク分散のため、装甲車《そうこうしゃ》同士を接続して構築したブロックチェーン上で運用されている。そのため、ハブとしての装甲車《そうこうしゃ》が破壊《はかい》されると、その都度情報の更新《こうしん》が入るのだ。

秋人《あきと》の視界に、今しがた吹《ふ》き飛《と》んでいる装甲車《そうこうしゃ》が蓄積《ちくせき》した最新の情報が反映される。

車列後方、六百メートル。

崖《がけ》とも言える、左右に切り立った荒野《こうや》の断層。

その上に、奴《やつ》らはいた。

『情報統括《とうかつ》本部より各位へ通達――識別不明部隊と交戦、繰《く》り返《かえ》します、識別不明部隊と交戦！　各隊、迎撃《げいげき》に当たってください！』

「黒ヘルメットの連中か……ッ！」

悠《ゆう》に五十メートルは超《こ》える崖《がけ》の上から、次々に全身黒ずくめの敵兵たちが飛び出す。

彼らの背後には、空輸してきたと思われる軽量仕様の自走砲《じそうほう》が数台並んでいるのが見えた。

車列の各所から一斉《いっせい》にマズルフラッシュが瞬《またた》く。

曳光弾《えいこうだん》が光を散らしながら夜空を往来し、激しい銃声《じゅうせい》がこだました。

敵兵たちはプラントとプラントの間を飛びながら、おおよそ扇状《せんじょう》に広がって車列の最後尾《さいこうび》を追っている。一定の距離《きより》を維持《いじ》して追従してくるあたり、こちらの継戦能力《けいせんのうりょく》が残り僅《わず》かであることは見抜《みぬ》かれているらしい。

秋人《あきと》は〈ＭＡＲ－16〉のチャージングハンドルを引いて初弾《しょだん》を装塡《そうてん》する。

その横で、風に流される髪《かみ》を押さえつけたフィリアがハッチ内部に向かって叫《さけ》んだ。

「キリ、今の命令取り下げて！　今ここで迎《むか》え撃《う》ったら確実に戦死《デス》する――！」

「中佐、でもこのままでは一方的に轢《ひ》き殺《ころ》されます……！」

ハッチから顔を出したキリが悲壮《ひそう》と焦燥《しょうそう》が入り混じった顔をする。

すると、秋人《あきと》とフィリアが乗る装甲車《そうこうしゃ》の上に、赤い髪《かみ》の男が着地した。

遼太郎《りょうたろう》だ。

その腐《くさ》れ縁《えん》の友人は、引《ひ》き攣《つ》った笑《え》みを浮《う》かべて汗《あせ》の粒《つぶ》を額に浮《う》かべていた。その横顔を見るだけで、普段《ふだん》は適当に生きている遼太郎《りょうたろう》が、今だけは焦《あせ》っているのがありありと分かった。

「オイ、秋人《あきと》、ヤベエぞ！　このままじゃいつまで経《た》っても逃《に》げきれねえ、ジリ貧《ひん》だぜ！」

「クソッ……!!　分かってる！」

秋人《あきと》は、悪態をつくと、意を決して立ち上がる。

「秋人《あきと》……？」

フィリアが不安げな顔で見上げてくるのが分かった。

「──遼太郎《りょうたろう》。覚悟《かくご》、できてるか」

「……くだらねえこと聞いてんじゃねえ。たりめえだろうが」

すると、背後から声が飛んできた。

「アキッ！　……リョウ！　何しようとしてんの⁉」

振《ふ》り返《かえ》ると、それは玲奈《れな》だった。

玲奈《れな》は車列の進行方向に向かって一つ前の装甲車《そうこうしゃ》の上からこちらに向かって喉《のど》を張っていた。

黄金の長髪《ちょうはつ》が川に流れる絹糸のように滑《なめ》らかに広がる。

彼女の顔は、今にも不安に押しつぶされそうで泣きそうになっていた。

「うるせえ、見りゃわかんだろうが！　直接あの野郎《やろう》どもの戦線《ライン》に殴《なぐ》り込《こ》んで止めに行くんだよ！」

「この戦力差で勝てるわけないじゃん！　そんなことしたら絶対に死んじゃうよ⁉　分かってんの⁉」

「分かってる」

秋人《あきと》は言う。

「このままじゃ全滅《ぜんめつ》だ。誰《だれ》かが止めないとならないんだ」

「でも、でも……‼」

玲奈《れな》は眉《まゆ》を寄せて首を横に振《ふ》った。

最後になるかもしれない。こうして玲奈《れな》の顔を見られるのは。

いつだって玲奈《れな》は天真爛漫《てんしんらんまん》な笑顔《えがお》が似合う真夏の太陽のような少女だった。

もちろん、それが彼女の全てではないことは理解している。

それでも、玲奈《れな》にはこの先ずっと、いつものように笑っていて欲しかった。

──ああ、そうだ。

秋人《あきと》は、何よりも笑っている玲奈《れな》のことが、好きだったのだから。

「玲奈《れな》」

「────」

秋人《あきと》の言葉に、玲奈《れな》の身体が強張《こわば》る。

まるでその先に続く言葉を聞きたくないと言うように。

「長生きしてくれ。俺たちの分も、なんて言わない。ただ幸せになってくれ」

そこに、遼太郎《りょうたろう》が頭をがしがしと掻《か》きながら短く言った。

「この先も、服作れよな」

玲奈《れな》は手を伸《の》ばして、一歩前に出る。

彼女のすぐ横を燃えた装甲車《そうこうしゃ》の破片《はへん》が追《お》い越《こ》した。すぐ近くに、敵の放った小型ミサイルが突《つ》き刺《さ》さり、爆炎《ばくえん》を撒《ま》き散《ち》らす。敵の戦線との距離《きょり》が縮まってきた。

「やだ、やだよ……何言ってんの。こんなの、こんなのって。それなら私も――」

「玲奈《れな》」

もう一度言う。彼女の名前を。

「俺たちは、玲奈《れな》に生きて欲しいんだ」

秋人《あきと》は遼太郎《りょうたろう》の肩《かた》に手を置き、遼太郎《りょうたろう》は無言で頷《うなず》いた。

「なに、それ――」

「玲奈《れな》、残りの連中のこと、頼《たの》んだぜ。第七プラントまで引率《キャリー》してやれ」

秋人《あきと》と遼太郎《りょうたろう》は同時にぐっと身を沈《しず》めた。

そこに、並ぶ影《かげ》がある。

「わたしも、行く」

一人と一台。

視界にプラチナブロンドの輝《かがや》きが入り込む。

フィリアとその愛機〈イヴ〉だ。

「フィリア――」

「それ以上続けたら、この場であなたを殺してわたしも死ぬから」

「――」

お前も残れ。

そう言おうとした言葉の先に回られて釘《くぎ》をさされる。

彼女の澄《す》み切《き》った蒼《あお》の眼差《まなざ》しに、秋人《あきと》は悟《さと》った。

「……フィリアの愛は分かりにくい」

秋人《あきと》は前を向いて呟《つぶや》く。

それが、彼女なりの愛の形なのだ。

玲奈《れな》にはあれだけ残って欲しいと思ったのに、いざフィリアに同じことを言われると素直《すなお》に頷《うなず》いてしまうのはなぜなのだろう。

なぜかその疑問を抱《いだ》いた時、秋人《あきと》は自分の中の心の皮が一枚剝《む》けたのを感じた。

「これだけ分かりやすい人間もいないと思うのだけれど」

フィリアの言葉に秋人《あきと》は苦笑《くしょう》する。

すると、背後で別のハッチが開く音が鳴った。

「フィリア！」

それはシスティだった。

フィリアは振《ふ》り返《かえ》り、寂《さび》しげな笑《え》みを浮《う》かべる。

「ごめん、システィ。わたし、行ってくる」

「〜〜〜〜〜っ」

摑《つか》みかかってでもフィリアを止めるかと思いきや、しかしシスティは唇《くちびる》を引き結び、顔を歪《ゆが》めて涙《なみだ》を目尻《めじり》に浮《う》かべるのみだった。

それを見てフィリアはもう一度笑うと、再び前を向いて腰《こし》を落とす。

背中から飛んでくる玲奈《れな》の声に、秋人《あきと》は最後に呟《つぶや》いた。

「アキ！　行かないで！」

「――ごめん、玲奈《れな》」

同時、秋人《あきと》、フィリア、遼太郎《りょうたろう》は車列最後尾《こうび》に向かって飛び上がった。

横に殴《なぐ》りつけてくる暴風雨のように、無数の弾丸《だんがん》が身体を掠《かす》めていく。

ミサイルがアスファルトを抉《えぐ》り、グレネードが装輪装甲車《そうこうしゃ》のタイヤをバーストさせる。

装甲車《そうこうしゃ》の上から仲間たちがそれぞれの得物を持って必死に応戦していた。

その横を、第七プラントを一直線に目指す車列に逆走する形で、三人は駆《か》け抜《ぬ》ける。

「おい、あれ！」

「《致死の蒼《リーサルブルー》》!?　迎撃班《げいげきはん》と整備班の班長もいるぞ！」

「まさか、あの黒ヘルメットの戦線に突《つ》っ込《こ》むつもりか……!!」

走る走る走る。

スーツのアシスト係数を最大にして地面を蹴《け》りあげていると、秋人《あきと》たちの背後に降り立つ兵士たちがいた。

「中佐、ご一緒《いっしょ》いたします」

それはザインを始めとするロードレイン愛好会の会員たち。

いつもはお茶らけた雰囲気《ふんいき》の彼らも、今は覚悟《かくご》を決めた顔をしていた。

「……。どうしても付いてくるつもり？」

ちらりと振《ふ》り返《かえ》ったフィリアは、感情の読めないトーンで聞いた。

「はっ……。我々は貴女《あなた》がいたからここまで生きてこられた人間の集まりです。フィリア・ロードレインという輝《かがや》きがなければ、肉体は再生されようとも、この心はとっくの昔にあの嶺《れい》京《きょう》で腐《くさ》り落《お》ちていた」

「そう……。残念よ」

「は……？」

ザインはフィリアのその言葉の意味が分からず、目を点にした。

しかし、それは次の彼女の言葉を聞くまでのことだった。

「……あなたたちには、残って欲しかった。わたしに関わろうとしてくれた、数少ない人たちだったから」

「中佐――」

ザインは他の会員たちと顔を見合わせると、憑《つ》き物《もの》の落ちた顔で笑《え》みを浮《う》かべた。

「そう言っていただけてこの身を捧《ささ》げられるのであれば、本望《ほんもう》です」

それから秋人《あきと》たちに合流する兵士たちが増えていく。

迎撃班《げいげきはん》や医《い》療班《りようはん》、食料調達班──元エルメア兵も、元ローレリア兵も関係ない。

そうして目算で五十人以上が集まったかと思ったところで、そこに到達《とうたつ》した。

車列の最後尾《さいこうび》。

逆走する最後の装甲車《そうこうしゃ》が秋人《あきと》たちの横を入《い》れ違《ちが》いに通り過ぎていく。

その時、秋人《あきと》はいつかジオシティ・イオタで食料確保のため湖に飛び込んだ時のことを思い出した。

アルカディアもない。増援《ぞうえん》も来ない。

武器になるのはこの身ひとつだけ。

片道切符《きっぷ》の殿役《しんがりやく》。

秋人《あきと》たちはもう、糸の切れた風船と同義だ。

あとはその身が弾《はじ》けるまで、空を目指すのみ──。

緊張《きんちょう》と興奮が一気に押し寄せ、知覚が鋭敏化《えいびんか》する。

そこに、正面から弾雨《だんう》がやってきた。

『散開！』

秋人《あきと》の指示に、一斉《いっせい》に仲間たちが展開する。

夜空を駆《か》け抜《ぬ》ける流星群のように、ジェットキットの光の軌跡《きせき》が絡《から》み合《あ》う。プラントが複雑に織り成す鉄の立体迷路《めいろ》をくぐりながらの銃撃戦《じゅうげきせん》が始まった。

秋人《あきと》はフィリアと遼太郎《りようたろう》と別れて、迎撃《げいげき》にあたる。それぞれが部隊を三分割《ぶんかつ》して指揮を執《と》る形だ。フィリアは右翼《うよく》、遼太郎《りようたろう》は左翼《さよく》、そして秋人《あきと》は車列の走る幹線道路の防御《ぼうぎよ》だ。

秋人《あきと》たち殿《しんがり》部隊《ぶたい》が突入《とつにゆう》するのと同時、目に見えて敵の進行速度が落ちた。

徐々《じよじよ》に押し込まれてはいるものの、車列の速度に比べれば亀《かめ》のような遅《おそ》さだ。

車列最後尾《さいこうび》にぴったりと張り付かれていた数秒前までとは打って変わり、みるみるうちに車列との距離《きより》が離《はな》れていく。

しかし、それは本隊の助力が秒刻みで遠のいていくということ。

秋人《あきと》は胸の内に隙《すき》あらば浮《う》かび上《あ》がってこようとする不安な思いを、頭を振《ふ》って追い出した。

――その時。

「また君か」

いつか聞いた男の声が鳴った。

「……ッ！」

秋人《あきと》はその姿を目視するよりも前に、声のした空間に向けて六・八ミリ弾《だん》を撃《う》ち込《こ》む。

銃口《じゆうこう》を向けたのは、幹線道路の正面。

濃霧《のうむ》のように満ちた硝煙《しようえん》と砂煙《すなけむり》の向こう側で、白銀の光が三度瞬《またた》いた。

半拍遅《はんぱくおく》れて金属を切断する音が響《ひび》く。

ゆっくりと煙《けむり》の向こう側から腰《こし》に巨大《きよだい》な箱を備えた男の兵士が現れた。箱からは両腕《りようう で》にチューブが伸《の》びており、その手には一振《ひとふ》りの細い刀が握《にぎ》られている。

高脅威目標《ハイバリユーターゲツト》――《グランドノート》である。

敵のミサイルによってできたクレーターの中から、秋人《あきと》はその兵士とホロサイトの照星を重ね合わせる。

「どっかの誰《だれ》かさんみたいにしつこい奴《やつ》だ！」

敵の脚部《きゃくぶ》に向けてトリガーを引く。

単発で放たれた弾丸《だんがん》を、しかし《グランドノート》は同様に斬《き》って弾《はじ》いた。その弾《はじ》いたうちの一発が、秋人《あきと》の身を隠《かく》すクレーターのすぐ横に着弾《ちゃくだん》する。

「――っ！」

すると、《グランドノート》は白銀の刀――〈マークエイト〉を上段に構えて、一瞬《いっしゅん》だけ怯《ひる》んだ秋人《あきと》の隙《すき》をついて距離《きょり》を詰《つ》めてきた。

こうなってしまっては、ライフルで射撃《しゃげき》したところで足止めにさえならない。

秋人《あきと》は〈MAR‐16〉を背中のマウントに収めると、同じくゼロクロを抜《ぬ》いて駆《か》け出《だ》した。

視界に浮《う》かぶウィンドウの中で、フィリアが作ってくれた右腕《みぎうで》の制御《せいぎょ》プログラムに〈ニューラルゲート〉の演算領域のほとんどを割り当てる。

来るべき衝撃《しょうげき》に備える。

そして秋人《あきと》もまた上段から一気に紅色の刀身を振《ふ》り下《お》ろし――

「──ッぐ！」

「つか、ぁあああ──！」

叫《さけ》びとともに二本の刀身が交差した。

右腕《みぎうで》がギチギチと音を立てて悲鳴を上げる。

反動で両者の足場が抉《えぐ》れ、生まれた風圧に砂煙《すなけむり》が円形に消し飛んでいく。

相手を圧倒《あっとう》しようと駆動《くどう》するそれぞれのブレードが削《けず》れ合《あ》い、夥《おびただ》しい量の紫電《しでん》を辺りにまき散らした。

それでも身体は動く。右腕《みぎうで》に力が入る。

──まだまだ、行ける。

秋人《あきと》はゼロクロの出力を上げた。

「つく……！」

紅色の光が増し、仮面に似た《グランドノート》の顔半分を覆《おお》う義眼の向こうからくぐもった声が聞こえる。

『秋人《あきと》、そのままやっちまえ!!』

『押し込んで秋人《あきと》！』

近くから見ているのか、フィリアと遼太郎《りょうたろう》の檄《げき》が飛んでくる。

秋人《あきと》は歯を食いしばって腰《こし》をいっそう低く落とした。

拮抗《きっこう》していた力が秋人《あきと》の方に分が回り、《グランドノート》との距離《きょり》を徐々《じょじょ》に縮めていく。

「調子に、乗るな――ッ!!」

耐《た》えかねた《グランドノート》はその刀身を滑《すべ》らせるように傾《かたむ》け、秋人《あきと》の腹を横に斬《き》ろうとする。

しかし、元より重心がしっかり落ちていた秋人《あきと》の方が状況《じょうきょう》は有利。

難なく敵の一閃《いっせん》を弾《はじ》くと、反転して秋人《あきと》の方が左下段から斬《き》り上《あ》げた。

「く、――っそ!!」

秋人《あきと》は悪態をついた。

斬《き》ったと思ったその先で、しかしすんでのところで《グランドノート》が身体とゼロクロの間に刀身を滑《すべ》り込《こ》ませてきたのだ。

だが、その体勢には無理がある上、何より刀にとって一番強度の低い横っ腹にゼロクロが突《つ》き刺《さ》さる。

果たして、《グランドノート》の白銀の刀身は中心から真っ二つに割れた。

「ッチ――!」

《グランドノート》は舌打ちを残して、大きく飛《と》び退《すさ》る。

地面を跳《は》ねるようにしておよそ五十メートルは下がった《グランドノート》に、秋人《あきと》は逃《に》がすまいと一気に距離《きょり》を詰《つ》める。

主兵装は潰《つぶ》した。

銃器《じゅうき》の類を使おうにも、この距離《きょり》なら確実に避《よ》けられる。

人工筋繊維《バイオメタルファイバー》によって強化された脚《あし》は、既《すで》に彼我《ひが》の距離《きょり》を十五メートルにまで縮めていた。

「もらっ――」

――た。

そう叫《さけ》んでゼロクロを振《ふ》り下《お》ろそうとしたその瞬間《しゅんかん》。

遅延《ちえん》した世界の中で、秋人《あきと》はソレを見た。

一つは《グランドノート》の妙《みょう》な体勢。

敵は腰《こし》を下げて、まるで抜刀《ばっとう》するかのような体勢を取っている。

一つは《グランドノート》の手の形。

腰《こし》まで引《ひ》き絞《しぼ》った左手は親指とその他の四指とで円形を作り、右手はさながら柄《つか》を握《にぎ》るような形で左手付近に置いていた。

一つは《グランドノート》の左手の光。

円形を作った左手から白銀の光が放たれている。

――いや、光だけではない。

筒《つつ》の形にした《グランドノート》の左手から、今まさに何かが生成されていた。

そこで気が付く。

奴《やつ》の腕《うで》に繋《つな》がれているチューブ。その先の箱。そして何より、白銀の光――。

記憶《きおく》のピースとピースが快音を立てて嵌《はま》っていく。

秋人《あきと》はその光の正体を知っていた。

――それは、自律式戦術プリンター《ATAP》の生成光。

《グランドノート》の腰《こし》に装着している箱はフィラメント用のタンクで、スーツの両の手の平が出力面になっているのだ。

光とともに、何もない左手の中から作り出される棒状のナニカ。

それを《グランドノート》は右手で摑《つか》んで、一気に引《ひ》き抜《ぬ》いた。

何もない虚空《こくう》から表出したのは、真新しい〈マークエイト〉。

ヘルメットの向こうで、《グランドノート》が嗤《わら》った気がした。

「――――ッ!!」

ゼロクロを振《ふ》り抜《ぬ》く。

しかし、その刀身は弾《はじ》かれる。

不意を突《つ》かれたせいで、秋人《あきと》は体勢を大きく崩《くず》され、片足が浮《う》いた状態で押《お》し返《かえ》された。

その隙《すき》を逃《のが》す敵ではない。

振《ふ》りかぶった両手で、《グランドノート》は秋人《あきと》を斬《き》った。

「ぐっ、ああ――!!」

「秋人《あきと》!!」

遠くからフィリアの悲鳴が聞こえた気がした。

身体が宙に浮《う》き、何十秒にも感じた滞空《たいくう》時間を経て、瓦礫《がれき》だらけのアスファルトの上に投げ出された。

「――、――」

痛む身体に鞭《むち》打って首の動きだけで頭を持ち上げる。

幸い、上半身と下半身はまだ繋《つな》がっていた。

斬《き》られる寸前で、ゼロクロで防いだのだ。しかし、そのゼロクロも今の一撃《いちげき》で電力が切れ、再度起動するにはバッテリーを交換《こうかん》する必要があった。

そこに、足音が鳴る。

刀の影《かげ》が近づいてくる。

「――ああ、やはりいいな。敵の顔が見えないというのは。同じ敵を斬《き》るのにも、いくらかマシな気分だ」

秋人《あきと》は歯を食いしばって俯《うつぶ》せになると、左腕《ひだりうで》の力だけで起き上がろうとする。右腕《みぎうで》は酷使《こくし》に次ぐ酷使《こくし》の影響《えいきょう》で、半ば感覚が消失していた。

するど、目の前に白銀の切っ先が現れ、静止した。

「――」

「自分の力を過信したな、テレサの実験動物《モルモット》」

近くから、どさり、と人の身体が落ちる音が聞こえてくる。

その音は一つ、二つと続き、さらに鳴り続ける。

秋人《あきと》は何事かと音のした方に目を向けると、そこには幹線道路に投げ出された仲間の身体があった。

「ぐ、うぅ……」

「──……っ、クソ……っ、クソ……っ」

殿《しんがり》を務めた仲間たち。その中にはフィリアと遼太郎《りょうたろう》の姿もあった。

全員、制圧されたのだ。

皆《みな》、まだ息をしている。しかし、一秒先はどうなっているか分からない。

秋人《あきと》はせり上がってきた血を吐《は》き出《だ》し、敵を睨《にら》んだ。

「……あんたら、俺たちの記憶変数体《マインドステート》を使って、何をするつもりだ」

「は……っ。この期《ご》に及《およ》んでも口から出るのは命乞《いのちご》いではなく、事実を求める言葉か。実験動物とはいえ、中身は限りなく兵士のそれらしい」

《グランドノート》は乾《かわ》いた笑いを上げる。

「何も知らないまま死にたくないか？」

「……当たり前だ」

秋人《あきと》は怒《いか》りの混じった声で言う。

すると、《グランドノート》は満足そうに何度か頷《うなず》いて、口を開いた。

「私たちは何も知らない。全ては上の決めたことだ。——ただ、そうだな。君たちの〈ニューラルゲート〉に保存された記憶変数体《マインドステート》とかいうデータが、とあるシステムの復元に必要らしくてね。それで、君たちを回収せよとの命令が下ったんだよ」

ドクン、と。

その言葉を聞いた瞬間《しゅんかん》、厭《いや》な予感が怖気《おぞけ》となって全身を走った。

「シス、テム……？」

離《はな》れた場所からフィリアの声が聞こえる。

彼女も同じ感覚を得たらしい。

「どうも嶺京《れいきょう》からテレサの本社に転送された瞬間《しゅんかん》を狙《ねら》って、バックドアを作ったらしい。そこからシステム本体を盗《ぬす》んだはいいものの、中身は破損していたみたいでね。どうやら転送そのものが完了《かんりょう》していなかったのが原因のようだ」

胸の鼓動《こどう》がうるさい。

それでも問わずにはいられない。

「……そのシステムの名は？」

《グランドノート》は言った。

「ＡＲＣＡＤＩＡ《アルカディア》」
全身の毛穴が粟立《あわだ》つ。
発汗《はっかん》し、ひやりとした空気が肌《はだ》を撫《な》でる。
身体が重力を忘れたようにふわふわとした感覚に包まれた。
眩暈《めまい》がしてくる。鼓膜《こまく》に届く全ての音が高周波のそれに変わり、遠のいて聞こえる。
アルカディア。
そう、アルカディア。
この男は、確かにそう言った。
「――うそ、だ」
秋人《あきと》はうわ言のように言葉を羅列《られつ》する。
「アルカディアは、確かに壊《こわ》した。この手で、確かに壊《こわ》したはずなのに――」
脳裏《のうり》に過《よぎ》るのは、戦略統合システム《UTAS》のサーバーごとアルカディアを破壊《はかい》した時のこと。
神崎《かんざき》が呆然自失《ぼうぜんじしつ》した先でホロウィンドウの中に映っていた文字。
――転送済み、九九・九八パーセント。
ああそうだ。普通《ふつう》なら、誰《だれ》でもその可能性を考えた。
リスクを考慮《こうりょ》した。
しかし、秋人《あきと》は考えなかった。思考を止めた。

楽観？　希望的観測？

否。ただ、現実を直視したくなかっただけだ。仲間たちからアルカディアを取り上げておいて、破壊《はかい》そのものは達成できていなかったという最悪のシナリオを。

《グランドノート》は嘆息《たんそく》した。

「……分からないね。人類に死を回避《かいひ》する力を与《あた》えるシステム——そんな夢のようなシステムを、なぜ破壊《はかい》しようとしたのか。自分たちが実験動物にされていたという事実を踏《ふ》まえても、その行動には理解《りかい》し難《がた》いものがある」

「——かるかよ」

「ん……？」

「お前たちに分かってたまるかよ……ッ！　命が命として扱《あつか》われない世界の虚《むな》しさを！　死に続けるだけの戦場に囚《とら》われる恐怖《きょうふ》を！」

「——分かっていないのは君たちの方だ」

ドスの利《き》いた声が響《ひび》く。

切っ先が秋人《あきと》の喉《のど》に触《ふ》れた。

「笑わせてくれるなよ。そんなもの、仲間の死に比べたら屁《へ》でもない」

「——」

「我々は君たち全員の記憶変数体《マインドステート》を回収して、アルカディアを手に入れる。そして、死の喪失《そうしつ》のない、完璧《かんぺき》な力を国にもたらす。──我が国は、アルカディアの名の通り、楽園となるだろうな」

「何が楽園だ。亡霊《ぼうれい》の国の間違《まちが》いだ」

「何とでも言うがいいさ。何にせよ、君たちの記憶変数体《マインドステート》は回収させてもらう。──その首ごとね」

「──っ！」

《グランドノート》が言うと同時、秋人《あきと》は両脇《りょうわき》を黒ヘルメットの兵士たちに押《お》さえ込《こ》まれた。

そうして、《グランドノート》が秋人《あきと》の身体に向かって垂直の位置に立つ。

ぞっとした。

この場で秋人《あきと》の首を斬《き》り落《お》とすつもりだ。

「秋人《あきと》っ、秋人《あきと》……‼」

「オイ、暴れんじゃねえ女！」

フィリアが敵兵と争う声が聞こえる。

「クソ、放せ……っ、放せよッ‼」

スーツの全箇所《かしょ》のアシスト係数を最大値まで引き上げる。

しかし、秋人《あきと》の重心は二人掛《が》かりで押さえつけられている上、敵のスーツの出力も十二分に大きい。

多くの傷がまだ癒《い》えていない秋人《あきと》にとって、この拘束《こうそく》を振《ふ》り切《き》るのは絶望的だった。

《グランドノート》の足が僅《わず》かに広がる。

白銀の刀剣《とうけん》が振《ふ》り上《あ》げられる。

「――悪く思うなよ」

秋人《あきと》は血が滲《にじ》むほど唇《くちびる》を噛《か》み締《し》めた。

そして刀が空気を引《ひ》き裂《さ》く風鳴りが迫《せま》り――

「――ッ!!」

その軌道《きどう》が真横に逸《そ》れた。

直後、瞬《またた》く火焔《かえん》。

そして真っ二つに切《き》り裂《さ》かれる巨大《きょだい》な弾頭。

片方は秋人《あきと》のすぐ目の前でアスファルトに大穴を開け、もう一方は遠くのプラントを大きく穿《うが》った。

「……っ、――なんだ？」

秋人《あきと》は極限の緊張《きんちょう》からの解放で荒《あら》い呼吸を繰《く》り返《かえ》す。

それから、俯《うつぶ》せに押さえつけられたまま弾頭《だんとう》のやってきた方角を振《ふ》り返《かえ》った。

しかし、そこにはただ無数のパイプや装置が入り組んだ工場地帯が広がるのみ。

――いや、一か所だけ違和感《いわかん》がある。

工場と工場との間に毛細血管のように広がる鉄パイプの絨毯《じゅうたん》が一部大きくひしゃげているのだ。

何もない。しかし、気配はある。

直後、その何もないはずの空間が、ぐにゃりと歪《ゆが》んだ。

「――量子迷彩《クアンタムステルス》」

秋人《あきと》は震《ふる》える声で呟《つぶや》く。

それは、まだ嶺京《れいきょう》で何も知らないまま戦っていた頃《ころ》、テレサ製兵器のプロトタイプを特集したカタログで見た、人や兵器を透明化《とうめいか》する次世代技術――。

「第二から第十四小隊、スフィア・フォーメーション」

《グランドノート》の反応は早かった。

指示を飛ばすなり、黒ヘルメットの兵士たちが一斉《いっせい》に散開する。

空間の歪《ゆが》みを中心に、球体状に包囲するフォーメーションだ。

その動きは、秋人《あきと》たち迎撃班《げいげきはん》が取っていたのと酷似《こくじ》している。

果たして、空間が歪《ゆが》んでいた場所に一つの像が結ばれていく。

高さ二十メートル。

幅《はば》十二メートル。

グレーとホワイトのランダムカラーに塗装《とそう》された都市迷彩色《めいさいしょく》が代わりに現れる。

表出したのは、見慣れた巨軀《きょく》。

戦略外骨格《JOINT》だ。

しかし、秋人《あきと》たちが幾度《いくど》となく交戦を繰《く》り返《かえ》してきた八メートル級に比べはるかに巨大《きょだい》。

「……コイツ、いつの間に」

秋人《あきと》を押《お》さえ込《こ》んだままの黒ヘルメットの兵士が悪態をつく。

すると、ザザッ、と辺りにノイズに塗《まみ》れた音が響《ひび》いた。

音の出所は探《さぐ》るまでもない。眼前に現れた戦略外骨格《JOINT》だ。

「貴様らの所属は分かっている。表の世界に引《ひ》き摺《ず》り出《だ》されたくなかったら投降しろ」

響《ひび》いたのは、男の声だった。

それも若くない。脂《あぶら》が掠《かす》れて渋《しぶ》みの増した男の声だ。

顔を見ていないのに威圧感《いあつかん》が肌《はだ》に伝わる。

「……安全保障局のランドか。テレサ陸軍の実質トップが顔を出すなんて、余程《よほど》人手不足らしい。おたくお得意の自律兵器はどうした？　ここにいる〝死を超越した子供たち《アクセプティ》〟に全滅《ぜんめつ》させられたか？」

「もう一度だけ言う。投降しろ」

「はっ。我々は野に放たれた番犬。首輪も無ければ、ネームタグも無い顔無しの部隊だ。テレサと言えど、証拠《しょうこ》は何一つ摑《つか》めないだろうさ」

「——残念だよ。我々はいいビジネスパートナーだったのだがな」

テレサ陸軍のトップ。その言葉に驚《おどろ》いていた秋人《あきと》は、同時に一つの事実に気が付く。

〈ニューラルゲート〉の戦略支援《しえん》アプリケーションが、声の震源《しんげん》を戦略外骨格《JOINT》内部に捉《とら》えたことに。

「まさかアレ、中身、入っているのか……？」

《グランドノート》がちらりと秋人《あきと》を見て、視線を戻《もど》した。

元々、歩兵を補助するためのパワースーツの延長として、軍用に開発されたものが戦略外骨格《JOINT》の由来だ。しかし、その潮流は人工筋繊維《バイオメタルファイバー》の急発達により生み出されたタクティカルスーツの台頭《たいとう》により、淘汰《とうた》されることとなる。

一方で、AIの発達により安定性という二足歩行兵器の弱点を克服《こくふく》した戦略外骨格《JOINT》は、踏破《とうは》力《りょく》と機動力、そして多機能性という多くの面でその有効性を認められ、開発が続行された。その結果、戦略外骨格《JOINT》は戦場の無人化の流れに乗り、自律兵器のファミリーに組み込まれたという経緯《けいい》を持つ。

有人機体のデメリットは、文字通り命の保証がないこと。

逆にメリットは——機体制御《せいぎょ》の演算能力を、兵装制御《せいぎょ》に全て回せること。

——要するに、射撃《しゃげき》が鬼《おに》のように正確になる。

視線の先で、二十メートル《ギリング》級の戦略外骨格《JOINT》が、両腕《りょううで》で抱《かか》えた主兵装——二百ミリ単装砲《たんそうほう》の砲口《ほうこう》を秋人《あきと》のいる場所へ向ける。

「ひぃ……っ！」

「よ、避《よ》けろ‼」

秋人《あきと》を押さえつけていた二人が飛びのき、周辺の黒ヘルメットの兵士たちも一気に距離《きょり》を取る。

「や、ば――！」

半拍《はんぱく》の遅《おく》れを取って秋人《あきと》も痛む身体に鞭打《むちう》って起き上がると、フィリアと遼太郎《りょうたろう》のいる方向へと駆《か》け出《だ》した。

タッチの差で弾頭《だんとう》が吐《は》き出《だ》され、秋人《あきと》が今まさにいた場所に着弾《ちゃくだん》する。

濁流《だくりゅう》のように打ち上がった瓦礫《がれき》が飛散した。

秋人《あきと》は走りながら、足元に転がっていた誰《だれ》かの〈ＭＡＲ－16〉を拾うと、チャンバーの状態も確認《かくにん》せずにフィリアたちを拘束《こうそく》している黒ヘルメットの兵士たちに向かって射撃《しゃげき》した。

「くっ、こんな時に！」

応戦されるが、所詮《しょせん》は外の世界の兵士。

何百何千と死を乗《の》り越《こ》えてきた秋人《あきと》たちに、反応速度で敵《かな》うはずもない。

不意を突《つ》かれた黒ヘルメットの兵士たちの手足を撃ち抜《ぬ》き、無力化していく。

肝心《かんじん》の《グランドノート》といえば、あの巨大《きょだい》戦略外骨格《ＪＯＩＮＴ》に向けて味方に指示を飛ばすのに躍起《やっき》になっている。

秋人《あきと》は次々に黒ヘルメットの兵士たちを蹴散《けち》らし、仲間を解放していく。

当の黒ヘルメットの兵士たちも、むしろ秋人《あきと》たちに構っている余裕《よゆう》もないようで、次々に持ち場を離《はな》れて対戦略外骨格《JOINT》戦に合流していった。

「フィリア、遼太郎《りょうたろう》！　無事か!?」

秋人《あきと》は倒《たお》れている二人を起き上がらせる。

目立った外傷は裂《さ》けたタクティカルスーツから覗《のぞ》いた切り傷くらいのもので、大事はないようだ。

「秋人《あきと》、アレって一体……？」

「分からない。ただ、テレサの偉《えら》い奴《やつ》みたいだ。しかも、中に乗っている」

「──嘘《うそ》でしょ？　アルカディアも使えないのに、テレサの大人があの中に？」

「さっき、機体の胸部から男の声の振動《しんどう》を拾った。中に乗っているのは間違《まちが》いない」

「……ンなことどうでもいいから、何とか抜《ぬ》け出《だ》せねえのか。第七プラントに急がねえとならねえだろ──」

遼太郎《りょうたろう》が痛みを堪《こら》えて起き上がったその時。

「──そこにいたか、クソ神崎《かんざき》の実験動物《モルモット》ども」

ランドと呼ばれた男の声が鳴ると同時に、二百ミリ単装砲《たんそうほう》の暗い砲口《ほうこう》が向けられる。

「全員退避《たいひ》!!」

秋人《あきと》は喉《のど》を嗄《か》らして、フィリアとともに身体を投げ出す。

幸い、仲間は全員回避《かいひ》に成功したが、間に合わなかった黒ヘルメットの兵士たちが衝撃《しょうげき》に煽《あお》られ吹《ふ》き飛《と》ばされた。

秋人《あきと》はフィリアに覆《おお》いかぶさるようにして飛来してくる瓦礫《がれき》から彼女の身体を守る。

「〝死を超越した子供たち《アクセプティ》〟は全員回収だ。嶺京《れいきょう》からこっち、手こずらせやがって——タダじゃ済ませないからな」

戦略外骨格《JOINT》のスリットが開き、無数の機《き》関砲《かんほう》が口を開ける。

「く、そ……!」

再び、回避《かいひ》のために瓦礫《がれき》の後ろやクレーターの陰《かげ》へと逃《に》げ回《まわ》る仲間たち。

どうやらあのランドとかいうテレサの人間にとっては、黒ヘルメットの連中よりも秋人《あきと》たちの方が、優先度が高いらしい。

すると、離《はな》れた場所で身を隠《かく》す《グランドノート》たちの会話が耳に届いてくる。

「隊長、〝死を超越した子供たち《アクセプティ》〟の本隊が第七プラントに到着《とうちゃく》したようです」

「……ッチ。私が行く。第八から第十小隊はあのブリキ缶《かん》を潰《つぶ》しておけ」

「了解《りょうかい》」

言うなり、《グランドノート》他二百名強が戦線を離脱《りだつ》し、第七プラント方面へと駆《か》け出《だ》す。

「あっ……の野郎《やろう》！　行かせるか‼」

それを見ていた遼太郎《りょうたろう》が額に青筋を浮《う》かべて追撃《ついげき》しようと立ち上がる。

しかし、その遼太郎《りょうたろう》を戦略外骨格《JOINT》のセンサーははっきりと捉《とら》えていた。

「ばっか——遼太郎《りょうたろう》、伏《ふ》せろ！」

「ンだよ、邪魔《じゃま》すんじゃやねえ秋《あき》——」

底の深いクレーターに遼太郎《りょうたろう》の身体を引《ひ》き摺《ず》り込《こ》む。

刹那《せつな》、さっきまで遼太郎《りょうたろう》のいた場所に新たなクレーターができあがる。

「ひぃいいいいいい」

それを見てガクガクと震《ふる》える遼太郎《りょうたろう》。

首だけ出して様子を伺《うかが》う。

本隊から切《き》り離《はな》された黒ヘルメットの兵士たちが球状に取り込んで集中砲火《ほうか》を浴びせているが、戦略外骨格《JOINT》はびくともしない。

当然だ。彼らの兵装の多くは中間弾薬《だんやく》の五・五六ミリ弾《だん》で、圧倒的《あっとうてき》に火力が足りないのだ。

あれでは密度が平均化した自律反応装甲《そうこう》ですら貫通《かんつう》しないだろう。

果たして、黒ヘルメットの兵士たちはたちまち戦略外骨格《JOINT》の反撃《はんげき》に遭《あ》い、蹴散《けち》らされてしまう。

辺りには戦闘《せんとう》不能になった黒ヘルメットの兵士たちがごろごろ転がった。

「……ッチ、時間稼《じかんかせ》ぎもできねえのかよコイツら」

「頭数で押し込んでいたところに、半数以上本隊から離《はな》れたから当然だ」

ポーチから取り出した止血剤《しけつざい》を傷口に塗《ぬ》っていた遼太郎《りょうたろう》がけっ、と言い放つ。

「——結局、わたしたちで何とかしないといけないってわけね。……正直、あの人たちが何とか倒《たお》してくれるんじゃないかって期待していたんだけど」

「オイ秋人《あきと》——あれ、マジで俺たちだけでやれんのかよ」

二人の声に、秋人《あきと》は言った。

「——やるしかないだろ」

秋人《あきと》の声に、フィリアと遼太郎《りょうたろう》は短く頷《うなず》いた。


第七プラントは、この工場地帯の一番奥にあった。

他のプラントで製造された生体パーツの組み立てを行う工場らしく、無数の鋼鉄のレーンには別の工場から来たパーツが流れてきていた。

総勢三百名。

それが今、玲奈《れな》が率いている部隊の人数だった。

この三百人は、先遣隊《せんけんたい》としてプラント内部の安全確保と、エラー517を治す装置の捜索《そうさく》を行うことを目的として組織されている。

残りの仲間は同数三百人の護衛を付けて、エラー５１７の進行が深刻で身動きできないメンバーを守ってもらっていた。

玲奈《れな》はサブマシンガン一丁を両手で掛《か》けながら、クリーンルームに土足で入る。

本来はしっかり洗浄《せんじょう》を行って無菌《むきん》状態で入るべき場所なのだが、エラー５１７の進行が重度の今、そんなことを気にしている余裕《よゆう》はない。

その時、背後で音が鳴る。

振り返ると、資材搬入《はんにゅうよう》用の通路から歩いてくる歩兵が一人。

その右手には白銀の刀〈マークエイト〉が握《にぎ》られている。

『総員に通達。高脅威目標《ハイバリユーターゲット》《グランドノート》を捕《ほ》そ――』

そこまで念意通信でサンプリングした声を作っていた刹那《せつな》。

次に瞼《まぶた》を持ち上げた時、《グランドノート》と玲奈《れな》の距離《きょり》は半分までに縮まっていた。

その距離《きょり》、実に四十メートル。

「は――？」

脳が事実を受け入れない。――早すぎる。

しかし身体は覚えている。――動かなきゃ。

引き金を引いた。

重量を下げるために使っているポリマー薬莢《やっきょう》が、白の列をなしてサブマシンガンの腹から分間千発の勢いで吐《は》き出《だ》される。

しかし、その弾幕《だんまく》をいともたやすく潜《くぐ》り抜《ぬ》けられる。

否、玲奈《れな》の射撃《しゃげき》は弾幕《だんまく》とは言えない。反動を抑《おさ》えすぎてレーザー照射のように一直線だ。

例えば大柄《おおがら》なJOINT戦略外骨格相手に関節機構を確実に破壊《はかい》する場合などはこうした精密射撃《しゃげき》が実に有効であるが、敵の視線や重心の位置から未来予測を行う歩兵相手だと、むしろ攻撃《こうげき》が点になってしまい回避《かいひ》されやすくなるため不利になる。

《グランドノート》との距離《きょり》、十五メートル。

這《は》うようにして接近してきた《グランドノート》は下段後方に得物を構えていた。

この距離《きょり》はもう避《さ》けられない。撃《う》ち勝《か》てない。

遅《おく》れて脳が絶望を認識《にんしき》し始めたその時。

「なっ、めんな――！」

そんな叫《さけ》びとともに、玲奈《れな》のすぐ横から爆音《ばくおん》が鳴《な》り響《ひび》いた。

直後、《グランドノート》は回避《かいひ》行動を取り、近くの工業用装置の陰《かげ》へと飛び込む。

見れば、それはシスティのスナイパーライフルによる射撃《しゃげき》だった。

スナイパーライフルの弾《たま》は大口径で火薬が多く詰《つ》められている。弾速《だんそく》が速く、威力《いりょく》が高かったこともあり、《グランドノート》は潜《もぐ》るでも弾《はじ》くでもなく、回避《かいひ》という選択《せんたく》を取ったのだろう。

しかし、ほっとしたのも束《つか》の間《ま》。

すぐに装置の陰《かげ》から《グランドノート》は飛び出すと、ジグザクに動いて距離《きょり》を詰《つ》めてくる。

「ちょっ、このっ、本当に……っ、ウザい!!」

玲奈《れな》は二丁目のサブマシンガンを取り出して制圧射撃《しゃげき》を行う傍《かたわ》ら、スティが隣《となり》で悪態をつきながらスナイパーライフルを連発する。

そうして徐々《じょじょ》に後退していくが、増援《ぞうえん》らしい増援《ぞうえん》がやってこない。

不審《ふしん》に思ってちらりと視線を他の場所に向けると、あろうことかこの大部屋に繋《つな》がるありとあらゆる通路から黒ヘルメットの兵が押し寄せてきているのが見えた。他の仲間はみんなその応戦に必死で、既《すで》に負傷している兵士も出ているようだった。

敵は資材搬入《はんにゅう》用の通路からだけではない。

すでに、全方位から押し寄せてきているのだ。

「リロード!」

スティが叫《さけ》ぶ。

玲奈《れな》は《グランドノート》に向かって、左右のサブマシンガンを巧《たく》みに操《あやつ》り、絶え間なく射《しゃ》撃《げき》した。

しかし、当たらない。

致命弾《ちめいだん》があっても弾《はじ》かれる。

そしてスティの手数が減った分、一気に距離《きょり》を縮められ――

「――っ！」

「君の射撃《しゃげき》パターンは州間防護壁《ステートボーダー》で見切ったよ」

白銀の刀身が玲奈《れな》の首を目掛《めが》けて振《ふ》り抜《ぬ》かれる。

それを、前に秋人《あきと》がそうやっていたように、片方のサブマシンガンの機関部で受け止めた。

〈MAR‐16〉ほど剛性《ごうせい》が高くないため止まるか不安だったが、幸い刃《は》は内側のフレームで止まってくれた。

しかし、勢いまでは殺せず、背中からスティを巻き込んで軽く三十メートル以上吹《ふ》き飛《と》ばされてしまう。

「か、は――っ！」

スティと並んで背中から地面に落ちる。

肺から空気が絞《しぼ》り出《だ》され、視界が衝撃《しょうげき》に明滅《めいめつ》する。

ゆっくりと聴覚《ちょうかく》が戻《もど》ってきた。

銃声《じゅうせい》が巨大《きょだい》な空間にこだまし、内臓を震《ふる》わせる。

白ばむ視界で起き上がりながら、不意に玲奈《れな》は思考する。

――ここに黒ヘルメットの連中がいるってことは、まさか。

目を見開き、マインドトークのウィンドウを開く。

マインドトークにはアドオンシステムで最低限のバイタルの情報が表示されるようになっている。

逸《はや》る気持ちで一之瀬秋人《いちのせあきと》の文字を探すと、果たして目的のアイコンの隣《となり》には、依然《いぜん》として激しく脈動する彼の心臓の鼓動《こどう》が描《えが》かれていた。

「――――」

殿役《しんがりやく》を買って出てくれた他のメンバーも見るが、幸い誰《だれ》もまだ戦死はしていないようだった。

しかし、そうなるとなぜ《グランドノート》がここにいるのか――。

そこまで考えて、玲奈《れな》は首を横に振《ふ》った。

今考えるべきはそんなことじゃない。

どう、《グランドノート》を止めるかだ。

「……《九ミリの令嬢《ミズ・ナイン》》、大丈夫《だいじょうぶ》？」

「……なん、とか。あんたは？」

玲奈《れな》は隣《となり》で倒《たお》れている少女に目を向けて、手を伸《の》ばす。

システィは側頭部を押《お》さえながら、反対側の手で玲奈《れな》の手を取った。

「いつつつ……。ちょっと頭打ったっぽい。クラクラする」

しかし、そう言ってシスティは起き上がれず再び倒《たお》れ込《こ》んでしまう。

慌《あわ》てて身体を支えるも、随分《ずいぶん》しんどそうだ。

脳震盪《のうしんとう》を起こしているのかもしれない。

誰《だれ》か医《い》療班《りようはん》のメンバーはいないか——そう思って顔を上げ、玲奈《れな》は絶句した。

「う、そ……」

辺りは既《すで》に血の海だった。

数瞬前《すうしゆんまえ》まであった純白を基調とした空間はどこにもない。

辺りには痛みを堪《こら》える呻《うめ》き声《ごえ》や悲鳴に満ちており、それを無機質な黒ヘルメットが見下ろしている。

最早《もはや》、ここから立て直せるような状況《じようきよう》ではない。

これは詰みだ。

ざ、と玲奈《れな》の前に足音が鳴った。

「大人しく諦《あきら》めるのをおすすめする。苦しまずにその首を斬《き》り飛《と》ばしてあげよう」

「……っ」

ああそうか。

この人たちは玲奈《れな》たちの記憶変数体《マインドステート》を欲《ほっ》していたのだった。

きっと彼らにはテレサの持っていた変数体同期装置《MSシンカー》のような、記憶変数体《マインドステート》をスキャンできる小型の装置を持っていないのだろう。だから、ここで首を切《き》り離《はな》して〈ニューラルゲート〉の入った頭部ごと持って帰るつもりなのだ。

その残忍《ざんにん》な光景を想像して、玲奈《れな》の胸の内に黒々とした絶望の感情が広がった。

痛い。疲《つか》れた。しんどい。眠《ねむ》い。休みたい。

何のために私頑張《がんば》っているんだっけ。

アキと一緒《いっしょ》になるため？　笑うため？　幸せになるため？

そんなもの、とっくの昔に遠くへ行ってしまった。

アキは今、《致死の蒼《リーサルブルー》》と一緒《いっしょ》にいる。

最後の最後までともに戦うつもりだ。

私は置いていかれた。隣《となり》に立てなかった。

——結局のところ、いつも私は独りぼっち。

アキもリョウも、喧嘩《けんか》は多いが仲がいい。同性同士のつながりみたいなものがあるのか、時折玲奈《れな》が入れない絆《きずな》があるのを感じた。

二人以外に友達はいた。むしろ多いくらいだった。それでも、本当に心の底から安心できるのはそうした別の友達のいる場所ではなかった。二人のいる場所だった。

——アキのいる場所だった。

私は居場所を失った。二か月前、彼の背中を押したあの日から。

沈《しず》む、沈《しず》む、沈《しず》む、沈《しず》む——。

そうして玲奈《れな》は疑問を持った。

あれ、私、何のために生きてるんだっけ——。

ツウ、と一筋、頬《ほお》を涙《なみだ》が伝う。

気が付けば、マインドトークに声を乗せていた。

『アキ……今まで、ありがとう。……生きて』

それを最後に、通信を切断する。

立ち上がる力も残っていない。

立ち向かう気力もない。

「…………ほう」

なのに、この脚《あし》は身体を支えて立った。

《グランドノート》が興味深そうに声を漏《も》らす。

「君以外は全員倒《たお》れている。なのになぜ戦う。辛《つら》いだけだろう」

「さあ……？」

玲奈《れな》は言って、弾倉《マガジン》が空になったままのサブマシンガンを投げ捨てた。もうサブマシンガン用の予備の弾倉《マガジン》は残っていない。

玲奈《れな》は朦朧《もうろう》とした意識の中で、腰《こし》からハンドガンを二丁抜《ぬ》いた。

目を細める。

想《おも》うのは、黒髪《くろかみ》の少年の横顔。

「──長生きして、って言われちゃったからかな」

たとえ伸《の》びる寿命《じゅみょう》が僅《わず》か一秒だったとしても。

彼に願われてしまったのだから、抗《あらが》う以外に選択《せんたく》はなかった。


二百ミリ砲弾《ほうだん》が鼻先を掠《かす》めた。

その時だった。

突如《とつじょ》、秋人《あきと》の視界端《はし》にマインドトークの着信を知らせるウィンドウがポップアップしたのは。

『アキ……今まで、ありがとう。……生きて』

ノイズ交じりの通信。

ところどころ切れていて聞き取りにくいその音声は、しかし間違《まち が》えようもない。

玲奈《れな》の声だった。

秋人《あきと》は慌《あわ》てて声を張る。

「おい、玲奈《れな》⁉　大丈夫《だいじょうぶ》か⁉　おい、玲奈《れな》っ、玲奈《れな》‼」

しかし、通信はそこまでで切れており、こちらの声は彼女に届いていない。

咄嗟《とっさ》にマインドトークのバイタルを見ると、玲奈《れな》の状態は良好とは程遠《ほどとお》いが、まだしっかり息をしている。しかし、他の面々の情報を見て目を剝《む》いた。ほとんどが重傷《じゅうしょう》、あるいは瀕死《ひんし》を示す数値だったのだ。

「オイ、秋人《あきと》っ。今の玲奈《れな》からの通信か？　何があった？」

すると、秋人《あきと》の声を聞いていた遼太郎《りょうたろう》が詰《つ》め寄《よ》ってくる。

秋人《あきと》は顔を伏《ふ》せたまま絞《しぼ》るように言った。

「――本隊がヤバイ。全滅《ぜんめつ》寸前だ」

「なんだって」

「うそ――」

フィリアと遼太郎《りょうたろう》の目が見開かれる。

すると、ランドの乗った戦略外骨格《JOINT》が秋人《あきと》たちが身を隠《かく》すクレーターに主砲《しゅほう》を向けた。

「やばっ」

視界が警告表示《アラート》いっぱいになり、回避《ドッヂ》ルートが合成表示される。

三人は半ば転びながら駆《か》け出《だ》して、今度は工場の一部だったらしい高さ五メートルは超《こ》える巨大《きょだい》な瓦礫《がれき》の陰《かげ》に向かって駆《か》け出《だ》した。

「クソッ、ちょこまかと鬱陶《うっとう》しい連中だ！」

戦略外骨格《JOINT》から男の苛立《いらだ》った声が夜の工場地帯に響《ひび》き渡《わた》る。

背後から押し寄せる爆風《ばくふう》から逃《に》げるように瓦礫《がれき》の陰《かげ》に滑《すべ》り込《こ》むと、秋人《あきと》は奥歯《おくば》を噛《か》み締《し》めた。

どうするどうするどうするどうする。

殿《しんがり》部隊《ぶたい》のほとんどは黒ヘルメットの連中との交戦もあり、負傷してまともに動けない。その上、動けたとしても兵装はたかが六・八ミリ弾《だん》のライフルくらいで、この場で最も火力が高いのは秋人《あきと》の持つゼロクロだ。しかし、それだってあの何層にも重ねられた胸部の分厚い装甲《そうこう》を破って電源ユニットを破壊《はかい》できるとは思えない。ゼロクロのバッテリーだって、残り僅《わず》かなのだ。

考えろ。頭を回せ。思考を続けろ。諦《あきら》めるな。

その時、秋人《あきと》の目に戦略外骨格《JOINT》のあるパーツに目が留まった。

それは、無骨な腰《こし》と両脚《りょうあし》に備え付けられた仰々《ぎょうぎょう》しい鉄の鎧《よろい》。

「――なあ、フィリア。あれって……」

秋人《あきと》はフィリアに小声で訊《き》くと、彼女は短く顎《あご》を引いた。

「……うん。多分そうだと思うけど……アレがどうしたの？」

秋人《あきと》はじっとソレを見る。

その姿に遼太郎《りょうたろう》は冷汗《ひやあせ》を流した。

「オ、オイ秋人《あきと》……テメェ、変なこと考えてねえだろうな……？」

「あのブリキ缶《かん》は今の俺たちには潰《つぶ》せない。まずはアレに押し勝つことを諦《あきら》める。――代わりに、別の方法で俺たちは俺たちの目的を果たす」

「……わたしはいつでも行けるわ」

「オイオイオイ待て待て待て、なに平然と同意してんだ《致死の蒼》《リーサルブルー》！　テメェら人外と違《ちが》って俺は一般兵《いっぱんへい》っつーか一般人《いっぱんじん》なんだが⁉　潜《くぐ》り抜《ぬ》けきた死線の数ってやつが別の意味で違《ちが》うんだが⁉　っていうか近いっつってもここからプラントまで何メートルあると思ってんだ、っていうかそもそもアレ相手に接近するとか怖《こわ》すぎだし、っていうか少しでもミスったら暴発して俺たちも消し飛ぶじゃねえか！」

ビビる遼太郎《りょうたろう》に向けて、秋人《あきと》は親指を立てた。

「大丈夫《だいじょうぶ》、どの道、この場に留まっていても俺たちは消し炭になるから」

「そういう話じゃねえんだけどなあ⁉」

そうは言いながらも、しっかり覚悟《かくご》を決めて横に並ぶ遼太郎《りょうたろう》。

フィリアも隣《となり》に立ち、小さく頷《うなず》いた。

すると、瓦礫《がれき》を陰《かげ》にサーチライトが照らされる。

戦略外骨格《JOINT》だ。

「頼《たの》むからこのまま諦《あきら》めてくれ。何も君たちを肉塊《にくかい》に変えたいわけじゃないんだ。ことは穏便《おんびん》に済ませたいと思っている。こっちに出てきて、話し合わないか」

「……ツケ、そりゃミンチにしたら記憶変数体《マインドステート》も回収できねえもんな」

「――行くぞ、フィリア、遼太郎《りようたろう》」

秋人《あきと》が言うと同時、三人は同時に瓦礫《がれき》の陰《かげ》から飛び出した。

「……小癪《こしやく》な」

ランドが憎々《にくにく》し気《げ》に言うなり、戦略外骨格《JOINT》に備え付けられた機関砲《きかんほう》が六門火を噴《ふ》く。

ジャンプキットを操《あやつ》ってジグザクに軌道《きどう》を変えながら、一気に距離《きより》を詰《つ》める。

「んん……？　なんだ、何が目的だ」

その火砲《かほう》の放つ雨の中を、潜《くぐ》り抜《ぬ》けるドローンが一機。

〈イヴ〉は誰《だれ》よりもいち早く戦略外骨格《JOINT》の足元に肉薄《にくはく》すると、急上昇《きゆうじようしよう》する。

そして頭部と胸部が一体となった部分を前で静止すると、キィー……ンと、高周波の音を響《ひび》き渡《わた》らせ始めた。それは、電力のチャージ音。

「こ、の小蝿《こばえ》が！」

巨腕《きよわん》で〈イブ〉を薙《な》ぎ払《はら》おうとする戦略外骨格《JOINT》。

しかし、それよりも前に〈イヴ〉は不可視の攻撃《こうげき》を放った。

爆発《ばくはつ》とは違《ちが》う、金属が擦《こす》れる不快な音が轟音《ごうおん》となって響《ひび》いた。

紫電《しでん》が虚空《こくう》に舞《ま》い散《ち》り、〈イヴ〉の身体が反動で大きく後退する。

戦略外骨格《JOINT》の一次装甲《そうこう》には何ら変化はない。

しかし、内部の、、、人間までは無事では済まなかった。

「ぐっ、ぁあああああ――！」

「今よ！」

ランドの悲鳴が響《ひび》くと同時、フィリアが叫《さけ》ぶ。

秋人《あきと》と遼太郎《りょうたろう》は彼女の合図を聞いて、一気に最短距離《さいたんきょり》で戦略外骨格《JOINT》に向かって駆《か》け出《だ》した。

〈イヴ〉の繰《く》り出《だ》したのは、指向性レーザー兵器を利用した、ただの騒音だった。装甲《そうこう》を遠隔《えんかく》から振動《しんどう》させ、ジェットエンジンよりも大きな音を生み出す、ただそれだけの攻撃《こうげき》。

一見大したことのない戦術にも聞こえるが、しかしこうした音響《おんきょう》兵器に慣れていない生身の人間からしたら、一瞬《いっしゅん》でも隙《すき》を作ってしまうれっきとした非致死性《ひちしせい》の制圧手段なのだ。

そうしてランドの意識が正常に戻《もど》るよりも前に、秋人《あきと》と遼太郎《りょうたろう》が戦略外骨格《JOINT》の右足、フィリアと〈イヴ〉が左足にしがみつく。

「遼太郎《りょうたろう》、ポートを探せ！」

「くっそ、砂利《じゃり》塗《まみ》れでクソ汚《きた》ねえ――ってあったぞ秋人《あきと》！」

「ナイス……っ！」

遼太郎《りょうたろう》が見つけたのは、装甲《そうこう》の合間にあった小さな切れ間。そこに嵌《はま》っている鉄板を引《ひ》き剝《は》がすと、中から整備用の端子《たんし》が出てくる。

秋人《あきと》はスーツからケーブルを引っ張り出し、迷わずその端子《たんし》に接続した。

「フィリア、いつでもいいぞ！」

「こっちも繋《つな》がった！　――NLI接続する！」

秋人《あきと》と同様に戦略外骨格《JOINT》と有線接続したフィリアが叫《さけ》んだ。

それと同時、秋人《あきと》の〈ニューラルゲート〉が遠隔《えんかく》操作モードに切《き》り替《か》わる。フィリアの〈ニューラルゲート〉と超近距離無線通信規格《ちょうきんきょり》で接続し、その操作権限を彼女に移譲《いじょう》したのだ。

そうして秋人《あきと》の視界に無数にポップアップしたウィンドウの中で文字列が濁流《だくりゅう》のように下から上へと流れていく。

フィリアが行うのは、戦略外骨格《JOINT》の脚部《きゃくぶ》パーツへのクラッキング。

そしてその脚部《きゃくぶ》パーツというのが、戦略外骨格《JOINT》用のジェットキットだった。

「貴様ら、一体、何を――!!」

正常な思考を取《と》り戻《もど》し、異変にようやく気が付くランド。

しかし、全てはもう遅《おそ》い。

「――システムの制圧完了《かんりょう》。起動する！」

フィリアの声が鳴った瞬間《しゅんかん》。

戦略外骨格《JOINT》のスリットが一斉《いっせい》に開き、点火。

全身を焼《や》き焦《こ》がさんとする熱波が、目の前に押し寄せる。

「おおおおおおおおおお!!」

隣《となり》で遼太郎《りょうたろう》が悲鳴なのかただの叫《さけ》び声《ごえ》なのか判別のしづらい声を上げた。

身体が浮《う》く。スーツの表面が爛《ただ》れる。人工筋繊維《バイオメタルファイバー》が溶《と》ける異臭《いしゅう》がする。

轟音《ごうおん》が内腑《ないふ》を震《ふる》わせ、振《ふ》り落《お》とされないように必死に脚部《きゃくぶ》にしがみつく。

気が付けば秋人《あきと》たちは戦略外骨格《JOINT》とともに人が豆粒に見える高さまで浮《う》いていた。

夜の工場地帯がパノラマで見渡《みわた》せる。

「二人とも、衝撃《しょうげき》に備えて！」

直後、その景色は残酷《ざんこく》なまでの強力な加速度によって引き延ばされる。

浮上《ふじょう》していた戦略外骨格《JOINT》は、そのまま鋭角《えいかく》に向きを変えて加速したのだ。

その身が目指すのは火の手の上がる最奥《さいおう》の工場——第七プラント。

玲奈《れな》のいる場所だった。

『嘘《うそ》だろ、嘘《うそ》だろ、嘘《うそ》だろっ！　これ死ぬってこれ死ぬだろ！』

『ちょっと秋人《あきと》、そこの整備班班長を黙《だま》らせて！　気が散る！』

『……っ、二人とも今だ、後ろに飛べ!!』

言葉と同時、三人は戦略外骨格《JOINT》の脚部から手を離した。

いつかテレサビルにフィリアと突《つ》っ込《こ》んだ時のことが思い出される。

きっと走馬灯とはこういう思考の加速のことを言うのだろう、とぼんやり思った。

視界の先で、第七プラント上部にランドの乗った戦略外骨格《JOINT》が突入《とつにゅう》する。

まるで豆腐《とうふ》に銃弾《じゅうだん》を撃《う》ち込《こ》んだかのように第七プラントの外壁《がいへき》が内側に崩《くず》れ、夥《おびただ》しい瓦礫《がれき》の破片《はへん》を伴《ともな》ってその身を沈《しず》みこませた。

秋人《あきと》たちは強すぎる慣性の力を自分たちのジェットキットを全開にして殺しながら、戦略外骨格《JOINT》が突入《とつにゅう》したのと同じコースで第七プラントへと入り込む。

果たして、秋人《あきと》たちが入り込んだのは用途《ようと》不明の装置がずらりとならんだ巨大《きょだい》な空間だった。

戦略外骨格《JOINT》はその空間の床《ゆか》に到達《とうたつ》するよりも前に、白銀の斬撃《ざんげき》を受けた。

剝《は》がれる装甲《そうこう》。飛び散る油。

本体を残してほとんどの装甲《そうこう》が一瞬《いっしゅん》にして斬《き》り飛《と》ばされた戦略外骨格《JOINT》が空間の端《はし》に倒《たお》れ込《こ》む。

「ふざ、けるな――」

直後、操縦者の悲鳴を残して爆発。

舞《ま》い散《ち》る金属片《きんぞくへん》の向こう側に、その攻撃《こうげき》を繰《く》り出《だ》した張本人が立っていた。

腰《こし》に据《す》えられた箱型の装置に、チューブの伸《の》びた両腕《りょううで》。

そして手に握《にぎ》られるのは白銀の刀身――。

《グランドノート》その人である。

着地する。

すると《グランドノート》のすぐ後ろに、血まみれの少女が一人、装置に背を預けて倒《たお》れているのが見える。

「玲奈《れな》――!!」

それを目にした瞬間《しゅんかん》、秋人《あきと》はジェットキットを全開にして飛び出した。


自分の足元に水たまりが広がっていくのを眺《なが》めた。

雨も降っていないのに不思議なこともある——なんて考えて、そこで脳の理解が追い付く。

それは、血だまりだった。

「は——、は——」

玲奈《れな》は身体を押《お》さえながら、浅く呼吸を繰《く》り返《かえ》す。

タクティカルスーツは切れ目がない場所を探す方が難しいほど、あらゆる箇所《かしょ》を切り刻まれていた。

血を流しすぎたせいか、さっきから眩暈《めまい》が止まらない。

右足の傷が酷《ひど》く、半ば抉《えぐ》れている。

「……存外、しぶといな。しかし、その最後の悪あがきもこれまでだ——恨《うら》むなら、生みの親たるテレサの研究者を恨《うら》め」

「それはどーも。でも、別に恨《うら》みごとなんてないかな——」

あるとすれば、心残りくらいのものか。

ああ、でもせめて、あと数年生きて、彼と一緒《いっしょ》に大人というものになってみたかった——

ゆっくり瞼《まぶた》を下ろそうとした――その時。
世界の殻《から》が破られた。
「――」
光が差し込む。
第七プラントの天井《てんじょう》が壁《かべ》の一面もろとも内側に膨《ふく》れ上《あ》がってくる。
現れたのは無骨な鉄の塊《かたまり》。戦略外骨格《JOINT》だ。
輝《かがや》いているのは太陽かと思ったが、違《ちが》った。
それは戦略外骨格《JOINT》の脚部《きゃくぶ》についた巨大《きょだい》なジェットキットの光だった。
《グランドノート》は無造作に刀を振《ふ》るう。
一瞬《いっしゅん》にして戦略外骨格《JOINT》の装甲《そうこう》が切り刻まれ、広間の左右にその残骸《ざんがい》が飛んでいった。
その最中。
戦略外骨格《JOINT》の後ろから降り立つ三人の人影《ひとかげ》あった。
玲奈《れな》はその姿に気が付いて目を見開く。
なんで。どうして。
気づけば玲奈《れな》の瞳《ひとみ》から、熱い涙《なみだ》が伝っていた。
「玲奈《れな》――!!」
黒髪《くろかみ》の少年が駆《か》けつけてくる。

しかし、その道を塞《ふさ》ぐ一人の敵兵が現れる。《グランドノート》だ。

白と紅の刀身が交錯《こうさく》する。そこにフィリアと遼太郎《りょうたろう》が加勢する。

一対三の近接戦闘《せんとう》。しかし、それでも《グランドノート》の方に分がある。

明らかに三人とも動きがぎこちない。特にアキはエラー517の進行が極限まで来ているのだろう。一体、どれだけ自分の意志で動かせているのだろうか。玲奈《れな》の目には、ほとんどがスーツのアシスト機能によって強引《ごういん》に動かしているようにしか見えない。

「……っ、アキのバカ！　なんで来たの⁉」

痛む身体も関係なく、玲奈《れな》は思わず叫《さけ》んでいた。

だっておかしい。自分は人に、生きて欲しいとかいって遠ざけておいて、いざ自分の番となると人の言うことは全部無視して突《つ》っ込《こ》んでくるのだから。

しかし、秋人《あきと》はそんな玲奈《れな》の気も知らずに叫《さけ》び返《かえ》す。

「バカはお前だ！　玲奈《れな》を見捨てるわけないだろ！」

「……っ、よく言うよ！　自分は好き勝手やって、こっちの気も知らないで！」

しかし、言いながら、玲奈《れな》は自分の口角が上がるのを感じた。

変化することは止められない。増える縁《えん》もあれば切れる縁《えん》もある。記《き》憶《おく》も絶えず上書きされる。それでも、彼《かれ》はこうして玲奈《れな》の居場所であり続けてくれるのだ。

それがただ、嬉《うれ》しかった。

「君たち、痴話喧嘩《ちわげんか》のっ、続きはッ、あの世でやってくれ――！」

気合い一閃《いっせん》。半円状に斬《き》った大ぶりの攻撃《こうげき》に、フィリアと遼太郎《りょうたろう》の身体が吹《ふ》き飛《と》ばされる。

「……、……っ」

秋人側《あきとがわ》の手数が一気に減る。このままでは秋人《あきと》が殺されてしまう。

玲奈《れな》は奥歯《おくば》を食いしばって、手元に転がっていたハンドガンを引き寄せる。

そして残弾数《ざんだんすう》も確認《かくにん》しないまま、《グランドノート》に向かって発砲《はっぽう》した。

一発、二発、三発。震《ふる》える片手では反動制御《せいぎょ》も難しく、単発で確実に狙《ねら》う。

何度か《グランドノート》のスーツに当たり、その動きをひるませることに成功する。

九ミリという小口径の弾丸《だんがん》では貫通《かんつう》には至らないが、それでも衝撃《しょうげき》の一部は確実に内部へと到達《とうたつ》する。秋人《あきと》への援護《えんご》としては十分役に立つ。

そうして四発目を撃《う》とうとしたその時。

苛立《いらだ》った《グランドノート》は、その得物を玲奈《れな》に向かって投げ飛ばした。

「鬱陶《うっとう》しいッ、いい加減死んでおけ――！」

迫《せま》る。白銀の切っ先が、すぐ目の前まで。

避《よ》けられない。あまりにも速すぎる。

脳が認知《にんち》したその時すでに、刃《は》は玲奈《れな》の数メートル先まで達していた。

玲奈《れな》の反応速度が落ちているのか、《グランドノート》の投擲力《とうてきりょく》が強すぎるのか。

恐《おそ》らく両者とも正解だろう。

諦《あきら》めの言葉が頭に浮《う》かぶよりも前にその切っ先は玲奈《れな》の首元に到達《とうたつ》しようとして――

「……っ」

その刀身は、突如《とつじょ》として横から飛び込んできた別の少女の腹部へと深々と突《つ》き刺《さ》さった。

少女の苦悶《くもん》の声が響《ひび》く。

プラチナブロンドの髪《かみ》が舞《ま》う。

その人形よりも人形らしい整った横顔を見て、玲奈《れな》は目を見開いた。

「《致死の蒼《リーサルブルー》》、どうして!?」

ぐらりとよろめいたフィリアは、玲奈《れな》の身体に覆《おお》いかぶさる。

フィリアは震《ふる》える身体で首を動かし、その宝石のように美しい瞳《ひとみ》で玲奈《れな》を見た。

「……別に。仲間を守って、何かおかしいことある？」

「――っ」

その言葉に、玲奈《れな》は声を失う。

彼女の言葉に嘘偽《うそいつわ》りの響《ひび》きはなかった。ただ純粋《じゅんすい》に、玲奈《れな》のことを仲間であると認識《にんしき》していた。

こんな時、自分は何を思えばいいのだろう。

ライバル視していたのは自分の方だけだったということに対する怒《いか》り？　――否。

嫉妬《しっと》による感情の波に呑《の》まれ、勝手に一人踊《おど》っていたことに対する自嘲《じちょう》？　――否。

きっと、今、自分が思うべき感情は、この純真極《きわ》まる少女への感謝なのだ。

「お前、フィリアと玲奈《れな》に何してんだ――‼」

剣戟《けんげき》の響《ひび》きを、激昂《げっこう》した秋人《あきと》の叫《さけ》び声《ごえ》が塗《ぬ》りつぶす。

新たに刀を生成した《グランドノート》は、しかしそんな秋人《あきと》の攻撃《こうげき》を難なくいなしていた。

玲奈《れな》は自分のポーチから止血剤《しけつざい》の入った無針注射器《ジェットインジェクター》を取り出す。

〈マークエイト〉は、フィリアの脇腹《わきばら》を貫通《かんつう》していた。このまま抜《ぬ》くと、出血が激しくなり最悪そのまま死に至る。そのため、まず傷口を塞《ふさ》ぎながら抜《ぬ》く必要があるのだ。

「フィリ、ア……っ」

すると、近くから声が飛んでくる。

振《ふ》り返《かえ》ると、傷だらけのシスティが這《は》うようにしてこちらに近づいてきた。

システィは自分のポーチに手を伸《の》ばし、何かを取り出して投げてくる。

「それ、使って！」

フィリアはぼんやりとした目でそれをキャッチした。

見ればそれは、生体パーツを瞬時《しゅんじ》にして修復するという強力な医薬品――即時再生剤《リストーラー》だった。

以前、重傷《じゅうしょう》の秋人《あきと》をすぐさま治療《ちりょう》した代物《しろもの》である。確か、これが最後の一本だったはず。

フィリアは即時再生剤《リストーラー》の入っている無針注射器《ジェットインジェクター》のノックボタンに親指をあてがう。

そしてそのまま自分に打つのかと思いきや、彼女はなぜか玲奈《れな》の右足に当てた。

プシュッ、と響《ひび》く空気の漏《も》れ出《だ》す音。

感覚の無くなっていた右足が、急速に熱くなる。

玲奈《れな》はフィリアの右手を慌《あわ》てて離《はな》させた。しかし、全ては遅《おそ》い。

即時再生剤《リストーラー》は既《すで》に玲奈《れな》の体内に注入された後だ。

「何してんの⁉」

「……わたしは、これで充分《じゅうぶん》」

そう言ってフィリアは玲奈《れな》の手から止血剤《しけつざい》を受け取り、自分の脇腹《わきばら》に注入した。

「意味、分かんない――」

そうしている間にも、玲奈《れな》は全身の傷という傷が塞《ふさ》がっていくのを感じる。

フィリアは玲奈《れな》の首元に縋《すが》って、言った。

「あの人の幼馴染《おさななじみ》なんでしょ。相棒なんでしょ。――秋人《あきと》を、お願い」

「――――」

玲奈《れな》は唇《くちびる》を噛《か》む。

最早《もはや》これ以上、彼女に問う必要もない。その意図は十二分に伝わった。

玲奈《れな》は、ハンドガンの弾倉《マガジン》を換装《かんそう》する。

「――あんたの想《おも》い、無駄《むだ》にしない」

玲奈《れな》がそう言うと、フィリアは晴れた顔で笑った。

「任せたわ、レナ」


ぼやけた視界の中で、白銀の剣筋《けんすじ》だけが見える。

地面を踏《ふ》んでいる感覚も曖昧《あいまい》で、極度の集中に呼吸することすら忘れる。

スーツが切られ過ぎて、人工筋繊維《バイオメタルファイバー》による右腕《みぎうで》の操作がおぼつかなくなっていた。出力が落ち、明らかに押《お》し負《ま》けることが多くなっている。

そこに、鋭《するど》い一撃《いちげき》が飛んでくる。

すんでのところで弾《はじ》いた秋人《あきと》は、しかしぐらついた体勢をすぐに立て直すことができず、二歩三歩とたたらを踏《ふ》んだ。

そこに《グランドノート》は容赦《ようしゃ》なく追い打ちをかけてくる。

「いい加減、その首を寄こせ！」

「……ッ！」

再び弾《はじ》いて流す。

更《さら》に傷が開き、足元に血の雫《しずく》が列をなして落ちる。

すると、いつの間にか《グランドノート》が横薙《よこな》ぎに振《ふ》った刀身が腹部のすぐ目の前にあった。
コンマ数秒の差で、何とかゼロクロの腹で受ける。
「がっ、は……ッ！」
しかし衝撃《しょうげき》をまったく流せず、吹《ふ》き飛《と》ばされてしまう。
背中から工業機器の連なりに突《つ》っ込《こ》み、衝撃《しょうげき》に息が詰《つ》まった。
二十メートルは機材を押《お》し倒《たお》して、ようやく身体が止まる。
しかし、あまりの痛みに身動きが取れないでいた。
そこに、《グランドノート》が幽鬼《ゆうき》のようにゆらりと近づいてくる。
「――そろそろ幕引きとしよう」
腕《うで》が震《ふる》える。脚《あし》に力が入らない。
それでも上体を起こして必死に立ち上がろうとする。
しかし、《グランドノート》はあっさり秋人《あきと》の目の前に立つと〈マークエイト〉を振《ふ》りかぶり――
「――ッ！」
そこに弾丸《だんがん》の雨が来た。
正確無比な九ミリの連なり。
見間違《みまち》えるはずもない。

「玲奈《れな》……！」

振《ふ》り返《かえ》ると、そこには疾駆《しっく》する玲奈《れな》の姿があった。

見れば、さっきまで彼女のいた位置にシスティがいる。状況《じょうきょう》から察するに即時再生剤《リストーラー》を使ったのだろう。それ以外に、彼女のこの復活を説明できない。

「……ッチィ！　どこまでも鬱陶《うっとう》しい奴《やつ》だ！」

玲奈《れな》の射撃《しゃげき》と入《い》れ替《か》わり立ち代わりに攻撃《こうげき》を繰《く》り出《だ》す。

〈マークエイト〉を真っ二つに断《た》ち切《き》る。

――《グランドノート》が刀身を再生成する。

再び〈マークエイト〉を切《き》り裂《さ》き鈍《なまく》らに変える。

――再び《グランドノート》が左手から新たな刀を引《ひ》き抜《ぬ》く。

そうして秋人《あきと》が壊《こわ》した白銀の刀が十本を超《こ》えたその時、玲奈《れな》の放った弾丸《だんがん》が《グランドノート》の背中にある戦術立体プリンター《ATAP》を穿《うが》った。

玲奈《れな》がこの無限に湧《わ》き出《で》る刀剣《とうけん》のサイクルを止めてくれたのだ。

「――――ッ!!」

ヘルメットの奥で《グランドノート》の表情が凍《こお》り付《つ》いたように見えた。

「アキ、今だよ！」

玲奈《れな》の声が秋人《あきと》の背中を押す。

前に出る。地を蹴《け》る。
《グランドノート》もまた、前に出る。
互《たが》いに下がる道もない。
生き残るためにあるのは正面の敵を斬《き》る道のみ。
両者の距離《きょり》は二十メートル。
ともにスーツのアシストもほとんどないまま、それぞれの得物を構えて踏《ふ》み込《こ》む。
「さあ――」
「いざ――」
――勝負。
息を吐《は》き、呼吸を止める。
全ての音が消え、心音だけが耳に残る。
秋人《あきと》が振《ふ》るう紅色の刀身が《グランドノート》の頭部に迫《せま》る。
それと同時、《グランドノート》の白銀の刀身もまた、秋人《あきと》の首元に伸《の》びた。
互《たが》いに避《よ》けない。
避《よ》けるくらいなら、先に勝負を決める。
果たして、二人の位置は入《い》れ替《か》わり、刀剣《とうけん》を振《ふ》り抜《ぬ》いたまま二人は硬直《こうちょく》した。
「――――」

「――――」

何も言わない。

何も鳴らない。

その静寂《せいじゃく》の中、ピシッ、と何かが引き割れる音が響《ひび》いた。

音の源は秋人《あきと》の首に収まる光学ジャミング装置であり、《グランドノート》のフルフェイスヘルメットだった。

音を立ててそれらが床《ゆか》を叩《たた》く。

あと一歩。否、あと数ミリ。

互《たが》いに互《たが》いの得物が届かなかった。

しかし、秋人《あきと》も《グランドノート》も一歩も動けない。

理由は単純。今の一撃《いちげき》に全てをかけた故《ゆえ》、自身の繰《く》り出《だ》した攻撃《こうげき》の反動に、骨や筋肉はおろか、内蔵に至るまで深刻なダメージを負っていた。

二人同時に咽《むせ》る。

口からこぼれたのは鮮《あざ》やかな赤。

それでも敵がそこにいる限り、倒《たお》れられないのが兵士の使命《さだめ》。

秋人《あきと》は身体を強引《ごういん》に動かし振《ふ》り返《かえ》る。

《グランドノート》もまた同様に反転する。

そして再び互《たが》いの刀を構え――

「え――」

「な――」

両者目を見開いた。

二人だけではない。まだ意識のある仲間たち、そして黒ヘルメットの兵士たち全員が驚愕《きょうがく》に息を呑《の》んだ。

秋人《あきと》は呻《うめ》くように言う。

《グランドノート》も低く呟《つぶや》く。

「お前」

「貴様」

「「――その顔は、なんなんだ」」

そこにあったのは、秋人《あきと》と瓜二《うりふた》つの顔だった。

否、瓜二《うりふた》つというには異なる点も少なくない。

そもそも秋人《あきと》は顔半分を機械仕掛《じか》けの義眼パーツに覆《おお》われていないし、顔に走る傷跡《きずあと》もせいぜい一つか二つで二十も三十もない。

何よりも、《グランドノート》は秋人《あきと》よりもいくらか年上に見えた。

そうして互《たが》いに沈黙《ちんもく》に沈黙《ちんもく》を重ねていたその時。

「たい、長……」

「いち、のせ……」

お互《たが》いの仲間が死に瀕《ひん》した呻《うめ》き声《ごえ》を上げる。

二人の表情が僅《わず》かに歪《ゆが》んだ。

永遠にも感じる沈黙《ちんもく》の末、二人は同時に得物を下げた。

すると、《グランドノート》は言葉を作る。

「――ゴースト1《ワン》より本部。作戦は失敗。繰《く》り返《かえ》す、作戦は失敗だ。これより撤退《てったい》を始める。ルートの指示を頼《たの》む」

そう言って《グランドノート》がハンドサインを出すと、辛《かろ》うじて動く力の残っていた黒へルメットの兵士たちは、仲間を引き連れてあっという間に資材搬入用《はんにゅうよう》通路と思《おぼ》しき場所まで下がっていく。

「逃《に》がす、かよッ」

それを見て、ついさっきまで伸《の》びていた遼太郎《りょうたろう》はグレネードランチャーを構える。

「遼太郎《りょうたろう》」

その動きに応じて、仲間たちと黒へルメットの兵士たちが一斉《いっせい》に銃口《じゅうこう》を向け合った。

「――っ」

「やめるんだ」

秋人《あきと》は鋭い声で制止する。

「……また会おう、《死を超越した子供たち《アクセプティ》》。君たちの記憶変数体《マインドステート》は必ず回収する」

「……もう二度と来るな。あんたらにやる記憶《きおく》データなんぞ、一バイトたりともないからな」

最後に《グランドノート》は不敵に笑って、影《かげ》の向こうへと姿を消した。

かつて戦術降下艇《ドロップシップ》内での複体再生《リスポーン》に使用していた、クローン体を印刷できる降下ポッド――。

エラー517の治療《ちりょう》を可能とする装置は、それとよく似た形状をしていた。

秋人《あきと》たちは黒ヘルメットの部隊を退《しりぞ》けた後、第七プラントの最奥部《さいおうぶ》にて何十機ものそれら装置を見つけた。

そして今まさに、その装置に入ったエラー517の重症者二十名が、治療《ちりょう》を完了《かんりょう》しようとしていたところだった。

横並びになった円柱型のポッドから圧縮された空気が漏《も》れ出《だ》す。

ゆっくりとポッドが開くと、中からまるで複体再生《リスポーン》直後のような肌艶《はだつや》をした仲間たちが、戸《と》惑《まど》いと喜びとが混ざった表情で出てきた。

「すごい……本当に治ってる」

近くに立っていたフィリアが感嘆《かんたん》の声を上げる。

その声を皮切りに、集まった二千四百人分の歓声《かんせい》が巻き起こった。

泣き出す者、抱《だ》き合《あ》う者、笑い合う者に、喜びのあまり座り込む者など様々だ。

「よかった……。本当によかった……」

その光景を見て、秋人《あきと》はようやく肩《かた》の力を抜《ぬ》くことができた。

すると、秋人《あきと》の隣《となり》に玲奈《れな》が並ぶ。

玲奈《れな》は第七プラントの装置を眺《なが》めながら呟《つぶや》いた。

「ねえ、アキ。まだ、アルカディアを壊《こわ》したことの責任を感じてる？」

「それ、は――」

秋人《あきと》は思わず玲奈《れな》の方を振《ふ》り返《かえ》る。

そんな秋人《あきと》の背中を、玲奈《れな》はバシンッと強めに叩《たた》いた。

「みんなさ、前よりテンション、超《ちょう》高いと思わない？」

「そ、そりゃ当然じゃないか……？　エラー517が治るって分かったんだし――」

「今だけの話じゃないよ。最近の――二か月前からの話」

秋人《あきと》ははっと息を呑《の》んだ。

「アキも、私も、みんなも――アルカディアを使ったことのある人は、普段《ふだん》生活する上で絶対に考えちゃうことってあったよね」

思わず口を開いた。

「──別に死なないし」

玲奈《れな》は頷《うなず》く。

「そう。〝別に死なないし〟。私たちはそれを合言葉に、何でもできたし、何でもさせられた。でも、それって究極の自由である反面、究極の枷《かせ》でもあったよね。なんてったって、死なないんだから。無意識のうちに、私たちは色んなことに無感動になっていった」

食事のために、ナイフの使い方を完璧《かんぺき》に覚える必要はなかった。別に怪我《けが》をしても再生できたから。

友人との喧嘩《けんか》で、手加減する必要はなかった。勢いが余ってしまっても、再生できたから。

敵と戦うときもそう。ちょっとした普段《ふだん》の遊びでもそう。

アルカディアという夢のような籠《かご》の中で生きてきた秋人《あきと》たちは、命それ自体に価値を感じていなかった。

「でもさ、こうしてアルカディアのない生活をしてみて、沢山《たくさん》のことを感じたよ。恐怖《きょうふ》を知ったし、反対に安心も知った。第七《こ》プ《こ》ラントまで来るのは大変だったけど、その分、みんな喜んでる。明日もまた生きることができるから。その価値を、知ったから」

玲奈《れな》はくるりと振《ふ》り返《かえ》って笑った。

「秋人《あきと》はアルカディアをみんなから〝奪《うば》った〟と思っているのかもしれないけど、本当はもっと多くのことをくれたんだよ。──ほら、だからさ。そう考えると、今のアキの悩《なや》みもふっきれない？」

「────」

玲奈《れな》の言葉に、しばらく何も言うことができなかった。

──ああ、でもそうか。

視点ひとつで、こうも世界は変わって見えるのか。

途端《とたん》に秋人《あきと》は、灰色に霞《かすみ》がかかっていた視界が、一気に鮮《あざ》やかな色彩《しきさい》を帯びたように感じた。

心がすっと軽くなる。

秋人《あきと》は玲奈《れな》を見て頰《ほお》を上げた。

「玲奈《れな》には敵《かな》わないな」

「ふふん。見直した？」

得意げに笑う彼女の表情は真夏の太陽のように輝《かがや》いている。

「ああ、見直した」

そう言って、秋人《あきと》は玲奈《れな》の頭にぽんと手を置く。

「……ありがとう、玲奈《れな》。やっぱり玲奈《れな》が一緒《いっしょ》にいてくれると安心する」

一瞬《いっしゅん》だけきょとんとした顔になる玲奈《れな》。

しかしすぐに彼女は、歯を見せてはにかんだのだった。

4

第七プラントを制圧してから四日が経《た》った。

装備、食料、医薬品とありとあらゆる物資を失い、大勢の負傷者を出したが、幸い二千四百人全員生き残ることができた。

第七プラントの装置は無事起動し、先ほどようやく全員のエラー517の治療《ちりょう》が完了《かんりょう》したところだ。

幸い、この区画には――その多くは先の戦闘《せんとう》で破壊《はかい》されてしまったが――生体パーツを始めとする様々な物資が備蓄《びちく》されている。しばらくは生きながらえることが十分にできそうだった。

また、忙《いそが》しい日々がここから始まる。

玲奈《れな》はパーカーにホットパンツという姿でプラント内部を歩いていた。

目指す場所は第七プラントの管制室。

改めて就《つ》いた食料調達班の班長として、まとめてきたレポートを情報統括《とうかつ》本部に提出に来たのだ。

扉《とびら》を開けると、何人かの統括《とうかつ》本部メンバーが宙に浮《う》かぶホロウィンドウを眺《なが》めてあーでもないこーでもないと盛《さか》んに意見を交換《こうかん》している。

その中の一人がこちらを振《ふ》り返《かえ》ると、微笑《びしょう》を浮《う》かべて近づいてきた。

玲奈《れな》もまた僅《わず》かに頬《ほお》を緩《ゆる》めて片手を上げた。

「……、や」

「……御機嫌《ごきげん》よう、レナ」

玲奈《れな》はフィリアに持ってきたデータドライブを渡《わた》す。

中にはここら一帯の備蓄《びちく》倉庫の位置とその内容についてまとめた情報が入っていた。

「これ、頼《たの》まれてたやつ」

「ありがとう。早いわね」

「食料調達班は割と早めに調整が終わったから。お陰《かげ》でスムーズに調査できたよ」

玲奈《れな》は言葉を区切って、それからずっと彼女に伝えたかったことを口にする。

「あの時はありがとう。……あんたがいなかったら、今頃《いまごろ》私は死んでた」

「……それはこちらのセリフよ。あなたには命を助けられたわ。ありがとう」

気恥《きは》ずかしくなり、互《たが》いに目を逸《そ》らす。

「ねえ、《致死の蒼《リーサルブルー》》——、いや、フィリア」

「——なに？」

フィリアは玲奈《れな》を見た。

「アキのこと、好き？」

「……ええ」

「殺したいくらい？」

少し間を置いて、フィリアは言った。

「もう二度と殺せないほどに」

玲奈《れな》は思わず、ふ、と笑ってしまった。

「それじゃあ、言葉どおりじゃん」

フィリアもまた頬《ほお》を緩《ゆる》めて肩《かた》を竦《すく》めた。

「違《ちが》いないわ」

玲奈《れな》はゆっくりと息を吐《は》き、フィリアと向き直った。

「フィリアってさ、秋人《あきと》の何、って自分で言える？」

玲奈《れな》の不意の問いかけに、フィリアは口を噤《つぐ》んで目を見開いた。

「か――」

フィリアは喉《のど》が震《ふる》えて上手《うま》く言葉が出てこないようだった。

しかし、それも一瞬《いっしゅん》。

一度肺を膨《ふく》らませた彼女は、真正面から玲奈《れな》を見据《みす》えて言った。

「彼女よ」

力強い彼女の言葉に後退《あとずさ》りしそうになるが、ぐっと堪《こら》えてその場に留まる。

そこに、フィリアもまた問いかけた。

「前に同じことをあなたに聞いたわね、レナ。あなたが、秋人《あきと》の何なのか」

「——私はアキの幼《おさな》馴染《じみ》」

それは、いつか嶺京《れいきょう》基地でフィリアと繰《く》り広《ひろ》げた問答の続き。

しかし、当時どこまでも暗かった玲奈《れな》の横顔は、今は自信と覚悟《かくご》に満ちている。

「……小さい頃《ころ》からずっと一緒《いっしょ》に育ってきた。アキが好きなものも、嫌《きら》いなものも、怖《こわ》いものも、憧《あこが》れるものも、全部知ってる。アキがどれだけ優《やさ》しくて強い人なのかってことも。だから、アキには本気で幸せになってほしいと思う。たとえその隣《となり》に立つのが私じゃなかったとしても。

——そう、本気で思ってた」

でもね、と一拍《いっぱく》の間を置いてから、玲奈《れな》もまた言う。

「私、アキのこと、諦《あきら》めきれてないみたい」

フィリアは眉《まゆ》を上げて、それから微笑《ほほえ》んだ。

「これは油断できないわね」

「そうだよ。あんまり油断しないでね」

ふふふ、あはは、と二人の少女の笑い声が管制室に響《ひび》く。

その場に居合わせていた情報統括《とうかつ》本部の面々は、そんな二人の少女に挟《はさ》まれる男のことを思って、胃をキリキリと痛めた。

あとがき

お久しぶりです。蒼井祐人《あおいゆうと》です。

ここまで三百ページ余りを読んでくださった方も、このページから捲《めく》ってくださった方も、本書をお手に取っていただきました全ての方に感謝申し上げます。ちなみに、私は冒頭《ぼうとう》数ページを読んでからあとがきを読むタイプです。

一巻に引き続き、本書もバトル多め設定こってり浪漫《ロマン》マシマシな一本になっております。もし、〝SF系中二病〟なるジャンルが存在していたら、本シリーズは間違《まち》いなくそれに該《がい》当《とう》することでしょう。「お、俺の電脳が疼《うず》く……ッ！」みたいなセリフばかりですからね。

別にわざとやっているわけではないのです。気が付いたら原稿《げんこう》に紛《まぎ》れ込《こ》んでいるのです。この現象、お分かりいただけますでしょうか……？　ちなみに私はよく分かりません。

しかし、中二病という言葉は既《すで》に死語のような気もします（令和四年現在）。言葉として流行《はや》るのも早かったですが、消えるのもまた早かったということでしょうか。

死語って素晴《すば》らしい。中二病という言葉が無くなったということは、実質中二病が治ったようなものです。あの不治の病もこれでようやく打倒《だとう》できたということでいいんですよね？

ただ、死語というものは良い側面だけではありません。言葉が無くなる、あるいは忘れられていくというのは寂《さび》しい面もあります。

最近、見かけなくなったな、という言葉といえば「萌《も》え」が思《おも》い浮《う》かびます。今では「尊い」や「推《お》し」「キュンです」といった言葉に取って代わられているでしょうか。とはいえ、それぞれの言葉の持つニュアンスは微妙《びみょう》に異なっているように感じます。「萌《も》えー！」と叫《さけ》びたい熱情の発露《はつろ》が、他の言葉で表現できない瞬間《しゅんかん》があるような気がするのです。「尊い」と「推《お》し」の狭間《はざま》にある感情、もしくは、その両者を遥《はる》かに凌駕《りょうが》する強烈《きょうれつ》な魂《たましい》の叫《さけ》び――ある意味、「萌《も》え」という言葉は定義がとても広かったと思うので、そうした多種多様な感情をカバーできるという意味で便利な概念《がいねん》だったのかもしれません。

言葉が遷移《せんい》していくことはごくごく自然なことなので良いということも悪いということもないのですが、ふとした時に、消えていった言葉たちのことを思い返してみるのも、新たに生まれた言葉との対比により新鮮《しんせん》な発見があって面白《おもしろ》いなと思うこの頃《ごろ》です。

さて、ここまで長々と書いてしまいましたが関係各所の皆様《みなさま》に御礼《おれい》を。スケジュールがきつきつの中、一巻に引き続き二巻でも素晴《すば》らしいイラストを爆誕《ばくたん》させてくださったＧｒｅｅＮさん、相も変わらず詰《つ》め込《こ》みすぎな原稿《げんこう》に対して親身にご対応いただきました担当の黒川《くろかわ》さん・井澤《いざわ》さん、お世話になりました関係者の皆様《みなさま》、ありがとうございました！

そして何より、本書を手に取って下さった読者の皆様《みなさま》に至上の感謝を！

◉蒼井祐人著作リスト

「エンド・オブ・アルカディア」（電撃文庫）
「エンド・オブ・アルカディア2」（同）

本書に対するご意見、ご感想をお寄せください。

ファンレターあて先
〒102-8177　東京都千代田区富士見2-13-3
電撃文庫編集部
「蒼井祐人先生」係
「GreeN先生」係

本書は書き下ろしです。

電撃文庫

エンド・オブ・アルカディア2

蒼井祐人《あおいゆうと》

2022年8月10日　初版発行

発行者　青柳昌行
発行　株式会社KADOKAWA
〒102-8177　東京都千代田区富士見2-13-3
0570-002-301（ナビダイヤル）
装丁者　荻窪裕司（META＋MANIERA）
印刷　株式会社暁印刷
製本　株式会社暁印刷

ISBN978-4-04-914452-9　C0193　Printed in Japan

電撃文庫　https://dengekibunko.jp/

電撃文庫創刊に際して

文庫は、我が国にとどまらず、世界の書籍の流れのなかで〝小さな巨人〟としての地位を築いてきた。古今東西の名著を、廉価で手に入りやすい形で提供してきたからこそ、人は文庫を自分の師として、また青春の想い出として、語りついできたのである。

その源を、文化的にはドイツのレクラム文庫に求めるにせよ、規模の上でイギリスのペンギンブックスに求めるにせよ、いま文庫は知識人の層の多様化に従って、ますますその意義を大きくしていると言ってよい。

文庫出版の意味するものは、激動の現代のみならず将来にわたって、大きくなることはあっても、小さくなることはないだろう。

「電撃文庫」は、そのように多様化した対象に応え、歴史に耐えうる作品を収録するのはもちろん、新しい世紀を迎えるにあたって、既成の枠をこえる新鮮で強烈なアイ・オープナーたりたい。

その特異さ故に、この存在は、かつて文庫がはじめて出版世界に登場したときと、同じ戸惑いを読書人に与えるかもしれない。

しかし、〈Changing Times,Changing Publishing〉時代は変わって、出版も変わる。時を重ねるなかで、精神の糧として、心の一隅を占めるものとして、次なる文化の担い手の若者たちに確かな評価を得られると信じて、ここに「電撃文庫」を出版する。

1993年6月10日
角川歴彦

電撃文庫DIGEST　8月の新刊

発売日2022年8月10日

魔王学院の不適合者12〈上〉
～史上最強の魔王の始祖、転生して子孫たちの学校へ通う～
著／秋　イラスト／しずまよしのり

世界の外側《銀水聖海》へ進出したアノス達。ミリティア世界を襲った一派《幻獣機関》と接触を果たすが、突然の異変がイザベラを襲う――第十二章《災淵世界》編、開幕!!

新作
魔法史に載らない偉人
～無益な研究だと魔法省を解雇されたため、新魔法の権利は独占だった～
著／秋　イラスト／にもし

優れた魔導師だが「学位がない」という理由で魔法省を解雇されたアイン。直後に魔法史を揺るがす新魔法を完成させた彼は、その権利を独占することに――。『魔王学院の不適合者』の秋が贈る痛快魔法学ファンタジー！

男女の友情は成立する？（いや、しないっ!!）Flag 5.じゃあ、まだ30になってないけどアタシにしとこ？
著／七菜なな　イラスト／Parum

東京で新たな仲間と出会い、クリエイターとしての現在地を知った悠宇。しかし充実した旅の代償は大きくて……。日葵と凛音への嘘と罪に向き合う覚悟を決めた悠宇だったが――１枚の写真がきっかけで予想外の展開に？

新・魔法科高校の劣等生
キグナスの乙女たち④
著／佐島 勤　イラスト／石田可奈

『九校戦』。全国の魔法科高校生が集い、熾烈な魔法勝負が繰り広げられる夢の舞台。一高の大会六連覇のために、アリサや茉莉花も練習に励んでいた。全国九つの魔法科高校が優勝という栄光を目指し、激突する！

エロマンガ先生⑬
エロマンガフェスティバル
著／伏見つかさ　イラスト／かんざきひろ

マサムネと紗霧。二人の夢が叶う日が、ついにやってきた。二人が手掛けた作品のアニメが放送される春。外に出られるようになった紗霧の生活は、公私共に変わり始める。――兄妹創作ラブコメ、ついに完結！

新説 狼と香辛料
狼と羊皮紙Ⅷ
著／支倉凍砂　イラスト／文倉 十

いがみ合う二人の王子を馬上槍試合をもって仲裁したコル。そして聖典印刷の計画を進めるために、資材と人材を求めて大学都市へと向かう。だがそこで二人は、教科書を巡る学生同士の争いに巻き込まれてしまい――!?

三角の距離は限りないゼロ8
著／岬 鷺宮　イラスト／Hiten

二重人格の終わり。それは秋玻／春珂、どちらかの人格の消滅を意味していた。「「矢野君が選んでくれた方が残ります」」彼女たちのルーツを辿る逃避行の果て、僕らが見つけた答えとは――。

この△《さんかく》ラブコメは幸せになる義務がある。2
著／榛名千紘　イラスト／てつぶた

生徒会長選挙に出馬する麗良、その応援演説に天馬は凜華を推薦する。しかし、ポンコツ凜華はやっぱり天馬を三角関係に巻き込んで……!?　もっとも幸せな三角関係ラブコメ、今度は麗良の「秘密」に迫る!?

エンド・オブ・アルカディア2
著／蒼井祐人　イラスト／GreeN

《アルカディア》の破壊から２ヶ月。秋人とフィリアたちは慣れないながらも手を取り合い、今日を生きるための食料調達や基地を襲う自律兵器の迎撃に追われていた。そんな中、原因不明の病に倒れる仲間が続出し――。

楽園ノイズ5
著／杉井 光　イラスト／春夏冬ゆう

『一年生編完結』――高校1年生の締めくくりに、ライブハウス『ムーンエコー』のライブスペースで伽耶の中学卒業を記念したこけら落とし配信を行うことに。もちろんホワイトデーのお返しに悩む真琴の話も収録！

隣のクーデレラを甘やかしたら、ウチの合鍵を渡すことになった4
著／雪仁　イラスト／かがちさく

夏臣とユイは交際を始め、季節も冬へと変わりつつあった。卒業後の進路も決める時期になり、二人は将来の姿を思い描く。そんな時、ユイの姉ソフィアが再び来日して、ユイと一緒にモデルをすると言い出して――

僕らは英雄になれるのだろうか2
著／鏡銀鉢　イラスト／motto

関東校と関西校の新入生による親善試合が今年も開催され、大和達は会場の奈良へと乗り込んだ。一同を待ち構えていたのは街中で突如襲来したアポリアと、それらを一瞬で蹴散らす実力者、関西校首席の炭黒亞墨だった。

新作
チルドレン・オブ・リヴァイアサン　怪物が生まれた日
著／新 八角　イラスト／白井鋭利

2022年、全ての海は怪物レヴィヤタンに支配されていた。民間の人型兵器パイロットとして働く高校生アシトは、ある日国連軍のエリート・ユアと出会う。海に囚われた少年と陸に嫌われた少女の運命が、今動き出す。